民國文化與文學_{研究}文叢

民國文化與文學研究文叢

十 五 編

李 怡 主編

第 **2** 冊

尋找文學的蹤跡
（民國文學卷）（下）

陳 國 恩 著

國家圖書館出版品預行編目資料

尋找文學的蹤跡（民國文學卷）（下）／陳國恩 著 -- 初版
-- 新北市：花木蘭文化事業有限公司，2022〔民 111〕
目 2+166 面；19×26 公分
（民國文化與文學研究文叢 十五編；第 2 冊）
ISBN 978-986-518-960-0（精裝）

1.CST：中國當代文學 2.CST：文學評論

820.9   111009879

特邀編委 (以姓氏筆畫為序)：

ISBN-978-986-518-960-0

丁　帆	王德威	宋如珊
岩佐昌暲	奚　密	張中良
張堂錡	張福貴	須文蔚
馮　鐵	劉秀美	

民國文化與文學研究文叢
十五編 第二冊   ISBN：978-986-518-960-0

尋找文學的蹤跡（民國文學卷）（下）

作　者	陳國恩
主　編	李　怡
企　劃	四川大學中國詩歌研究院
總編輯	杜潔祥
副總編輯	楊嘉樂
編輯主任	許郁翎
編　輯	張雅淋、潘玟靜、劉子瑄　美術編輯　陳逸婷
出　版	花木蘭文化事業有限公司
發行人	高小娟
聯絡地址	235 新北市中和區中安街七二號十三樓
	電話：02-2923-1455／傳真：02-2923-1452
網　址	http://www.huamulan.tw 信箱 service@huamulans.com
印　刷	普羅文化出版廣告事業
初　版	2022 年 9 月
定　價	十五編 21 冊（精裝）新台幣 55,000 元　　版權所有・請勿翻印

尋找文學的蹤跡
（民國文學卷）（下）

陳國恩　著

目

次

下　冊

魯迅與二十世紀的中國

陳國恩（主持人）：

「魯迅是誰？」上個世紀 30 年代初的瞿秋白和 21 世紀初魯迅的孫子周令飛前後提出了這樣的問題。他們的提問表明，魯迅的形象在不同的時代、不同的人那裡是不同的，而這又說明歷史上存在的那個魯迅與在批評話語中建構起來的「魯迅」既有聯繫又有區別。就文學與二十世紀中國關係的緊密程度而言，魯迅在中國現代作家中無人能及。他的創作是五四時代精神的集中體現，對於他的研究又與二十世紀中國的思想文化史乃至政治革命史聯繫在一起。不言而喻，魯迅研究已經取得了豐碩成果，對魯迅研究史的學術探討也達到了相當高的水平，但這些僅是作為魯迅研究的一部分來進行的，還算不上自覺地把魯迅及魯迅研究與二十世紀的中國聯繫起來，思考中國思想文化史乃至政治革命史的問題以及魯迅與這些問題的關係。我們借承擔國家社科基金重點項目「魯迅與二十世紀中國研究」的機會，依據魯迅與二十世紀中國這種特殊的生成性關係，把「魯迅」視為廣泛、全面、深入地參與了中國現代歷史建構的一種文化和政治符號，從他來透視現代中國歷史和心靈問題，又從現代中國歷史問題來反觀和拓展魯迅的意義。這裡的 4 篇筆談，是這一研究的一個中期成果，發表出來請大家批評。

吳翔宇：五四中國與魯迅形象的生成

作為 20 世紀中國知識界最具深刻性、複雜性的一個代表，魯迅的思想和中華民族的生存和出路血肉相關。同樣，作為一個不斷被闡釋與塑造的文化符碼，「魯迅形象」是在五四時期被建構和生成的。從 20 世紀中國的視角來

考察「魯迅形象」的生成、選擇、想像、利用及發揮，超越了簡單的魯迅「形象學」的體系，能將「魯迅本體」與「魯迅映像」有機關聯，從而呈現百年中國文化思想的轉型軌跡。這種研究體現了以「個案研究」來反映「社會結構」的方法，以魯迅形象的闡釋、言說為個案，以魯迅形象作為一個話題在不同文化語境的展開，來呈現 20 世紀中國現代文化的豐富性和複雜性。同時，魯迅形象又釋放了它的主體性，參與了 20 世紀中國文化的現代進程。

魯迅形象的生成是伴隨著對魯迅的「誤讀」開啟的，在一次次的誤讀中，原初的魯迅形象似乎越來越遙遠。圍繞著魯迅形象形成了一個交織權力話語、思想衝突的話語場。魯迅形象是 20 世紀中國文化語境中的複雜構成，應予以科學的認識和分析。以往造成對「魯迅形象」的誤讀，一是作家身份的單一政治認同，政治的漲落確定作家的評定，產生過「超世俗的神聖化」與「反神聖的世俗化」的曲解現象；二是脫離文化語境的單向思維模式，簡單地附和時評效應、氣候背景，對變動的「魯迅形象」缺乏整體觀照，出現過本質論和絕對論的誤讀傾向。只有將其置於 20 世紀中國文化語境的動態結構中予以觀照，將歷史還給歷史，才能客觀公允地「回到魯迅那裡去」。

魯迅形象是由「自塑」和「他塑」合力生成的公共形象。五四時期，魯迅形象的建構主要是通過「自塑」實現的，當然也有「他塑」之功。一方面，魯迅的文學實踐確立了魯迅形象的內在基質和品格，在魯迅形象下彙集了幾乎大部分的中國現代文學傳統，成為考察五四中國的文化生態無法繞開的精神資源。另一方面，政治權威的政治闡釋、文化精英的思想闡釋以及學院知識群體的文化闡釋外在地豐富和擴充了魯迅形象的內涵。應該說，魯迅形象是五四中國召喚和建構的文化符碼，其生成的邏輯基點是文化認同危機與現代「形象範式」的找尋。在遭遇身份焦慮的五四，中國現代知識分子應該在社會中扮演怎樣的角色，是否存在這樣一個表徵時代的知識分子，如何將文學與社會現實有機結合起來？魯迅以其獨特的精神氣度和文學實踐對上述問題作出了解答，成為一個「卡里斯馬」典型。如此一來，國人對魯迅形象的文化認同容易轉變為民族認同或政治認同，而民族認同與政治認同又容易與文化認同保持著默契關係，這為魯迅形象的生成提供了合法性的條件。

如果說中國古代思想文化的中心問題是「天人關係」問題，那麼近代以來的中國文學的核心命題則是「中國向何處去」的問題。這當然與中國近代憂患的歷史語境息息相關。五四時期是中國從舊向新轉變的重要時期，現代

知識分子是通過新與舊的對立來確立彼此的價值取向的。時間上的「現代／傳統」、空間上的「西方／中國」二元對立，與「新／舊」、「進步／落後」價值二元論一起，構成五四中國現代性觀念中比較穩定的內涵。正因為現代知識分子意識到中國之外的西方的強大，他們才有了「傳統」與「現代」的文化選擇和價值判定。魯迅「立人」的文學實踐服膺於「立國」的時代訴求，他在比照中西文化之後有了民族焦慮的洞見。他所怕的，是中國人要從「世界人」中擠出。而且更大的恐懼是「中國人失了世界，卻暫時仍要在這世界上住」。魯迅的這種焦慮基於國人缺失觀照世界的憂患意識，在他的意識中，中國人應跳出自我陶醉的狹小世界，在世界的體系和格局中確立位置至關重要。有了「開眼看世界」的視野之後，中國知識分子才會用西方現代之光來燭照積貧積弱的「老中國」，於是，批判中國傳統文化的潮流在魯迅等人的引領之下蔚為大觀。與此同時，中國本土文化的立場又沒有使西方話語顛覆民族文化的根基，以魯迅為代表的知識分子對於中國傳統文化進行了重新的開掘與審思，現實與歷史的對話、傳播的推力和接受的過濾相互作用，促使其在歷史的長河中不斷被發掘、認識和重構，並參與價值重建，呈現出五四中國中西文化融通的複雜圖景。

在魯迅看來，五四「人」的覺醒意味著「個人意識」與「人類意識」的雙重覺醒，由個人的發現拓展到國家意識乃至世界意識的萌生，體現出了具有現代品格的「人」的誕生。西方「個人」話語的流入對中國傳統文化體系的衝擊無疑是巨大的，魯迅等知識分子將個人從國家的依附狀態中解脫出來，儘管這一時期依然強調民族國家的終極性，但人從屬國家的傳統秩序還是被打破。魯迅「掊物質而張靈明，排眾數而任個人」的主張，試圖將人從群體的束縛中解脫出來。他清醒地知道，中國自古只有「合群的愛國的自大」而無「個人的自大」。然而，五四中國始終無法保障個人的終極關懷，個人與國家話語始終耦合在一起。在「立人」與「立國」相互建構的框架中，魯迅有機地將「個人」話語與「國家」話語結合起來。正是這種「個」與「群」的相互轉換與更替，反映了中國社會發展的曲折軌跡及國人的複雜心路歷程。

魯迅「立人」的啟蒙實踐是從弱勢群體的發現開始的，這主要包括了婦女、農民和兒童。就婦女而言，魯迅將其理解為需要啟蒙的群體，祥林嫂、單四嫂子等人如動物一般處於社會底層，愚昧麻木，她們只能成為被吞噬的「奴隸」，永遠沒有動搖「鐵屋子」的可能。而具有現代意識的新女性——子君卻

依然只是一個無法跳出男權社會的「娜拉」，其作為人的本體價值無法真正實現。在魯迅的筆下，農民就是「庸眾」的別名，也是缺乏反抗的代名詞。阿Q的「精神勝利法」始終讓他左右逢源地消解痛感，心平氣和地接受外界的打擊、重壓，正因為有這個武器，阿Q不會有反抗。即使懵懂地加入了革命隊伍，其革命的目的依然是滿足個人私欲，即「奴才式的革命」。魯迅持守著從「破」到「立」的原則，開掘婦女及農民的「精神創傷」，揭示他們必然命運的深刻根由。對於兒童，魯迅的心情同樣是複雜的。與同為弱勢群體的女性不同的是，兒童在進化論的知識體系中並未完全被命定為弱勢，其新民的身份使其具有了隱喻未來中國的本體價值。魯迅「救救孩子」的呼喊也正是基於此的考慮。在展現「長者本位」觀對「人之子」殘忍的戕害和壓榨的同時，還揭露了國民對宗法精神的眷戀與維護。「逆子」的出場導致了具有現代意義的「審父」意識的開啟。魯迅立足於「以幼為本」的觀念，既肯定幼者的自然天性，同時對其身上的根性進行了啟蒙審視，體現了一種現代品質的、嶄新的倫理觀。

魯迅對於知識分子的審思是其「立人」工程的延展，體現了他強烈的自我剖析精神，也彰顯了魯迅形象獨特的精神氣度。在五四中國，魯迅等知識分子的啟蒙要完成「自我啟蒙」和「他者啟蒙」兩項使命，其先後順序是由「自我啟蒙」再到「他者啟蒙」。因為只有啟蒙者的思想、意識、話語足夠先鋒和現代，才能對別人的思想進行指導。遺憾的是，在當時的文化語境中，「自我啟蒙」並未形成主導潮流，主體未能解決自身觀念中的矛盾性和分裂性。作為啟蒙者代言人的「文化反抗者」身上或多或少地有很多的矛盾性，如過去的糾葛和現實的反抗，啟蒙的熱望與言說的困境等，這些都讓他們陷入了啟蒙的困惑之中。「狂人」、「瘋子」、魏連殳、呂緯甫、子君等人經歷了時代精神的洗禮從傳統中走出來，他們身上有很強烈的先鋒性和新質性，他們也試圖通過自己的行為喚醒大眾的蒙昧，然而最終的命運都走向失敗，或者走「回頭路」，或者「繞圈」，魯迅通過書寫這些人的「負罪感」、「內疚感」來說明「自我啟蒙」的艱難。

文化語境與魯迅形象是相互建構的動態關係：文化語境塑造魯迅形象，魯迅形象反作用於文化語境。這種動態關係決定了魯迅形象既有穩定性又有變動性的特點：穩定的魯迅形象是具有普適性、常態的「源形象」，它融聚了20世紀中國複雜的歷史質素，勾聯於中國新文學發生、發展及轉型的過程之

中；而變動的魯迅形象則是經由選擇、過濾和延傳而成的「新形象」，它擴展了「源形象」的輻射面，其豐富內涵在波瀾壯闊的歷史情境中得以充分呈現。在五四中國，現代知識分子無法迴避一系列的複雜問題，如改良與革命、新與舊、中與西等等，也因此引起了一場場論爭，魯迅貫穿其中牽連著諸多複雜的力量較量。在文化「定型」時期，除了主導話語對魯迅形象的規約外，還有體制之外的「社會共同體」與語境既認同又矛盾的關係對其的制導效應。在文化「轉型」時期，新舊文化的衝突、政黨政治矛盾和中西文化碰撞等要素使得魯迅形象的闡釋、理解及評判有著較大的歷史差異性。魯迅形象的建構和消解過程彙集了不同文化力量或不同政治觀點的意志較量，關於魯迅形象的討論或論爭，常是中國思想文化乃至社會變革的先聲，折射了社會思想動態和現實政治的走向。

從瞿秋白的「魯迅是誰」問題的提出始，魯迅形象與魯迅的「被命名」一樣充滿了非恒定性的變化，對於魯迅的闡釋形成了殊異的評價陣營。這種情況的背後有著特定文化語境的制導，牽扯著不同文化思潮和話語權力的複雜較量。然而，也正是這種並非定於一尊的闡釋還原了真實的魯迅本體。透過五四語境中生成的魯迅形象的認知，能科學審視魯迅形象生成的社會動因，並發掘其背後潛藏的話語衝突與互動。這種研究有助於雙向考察五四中國語境與魯迅形象之間的動態關係，在互文的視野中將論題引向深入。

禹權恒：「上海魯迅」的形象建構與透視

魯迅在上海的十年，是 20 世紀中國革命進程中的一個重要階段。革命再生波瀾的危機時刻，如何通過改造國民性的方式實現民族救亡，進而建構現代民族國家的宏偉目標，是魯迅同時代知識分子們念茲在茲的重大問題。

上海時期魯迅思想發生了顯著變化，走過了從「啟蒙魯迅」到「左翼魯迅」的心路歷程。革命過程中的矛盾關係以及俄蘇文論的大量譯介等多重因素，有效催生了魯迅的思想跨越和身份轉型。如何在左翼與右翼、激進和保守、傳統和現代之間尋求出路，是作為小資產階級的魯迅要思考的現實問題。與此同時，在上海這一複雜的都市文化場域之中，中國各股主要勢力，比如左翼、中國共產黨、南京國民政府、自由主義者以及海派等政黨或組織，按照各自需要都試圖影響魯迅，魯迅則給予了有效的回應。依據布爾迪厄對「資本」概念的有關理解，這幾股勢力是把魯迅作為一種「符號資本」（象徵資本）

來進行爭奪的，祈求能夠從魯迅這一特殊的文化資源身上獲取各種利益。在進行彼此論爭和對話過程中，魯迅和他們之間建立了一種頗具意味的現實關聯。可以說，作為中國現代社會的一種「卡里斯馬典型」，魯迅的形象和中國革命的重大問題形成了一種同構關係。

魯迅在到達上海之後，中國革命形勢與五四時期相比已經發生了重大變化。當時，後期創造社和太陽社的部分黨員作家剛從國外回來，實在不瞭解中國革命的具體情態。他們認為「阿Q的時代已經死去」，魯迅早期的啟蒙主義立場已經不符合中國革命形勢的發展需要。於是，這些激進青年作家就對魯迅展開了各種圍攻和嘲諷，認為魯迅是「中國的堂吉訶德」和「二重反革命人物」。因為在他們看來，小資產階級思想的魯迅是「不革命」的作家，「不革命就是反革命」，但對於「在革命與不革命之間」的魯迅卻不予關注。可以看出，他們的「革命口號」和實際生存姿態之間是存在著極大反差的。在高喊配合無產階級政治革命的同時，文章中動輒充斥「打打殺殺」的暴力語言，大有橫掃文壇、破壞一切的架勢。客觀地來說，他們的「激烈」的確具有一個「故作」的姿態，而背後支撐這個姿態的，僅就主觀層面來說，就有青年固有的血氣方剛、心浮氣躁的因素，也有行幫習氣、宗派意識因素，更有理論素養、實際經驗不足的因素，還有抓到馬克思主義這面大旗所產生的真理在手、身披虎皮般的勇猛和無畏情緒的因素，這在當時中國是相當具有普遍性的。這真實反映了中國革命在早期過程中的不成熟特點。可以說，「左傾」思想使中國革命蒙上了一層陰影，嚴重阻滯了革命發展的正常邏輯。

在「中國左翼作家聯盟」成立大會上，魯迅做了《對於左翼作家聯盟的意見》的著名演講，在表示極力支持「左聯」領導的無產階級革命事業的同時，也有針對性地提出了自己的忠告。然而，由於「左聯」內部存在著嚴重的「宗派主義」和「關門主義」的不良傾向，魯迅後來就和「左聯」部分領導人周揚、田漢等人產生了隔閡。當時，「左聯」把魯迅塑造為「左翼文藝運動的精神領袖」，試圖利用魯迅來有效團結廣大革命青年。但是，隨著雙方矛盾的逐漸加劇，特別是在如何解散「左聯」和「兩個口號」論爭中，他們之間彼此溝通的平臺已經趨於瓦解。事實上，魯迅早期是極願意為中國革命盡「梯子之責」的，但是，「左聯」部分領導人「不合作」的姿態使魯迅非常反感。魯迅後來也幾乎沒有參與「左聯」的任何決策活動。此時，魯迅認識到自己決不是一位振臂一呼、應者雲集的英雄人物。根本上來講，他們之間的矛盾衝

突，可以看作是「啟蒙左翼」派和「政黨左翼」派在如何建構現代民族國家的問題上發生了歧見。但是，這一複雜的矛盾糾葛並沒有因為魯迅逝世而終止，反而在後來的文學發展中越演越烈。後來，「魯迅傳統」和「政治傳統」之間的重大分歧直接導致了許多文壇悲劇。事實證明，由於中國共產黨對中國革命的認識存在著偏差，加之共產國際的錯誤指示，「左傾」路線直接把中國革命引向低潮。魯迅是一個「清醒的現實主義者」，他對中國革命過程中深層次問題是早有預見性的，這實在是魯迅的偉大之處。

在「革命文學」論爭的過程中，魯迅的一個重要收穫在於，他實實在在地翻譯了幾本馬克思主義理論著作。通過對俄蘇文藝理論的譯介，魯迅認識到「惟有新興的無產階級才有將來」的真諦。此後，魯迅開始同情無產階級領導的革命事業，逐漸出現了思想「向左轉」的態勢。同時，中國共產黨也願意團結魯迅，希望魯迅能夠以「革命的同路人」的姿態積極支持革命，為勞苦大眾的根本利益搖旗吶喊。但是，魯迅畢竟是一個小資產階級思想的知識分子，他對任何政黨政治是持懷疑態度的，至少是提防的。在魯迅看來，任何政黨都具有一定的階級侷限性，一旦加入進去，必然要接受組織制度的規訓和制約，這就會喪失一個自由知識分子的獨立思考。魯迅已經預言到「革命之後」像他這樣的知識分子同樣是沒有出路的。在魯迅看來，一切矛盾和問題都會出現在「革命的第二天」，這好像是任何歷史發展進程中的必然現象。所以，魯迅沒有加入中國共產黨，自始至終是一位「黨外的布爾什維克」。在魯迅和中國共產黨之間的關係糾葛之中，可以透視出作為獨立知識分子的魯迅和政黨組織之間存在著相互合作但「不屬」的複雜關聯。

相對地，作為大資產階級根本利益代表的南京國民政府，對魯迅表現出來的左翼立場是異常惱火的，他們把魯迅視為「眼中釘」和「肉中刺」，雇傭了大批御用文人全面圍攻魯迅。之後，國民黨政府出臺了嚴酷的文學查禁制度，成立國民黨圖書雜誌委員會，發動「民族主義文藝運動」，在全國範圍之內實行文化統制。他們認定魯迅為「墮落文人」，企圖全面扼殺魯迅在中國文壇的影響力。為了有效逃避國民黨執政當局設定的各種文網，魯迅不得不經常變換各種筆名，或運用特殊的人際關係，或採用相對隱晦的寫作方式，和國民黨執政當局進行周旋。加之國民黨文藝政策本身存在著明顯的矛盾性和兩面性，經過諸多不懈努力，魯迅依然在《申報・自由談》、《中華日報・動向》等報刊雜誌先後發表了大批犀利雜文，努力拓展了有效言論空間，直擊

國民黨當局的獨裁統治，並且產生了一系列積極影響。通過魯迅和國民黨執政當局的不合作關係，可以折射出魯迅鮮明的階級立場，同時也顯現出 20 世紀 30 年代中國真實的政治文化氛圍。

魯迅在上海主要是在外國租界範圍之內活動的。海派文化和租界文化必然給他以深刻影響。一方面，魯迅對海派文化和租界文化中的畸形因素給予了嚴厲批判；另一方面，魯迅又十分倚重此種社會環境，因為只有在這一複雜文化際遇之下，魯迅才有可能有效保存自己與敵人展開周旋。此時，魯迅形象是和「都市壕塹中的文化散兵」聯繫在一起的。本時期，魯迅利用上海發達的現代傳播媒介和出版制度，完成了一個「自由撰稿人」的角色轉變，實現了一個自由知識分子的現實理想。通過魯迅的稿費收入和日常生活情態，可以看出 20 世紀 30 年代中國文化經濟層面的諸多問題。不僅如此，魯迅在上海期間經常和日本民間人士保持著友好關係，這就給許多無聊文人以錯誤認識，他們認為魯迅此舉是一種明顯的賣國主義行徑，從而認定魯迅是「漢奸文人」。這裡，魯迅對各種謠言進行了及時回應，表明了自己真實的民族立場。實際上，魯迅此時是一個「世界主義者」，他和其他國家左翼人士的日常交往是具有重大貢獻的，可以看作是當時世界瞭解中國革命的一個有效窗口。

總而言之，從魯迅與各股主要勢力之間的對話和論爭中可以看出，他們站在各自的階級立場，按照不同的現實需求塑造出了形形色色的魯迅形象。他們或利用之，或聯合之，或醜化之。而魯迅則分別對之做出了不同回應和拆解，或有條件地與之合作，或試圖聯合戰鬥，或與之進行堅決鬥爭。正是在這個意義上，我們說魯迅形象具有一種典型的「對話性」和「革命性」特徵。不僅如此，本階段魯迅形象的多維建構是在上海的文化空間中完成的。毋庸諱言，魯迅和上海之間已經建立了一種歷史性關聯。一方面，上海為魯迅提供了中西交融、古今雜存的現實場域，為魯迅思考中國革命問題提供了一個有效的文化參照，對魯迅的身份轉型、文化選擇、都市書寫和文化反抗產生了深遠影響。與此同時，上海也把 20 世紀 30 年代最為嚴峻的現實生存以及理想問題，並置在這個終身致力於反抗的「精神界戰士」面前，挑戰了魯迅，激發了魯迅，也造就了魯迅；另一方面，魯迅也將生命中的最後十年留給了這座「魔幻之城」，上海成為他審視文化，審視人性最易觸及、最為切近的窗口。魯迅將自己成熟而豐富的人生體驗和生命感悟夾雜在有關都市文化的描寫之中，提供了一種極富創造性的典型城市文本，增加了海派文化書

寫的歷史質感，使斑駁難辨空間意義上的上海具有了延展的現實意義。魯迅的思想維度也因20世紀30年代的上海而變得更加富有文化魅力和價值蘊涵，更富有痛擊醜惡現實的韌性和力量，並隨同鄉土中國的城市化和現代化，完成了一名現代知識分子的思想蛻變和身份重構，這也許是上海之於魯迅形象建構的歷史意義。

任毅：作為毛澤東時代文化符號的「魯迅」

魯迅形象在1937年後實際上是處於一種「缺席的在場」狀態。其形象塑造跟「五四中國」和「1930民國」時期最大的不同就在於：魯迅不能揮筆反駁或者即時呼應了。這種情形下，「魯迅」純粹地變成了一種精神文化現象。黑格爾的《精神現象學》中關於「自我意識」形成的哲學論述有兩個，一個是「自我的對象化」，另一個是「對象的自我化」。「魯迅研究」其實也是這兩種途徑：一種是「自我的魯迅化」，另一種是「魯迅的自我化」。這是魯迅逝世後魯迅研究呈現出豐富性和複雜性的認識論基礎。前者是把「魯迅本體」（部分地）滲透到闡釋者「自我」意識之中，實現自我思想、精神、處世、為文等方面與魯迅本體的融合。後者是把自己的主觀意圖附加在「魯迅本體」之上，實現自我意志的傳播，其實質是對「魯迅現象」或「魯迅本體」的修訂與利用。

通行的歷史學認為，「毛澤東時代」是指從1949年新中國建立到1976年毛去世這一階段。其實，從1937年開始，毛澤東對黨內政治、軍事、文化的全面領導地位就已然確立。當代許多歷史學家的研究和費正清等人編撰的《劍橋中華民國史》中，也都把1937年以後這段時期裏毛澤東在延安的領導地位的確立歸入「毛澤東時代」。這40年可以大致地分成三個階段：1937～1949年，這個階段是毛澤東全面領導地位確立和他對中國文化、政治、軍事及新文學意識的革新；1949～1966年，即所謂「十七年」時期，這是毛澤東的政治、文化、意識形態領導地位的鞏固時期；1967～1977「十年文革」是極左時期，其本質是毛澤東在中國大陸政治、經濟、文化、意識形態等方面犯左傾錯誤極為嚴重的時期，也是他對知識分子和大陸文化按個人主觀意志強行改造的過程。

毛澤東在對魯迅本體的借用或者說是對魯迅符號化處理的過程中，表現出推崇與借用、相通與差異交融的特徵。

毛澤東在《論魯迅》、《在魯迅藝術學院的講話》和《新民主主義論》等

文本中，對魯迅主要是推崇性評價。他是作為在野的無產階級革命領導人從政治角度，對魯迅本體展開意識形態化闡釋，並加以徵用的。

中國共產黨沿襲了對魯迅的這種推崇，並且加以「旗幟化」，把魯迅跟後來的大眾化、民族化的延安文學方向進行整合，體現的是一種文化戰略，其實二者之間存在著深層的精神文化上的差異。

毛澤東本人在精神文化上與魯迅有一定的相通性。二人都有詩人氣質，容易相互溝通，所以他對魯迅的判斷，就跟魯迅藝術家本體有著部分的融合。但是毛澤東在《新民主主義論》裏明確把魯迅作為一面旗幟和一個標杆的時候，就難以避免地壓縮了魯迅在「五四」時期所追求的個性主義思想，放大了魯迅的革命精神和戰鬥意識，這是宣傳上的策略性取捨，也是毛澤東對黨內文化整合的一種新的方式。

延安文學中的魯迅方向與趙樹理方向的分化，其本質是中國共產黨文化策略的選擇。趙樹理方向暗合了《在延安文藝座談會上的講話》裏文學的「工農兵意識」的判斷，它適應了毛澤東在 1920 至 1930 年代對工人階級和農民階級革命主體地位的政治文化判斷。而魯迅所堅持的「五四」國民性批判的文藝主題，對農民身上的封建沿襲以及傳統積習等劣根性的發掘，跟工農兵方向之間存在嚴重分歧。這兩個文學方向當時為什麼又能在延安文學中統一起來呢？原因就在於毛澤東的文化策略的選擇。

20 世紀 40 年代應該是民國文學的沿革，魯迅逝世後為什麼中國共產黨能夠敏銳地發現魯迅在中國革命過程中的價值，並及時地予以準確把握？當真如有些人所說，是出於政治戰略的功利考慮嗎？為什麼魯迅後期傾向和同情中國共產黨？其中深層的原因究竟是什麼？

事實上，中國共產黨對魯迅的推崇除了政治和戰略的目的之外，還有更深層次的現代精神文化背景的根源。

19 世紀中後期，敏銳意識到資本主義經濟和精神危機並試圖尋找出路的思想家中，左邊是馬克思、恩克斯，右邊是尼采、基爾凱郭爾和陀思妥耶夫斯基。馬克思主義揭示了資本主義物質繁榮背後人的異化現象，確認其根源在於資本主義私有制本身，從而推論出消滅私有制的社會革命的結論。尼采、基爾凱郭爾和陀思妥耶夫斯基則試圖訴諸人的內心世界，想依靠某種「精神革命」解決普遍的精神危機。這兩條道路雖然不同，卻都是起源於德國哲學為代表的現代東方精神文化，在深層次上有其相通之處。這一精神文化後來

傳入俄國，出現了變異，又經俄國傳入日本，魯迅留日時期接受的就是這種精神文化。不過，他當時接受的是其中的尼采、基爾凱郭爾和陀思妥耶夫斯基這一路向的唯神思宗哲學，而不是馬克思主義。但是由於這兩種路向有相同的根源，屬同一個大的精神文化體系，所以在他面臨「精神革命」不可解決的社會矛盾和鎮壓同盟者、不講包容和解的封建專制主義獨裁政權時，就自覺地導向了馬克思主義，同情處於被壓迫地位的中國共產黨和無產階級。中國共產黨的領導者，也敏銳地看出魯迅的價值及其與自身思想的相通之處，傾全力推崇魯迅，高高舉起了魯迅這面精神文化旗幟。

與現代東方精神文化相對立的，是以英法美為代表的現代西方精神文化。這一精神文化體系，致力於用民主政體與科學技術解決資本主義所存在的矛盾與危機。胡適、梁實秋、陳西瀅等從英美留學回國的知識分子，正是這種精神文化在中國的代表。他們不太瞭解中國的深層次問題，又不去調查瞭解具體的國情，就把在英法美等西方國家適用的政治學說和文化理論照搬到中國，試圖推行「全盤西化」的改良方案。雖然這些學說和理論並不錯，甚至從整個人類精神文化的大歷史觀來看還有其先進的一面，然而在當時的中國卻是根本無法實行的。因而在推行之初，不僅受到來自中國共產黨人和魯迅等左翼人士的批判，還受到封建專制主義獨裁政權的彈壓。1929 年胡適等人在《新月》上發表談人權的文章，提出解決中國政治問題的意見時，當局報刊紛紛著文抨擊，說他們「言論實屬反動」，國民黨中央議決由教育部對胡適加以「警誡」，《新月》月刊遭扣留。魯迅諷刺他們有如賈府裏的焦大一樣，被「塞了一嘴馬糞」。(《偽自由書·言論自由的界限》) 後來蔣介石逐漸感到「特務統治」殺人太多，會失去民心，為了挽救國民黨政權，他部分地接受了英美政治模式，才把胡適等人引為幕僚。但當時國民黨大勢已去，無論如何也無法挽回頹勢了。

1940 年代的中國，只有「魯迅」能夠把國統區、解放區、淪陷區的文化力量有機地統領起來。三大文壇合流的儀式從魯迅逝世後的悼念活動中就開始了。魯迅在上海逝世之後舉國悼念活動的主導權、宣傳權被中國共產黨及時抓在手中，對整個國家及三大文壇的統一領導權也被共產黨人及時地牢牢攫在手中。在這方面《解放日報》、《新華日報》等都曾作過突出的報導。

從 1937 年到 1976 年這也是中國文化一個巨大的變革時期，魯迅「缺席的在場」具有獨特的歷史價值，由此我們可以看見不同的世態人心。

　　左翼文學的領導者們是怎樣在解放後迅速地借助「魯迅事件」把文化領導權握到手中的呢？在這個過程中左翼領導層對魯迅態度與 1930 年代發生了較大變化。郭沫若在對魯迅的回憶中，很快與延安文學達到了一致，其中有自我改造明哲保身的人格內涵在裏面。類似現象一直延續到「十七年」和「文革」時期。

　　許廣平的回憶文章中態度也有較大轉向。許在 20 世紀四十年代寫了許多關於魯迅日常生活的文章，對自己的愛人導師進行了本體還原，表達了深沉的懷念和尊崇，這與當時多元的民國文化語境是有關係的。但是，1961 年她與當時的作家出版社重寫《魯迅回憶錄》一書時，魯迅卻被說成「對黨的尊重，是達到最高點的」，「無時無刻不是以一個『小兵』的態度自處的」；「先生相信黨，沒有黨的精神指引就不可能取得後來的成就」，把魯迅說成一個共產黨指引下的「忠實的小兵」。許廣平為何有這樣大的變化？有人後來回憶，這次重寫回憶錄是集體創作，許廣平是執筆人。由此可見，許廣平以及出版團隊還有那些成群的知識分子，當時也是在「左」的政治高壓下不得不選擇這種生存策略，這正是極左政治文化對知識分子的一種精神禁錮，一些知識分子包括許廣平也表現出自我保護、某種迎合與委曲求全。魯迅在臨終前對於遺孀遺孤命運的擔憂，「不要做大量的悼念活動」，對許廣平的勸誡裏也隱含著生存智慧，可知魯迅已經感到自己的影響力會被一些政治勢力利用，並有可能傷及自己的親人。許廣平在這種文化環境下，無論是否情願，只能選擇這樣的生存方式才能符合當時的政治正確原則。她的這種變化反映出國家層面左傾的極端錯誤對個人生存的壓力，對文化的傷害，對於正常的言說語境的戕害。

　　周揚在 20 世紀四十年代對魯迅的評價，完全是根據毛澤東把魯迅作為新民主主義文化旗幟的原則來進行塑造的。周揚擔任中宣部領導人，特別是在 1956 年至 1958 年間編纂《魯迅全集》的注釋本時，扣壓了他掌握的魯迅對他批評的一些信件，在這些信中魯迅斥責周揚等在「左聯」中的「工頭」形象，說他是「文壇皇帝」、「奴隸總管」。這對於當時已經處於領導地位的周揚來說非常不利，他就採取了一種隱蔽證據的行為，而這種行為剛好證明了魯迅當年批判的正確性。他為了把馮雪峰和徐懋庸兩人打成右派，在魯迅給徐懋庸的關於統一戰線的信件裏面加了一條注釋：「馮雪峰專門趁魯迅生病無法拿筆的情況下代筆寫下了這些意見；徐懋庸本人給魯迅寫這封信的時候並不代表黨的

意見。」周揚借用「魯迅」隱藏史實打擊異己的做法相當程度上是為了自我掩飾和逃避咎責。從「左聯」時期他跟魯迅之間的分歧，和他在四十年代延安文學時期的表態以及後來的做法，不難看出「左」的政治高壓對周揚人格的強制作用，以及特殊時代政治話語對知識分子個體的強大影響。到八十年代，周揚也對此前所做的事做過深刻反省，有些材料也印證了這些問題。這和一部著名的日本電影《羅生門》的主題有相似之處，這部電影反映了人性的自我庇護，在不利事情發生後推卸責任來達到自我保護的目的。胡風、馮雪峰、周揚等人在「十七年」和「文革」的文化派別鬥爭中展開文化話語權利的爭奪，但是他們幾乎都打著「魯迅」的旗號來闡釋各自的主張，爭奪文化主導權，延續了「左聯」時期就存在的矛盾。他們對於魯迅符號的回憶反思，都有主觀性的片面發揮。文人個性和文化策略的選擇使我們看到在「十七年」和「文革」時期的文化爭鬥裏面，「魯迅符號」被進一步政治化、工具化的事實。

　　1937～1977年間還有一批學者堅持學理探究，例如蘇雪林、李長之、孫伏園、蕭軍等。隨著整個政治環境和文化環境的左傾化與惡化，對魯迅本體的解讀也都呈現出意識形態化傾向。甚至在學理探究的過程中，有些人也是在借「魯迅」說事兒，比如陳湧的現實主義文藝理論，他在《為文學藝術的現實主義而奮鬥的魯迅》一文中，就是用魯迅的現實主義創作來推廣言說的，後來他對現實主義研究的一系列文章都還是他自己的話語和主張。在極「左」政治的文化環境中，知識階層為了表達自己的文藝思想，大都借助魯迅的創作來展開，像唐弢、王瑤、林非、李何林都有這種傾向，王富仁在後來總結這段時期的魯迅研究時也清醒意識到了借助魯迅來傳達各自文藝主張的這種文化策略，他說這是魯迅對中國文化的「第二次拯救」。

　　文學研究需要吸取歷史教訓，不能只看到表面的魯迅研究現象。這裡面實際上隱含了深刻的二十世紀政治、文化發展中深層次的社會問題。

陳國恩：從新啟蒙到世俗化的「魯迅」

　　新時期的魯迅研究，隨著社會的重大轉型而進入了一個新的階段。當「繼續革命」被以經濟建設為中心所取代，思想領域的撥亂反正成為保證改革開放順利進行的一個重要前提。魯迅研究回應了這一時代要求，起到了解放思想的重大歷史作用。

　　魯迅研究相當長一個時期裏被高度政治化，甚至成為政治鬥爭的工具，

因此新時期魯迅研究的一個突破口是「回歸魯迅」。回歸魯迅，是回歸啟蒙先驅的魯迅，回歸魯迅作品的思想和審美價值，去除外加於魯迅的過多的政治內容。但新時期初的「回歸魯迅」，其實依然具有濃厚的政治色彩，不過不再是那種極左的政治，而是清理極左思想的政治。當王富仁提出把魯迅研究從政治革命的視角轉向思想革命的視角時，他其實是通過提倡魯迅研究的新模式參與了思想解放運動。王富仁強調魯迅小說的真正意義不是此前所認為的回答了中國革命的重大問題，比如革命的領導權問題，革命與群眾關係的問題、辛亥革命失敗的經驗教訓問題等，而是回答了思想革命的一些根本問題。思想革命和政治革命的區別，在於中國共產黨領導的新民主主義革命強調黨與群眾的密切聯繫，強調人民的革命積極性，這些都是以舊民主主義革命的歷史經驗為參照的，所以用這個觀點來研究魯迅，就特別重視魯迅筆下人物的潛在革命要求，重視辛亥革命領導者脫離民眾從而導致革命失敗的教訓。反封建的思想革命，則是專注於民眾的思想啟蒙，尤其重視對農民在長期的封建思想桎梏下造成的愚昧和落後的批判，所謂「解剖沉默的國民的靈魂」。王富仁從思想革命的角度來研究魯迅，超越了政治革命的視野，對魯迅作出了與此前大不相同的闡釋，提升了魯迅創作的思想啟蒙的歷史意義。以阿 Q 為例，從思想革命的角度看，阿 Q 雖急切地要求改變現狀，但他所理解的革命僅僅是財產的再分配和農民式的復仇，因而阿 Q 式的革命即使成功，也沒有歷史進步意義。這與政治革命視野中的阿 Q 形象有重大區別。在政治革命的視野中，人們更多地看到阿 Q 的革命要求，而辛亥革命的領導者沒有予以重視，假洋鬼子甚至不許他革命。阿 Q 在革命發生後被判死刑，就象徵著這一革命的失敗。這樣的觀點在相當長時期裏佔據絕對的主流地位，反映了無產階級革命時代革命者對農民的基本看法。這種看法到了以思想革命的研究模式來研究魯迅時，才發生了重大的轉變，落後農民的思想改造問題才又一次被提到人們的面前。

　　研究模式的改變，包含著深廣的歷史內容。政治革命視角的理論依據是毛澤東的新民主主義歷史觀，改由思想革命的視角，並非對新民主主義理論的否定，而是調整了文學與政治的關係，即文學的價值不必全部從政治的方面體現出來，而是可以從思想的、道德的方面體現，當然更應該從審美的方面體現。因而人們看待和研究文學的態度發生了重大變化，不再執著於政治的標準，不再把文學與政治捆綁在一起，而是以開闊的眼光，從文學與歷史和現實的更為

廣闊的聯繫中來思考文學的位置，更多地關注文學的思想和審美的價值。

改由思想革命的視角來研究魯迅，也反映出人們擁有了更為開闊的歷史視野，從而改變了對二十世紀中國歷史進程的理解，把思想革命的重要性提高到與政治革命同等的程度，並且重新闡釋了思想革命與政治革命之間的關係。從這樣的觀點看歷史，二十世紀的中國實際上採用了思想革命與政治革命交替進行的形式。這種形式表明，如果沒有思想革命解決人的自覺性問題，政治革命進程中就會出現「左」的或右的錯誤；但如果沒有政治革命的推進，在中國民眾普遍不覺悟而教育水平又普遍低下的條件下，思想革命不可能在短時期內依靠思想啟蒙的手段來達成其啟發民眾覺悟的目的——阿 Q 讀不懂魯迅的小說，因而魯迅用文學來開啟民智的理想注定難以實現。當魯迅發現啟蒙運動收效不大或者無效時，他受到社會革命在實踐中動員民眾能力的啟發，很容易接受新的思想，探索社會改革的道路，從思想文化方面參與中國革命的實踐，成為一個「共產主義戰士」。但歷史的經驗又告訴人們，社會革命採取武裝鬥爭的形式和高度統一的集體主義思想路線，其中產生的或「左」或右的問題又必須通過新的思想啟蒙逐漸加以克服，因而思想啟蒙的課題並沒有失效，事實上到了新時期它再一次被提上重要的議事日程。

顯然，魯迅研究的突破所涉及的不是一般的作家評價的變化，而是關係到對整個二十世紀中國歷史認識的變化和中國未來發展方向的選擇，因而從思想革命視角來研究魯迅在受到廣泛好評的同時，也遭到一些學者的批評，認為背離了毛澤東評價魯迅所遵循的原則。爭論就像一個三棱鏡，反映出那個乍暖還寒的轉型時期人們錯綜複雜的思想狀態，表明了要從僵化的思想中解放出來，根據新時代的條件提出新的問題，曾經是多麼的艱難。在這樣的背景下，通過魯迅研究來強調思想革命的重要性，實際上為新時期的思想啟蒙提供了一種歷史依據，不僅對新民主主義革命和社會主義建設的歷史有了新的認識，而且啟蒙理性所重視的人的主體地位、人的價值和尊嚴得到越來越明確的肯定，人的獨立性越來越受尊重。以此為基礎，人們才得以更好地處理傳統與現實的關係，處理政治與人性、政治與文藝的關係，放寬文藝批評的標準，使之更貼近人性的要求和審美的原則，從而解放了文藝生產力，促進文藝批評的繁榮和發展。不是說魯迅研究本身直接完成了這些重大的思想課題，而是一些魯迅研究者懷著使命意識，大膽探索，以魯迅研究的形式參與並推動了思想解放運動，在相當程度上改變了人們對二十世紀歷史中許

多重要問題的認識，對後來中國歷史的發展產生了重要影響。

魯迅研究的這一獨特作用，本身也是一個時代的產物。上個世紀 80 年代初，思想解放運動已經啟動，但政治上的禁區依然存在，許多敏感的問題不便觸及，而魯迅是一個與中國共產黨淵源很深、並且得到高度肯定的作家，從魯迅研究領域著手探討二十世紀中國的重大問題，既可以繞開敏感的政治話題，比如「兩個凡是」的禁區，又可以事實上對這個禁區裏的一些重大問題進行反思和探索，為思想解放掃清障礙。正是在這一意義上，王富仁等人的魯迅研究實際上是一種文化的、政治的研究。其出色之處在於把政治文化的研究和文學審美的研究有機地結合在一起，在文學領域探討政治性問題，與哲學的、文化的乃至政治領域的探索一起，推動了思想解放運動。

不過更大的變化還在後面。進入上個世紀 90 年代，市場經濟迅猛發展，引起價值領域的深刻變化。人生的意義和個人成功有了新的標準，魯迅研究開始失去以前那種政治整合的功能，越來越成為一個純學術的問題。錢理群和汪暉對魯迅精神結構的研究，王乾坤對魯迅生命哲學的研究，都是趨向更為學術化的，他們所關注的其實主要還是知識分子自身的精神生活方式，他們想在世俗化思潮的衝擊下捍衛人文知識分子的主體性，引領思想的潮流。這意味著魯迅研究回歸研究者個人所理解的魯迅，不再把魯迅當作一個政治文化的符號，而是作為一種精神生活的方式來理解，試圖從魯迅身上找到一種應對世俗挑戰的精神資源，與他們自身對人生意義的理解和精神生活的追求聯繫在一起。魯迅研究成了一份個人的志業，其意義也就從政治層面進入到文化的層面，其影響的範圍縮小，深度則由此拓展。

但世俗化思潮同時又推動魯迅研究向另一個方向發展，那就是解構魯迅。1998 年第 10 期的《北京文學》刊發了朱文等人的《斷裂：一份問卷和五十六份答案》。朱文提問：「你是否以魯迅作為自己寫作的楷模？你認為作為思想權威的魯迅在當代中國有無指導意義？」新生代作家韓東、朱文、邱華棟、于堅等都作了回答，統計的結果是：「98.2%的作家不以魯迅為自己的寫作楷模。91%的作家認為魯迅對當代中國文學無指導意義。3.6%認為有指導意義。5.4%不確定。」韓東又特別強調：「魯迅是一塊老石頭，他的權威在思想文化界是頂級的，不證自明的。即使是耶和華人們也能夠說三到四，但對魯迅卻不能夠。因此，他的反動性也不證自明。對於今天的寫作而言，魯迅也卻無教育意義」。這即所謂「斷裂」事件。

　　2000 年第 2 期的《收穫》雜誌發表了林語堂寫於 60 多年前的《悼魯迅》、馮驥才的《魯迅的功與過》、王朔的《我看魯迅》。幾篇文章的共同點，是以平視的眼光和反崇高的心態看待魯迅。特別是王朔，說魯迅光靠一堆雜文幾個短篇是立不住的，沒聽說有世界文豪只寫過這點東西。「早期主張『全盤西化』，取締中醫中藥，青年人不必讀中國書；晚年被蘇聯蒙了，以為那兒是王道樂土，嚮往了好一陣子，後來跟『四條漢子』一接觸，也發覺不是事兒。」說魯迅既不是作家，也不是思想家，充其量不過是一個憤世嫉俗者。葛紅兵在他的《為 20 世紀中國文學寫一份悼詞》中認為魯迅棄醫從文與其說是愛國，不如說是學醫失敗。魯迅的醫學成績很差，而且課堂筆記經常被藤野先生改得面目全非。

　　這些解構魯迅的聲音，其基本的方面是難以成立的，有太多的基於個人臆測的妄斷，但它卻是世俗化時代的一個標誌，反映出這個時代價值領域的新變和存在的問題。如果說王富仁把魯迅從政治革命神壇上拉下來，恢復他思想革命先驅的形象，那麼這些人又把魯迅從思想革命的神壇上拉下來，恢復他作為一個普通人的面目。顯然，這反映了價值多元時代普通人的獨立自主意識的強化，他們不再把自身的價值託付給任何偶像，而是讓偶像按照自己的意志表達意義，他們希望魯迅是個普通的人，與自己一樣。貶低魯迅，是為了獲得在相當長時期裏人們所不曾真正擁有過的個人權利，包括真正的自由地思想和想像的權利。但像長期受禁錮的人一旦獲得自由就可能失去平衡一樣，這種貶低魯迅的聲音是靠虛張聲勢來獲得自尊的，細察起來，可以發現少了點健康、理性的文化底氣，因此其本身即是一種時代病的症候，需要有一個新的調養過程，糾正其歷史虛無主義的片面性。

　　我們這樣來談論魯迅實際上貫徹了歷史與文學相互印證的觀點，考慮的是歷史邏輯如何影響到魯迅研究，魯迅形象的變遷又如何折射出社會歷史的問題。這是中國問題主導下的魯迅研究，魯迅研究中折射出來的中國社會歷史問題。文學是人學，與人聯繫在一起。把文化研究和文學研究、審美研究和社會歷史的研究結合起來，就比一般的中國問題研究更具有審美的特點，更接近人的心靈，又比一般的文學研究更具有歷史的豐富性和厚重的文化內涵。

　　載《福建論壇》2015 年第 6 期，原題《「魯迅與二十世紀中國研究」筆談》。

林紓與蔡元培公開信中的
文化衝突及其歷史邏輯

　　鴉片戰爭以後，中國面臨數千年未有之大變局，文化的新舊矛盾與中西衝突糾結在一起，使老大帝國舉步維艱，深陷困境。到了五四新文化運動，文化的新舊矛盾與中西衝突發展到了一個新的階段，其突出的標誌就是1919年3月18日林紓在《公言報》上發表公開信《致蔡鶴卿太史書》，蔡元培則於當月21日在《北京大學日刊》上發表《答林君琴南函》，就新舊文化各述己見。這一事件引起強烈的社會反響，推動了新文化運動的迅猛發展。

　　研究歷史須有「瞭解之同情」。有點遺憾的是，對於這一中國現代文化史、教育史上十分重要的林、蔡公開交鋒，一些研究成果從先驗的判斷出發，先給林紓貼上封建復古派的標籤，然後截取他的言論歸結到現成的結論上去，歷史的豐富性和複雜性由此大打折扣。這對於認識新文化運動的偉大意義和深遠影響，其實並無助益。

一、公開信的緣起

　　說起林紓反對新文化運動，我們印象中是他迫不及待地跳出來，竭力衛道，成為一個十分可笑的人物。林紓確實是衛道者，但他翻譯過百餘部西方名著，為中國文學的現代轉型作出過非常重要的貢獻。他的落伍，是一個時代的縮影，帶有悲劇性。

　　林紓給蔡元培寫公開信，事發偶然，但偶然中也有必然性。他在《公言報》上登出給蔡元培公開信前約一個月，已經發表了小說《荊生》〔註1〕。這篇短

〔註1〕林紓：《荊生》，1919年2月17～18日連載於上海《新申報》。

短的文言小說，描寫皖人田其美、浙人金心異和剛從美洲回來的哲學家狄莫三人，他們遊陶然亭，暢飲笑談「去孔子」、「滅倫常」、「廢文言」以行白話時，偉丈夫荊生破壁而入，痛打田其美、金心異、狄莫，三人抱頭鼠竄。很明顯，田其美是影射陳獨秀，因為古代田、陳一家，美與獨秀對舉。金即錢，異對同，金心異就是錢玄同。狄莫影射胡適，狄與胡，都是古代中原漢人對周邊族群的蔑稱。林紓把他對新文化運動的強烈不滿發洩到了三位新文化運動的倡導者身上。可是他給蔡元培寫公開信，態度明顯比較誠懇，即其公開信中所說的「名教之孤懸，不絕如縷，實望我公為之保全而護惜之」。這一方面因為蔡元培身份特殊，林紓對北大校長抱有某種幻想；另一方面，林紓對蔡元培還有一份歉意。這是因為此前不久，趙體孟要出版明末劉應秋的遺稿，曾請蔡元培介紹梁啟超、章太炎、嚴復、林紓等名人寫序和題辭，蔡元培分別給幾位寫了信。林紓剛發表了對蔡元培有所不敬的小說《荊生》，蔡校長不僅沒怪罪，反而來信代邀其題辭，這讓他有些感動，也不免忐忑。他立即讓其早年的學生張厚載將剛寄出的第二篇小說、對蔡元培攻擊更甚的《妖夢》追回不再發表，同時給蔡元培寫信，想有所申述，並借機表達他對北大支持新文化一派人物的不滿。林紓的不滿主要有兩點，一是新文化運動的「覆孔孟，鏟倫常」，二是文學革命的「盡廢古書，行用土語為文學」〔註2〕，這代表了當時的保守派對新文化運動和文學革命的基本態度。這封信涉及公共話題，林紓也有意向天下公布他對新文化運動的看法，所以直接送《公信報》發表了。

蔡元培並非認為新文化運動沒有缺點，所以有人提出批評，他並不以為惡意。真正讓蔡元培憤怒的是那個張厚載。張厚載當時是北大在校學生，他給校長蔡元培寫了一封信：「孑民校長先生大鑒：《新申報》所登林琴南先生小說稿悉由鄙轉寄，近更有《妖夢》一篇攻擊陳、胡兩先生，並有牽涉先生之處。稿發後而林先生來函，謂先生已乞彼為劉應秋文集作序，《妖夢》當可勿登，但稿已寄至上海，殊難中止，不日即要登出。倘有瀆犯先生之語，務乞歸罪於生。先生大度包容，對於林先生之遊戲筆墨，當亦不甚介意也。又，林先生致先生一函，先生對之有若何感想會作復函否？生以為此實研究思潮變遷最有趣味之材料，務懇先生將對於此事之態度與意見賜示，不勝企□□□敬頌。教祺，學生張厚載拜啟。」〔註3〕此信等於把林紓寫小說攻擊新文化運動的內

〔註2〕林紓：《致蔡鶴卿太史書》，《公言報》1919 年 3 月 18 日。
〔註3〕載《北京大學日刊》1919 年 3 月 21 日。

情和盤托出。蔡元培對張厚載不愛護母校北京大學的名譽十分生氣，當即寫了回信：

> 謬子兄鑒：得書，知林琴南君攻擊本校教員之小說，均由兄轉寄《新申報》。在兄與林君有師生之宜，宜愛護林君。兄為本校學生，宜愛護母校。林君作此等小說，意在毀壞本校名譽，兄徇林君之意而發布之，於兄愛護母校之心安乎？否乎？僕生平不喜作讕罵語、輕薄語，以為受者無傷，而施者實為失德。林君詈僕，僕將哀矜之不暇，而，而又何憾焉？惟兄反諸愛護本師之心，安乎？否乎？往者不可追，望此後注意！此復並候學祺。
>
> 蔡元培白〔註4〕

蔡元培可以不在意老朽人物林紓寫小說影射北京大學的教員，但不能接受北大學生參與到對母校的影射活動中，在給張厚載的回信中責備很重。張厚載與林紓本有師生之誼，是林紓在五城中學堂時的學生，他與新文化運動關係比較複雜。作為北大的學生，他的文學觀受到胡適、錢玄同等人的影響，就如他說的：「自讀《新青年》後，思想上獲益甚多。陳（獨秀）、胡（適）、錢（玄同）、劉（半農）諸先生之文學改良說，翻陳出新，尤有研究之趣味。僕以為文學之有變遷，乃因人類社會而轉移，決無社會生活變遷，而文學能墨守跡象，亙古不變者。故三代之文，變而為周秦兩漢之文，再變而為六朝之文，乃至唐宋元明之文。雖古代文學家好模仿古文，不肯自闢蹊徑，然一時代之文，與他一時代之文，其變遷之痕跡，究竟非常顯著。故文學之變遷，乃自然的現象，即無文學家倡言改革，而文學之自身，終覺不能免多少之改革；但倡言改革乃應時代之要求，而益以促進其變化而已。」〔註5〕這其實就是胡適的進化論的文學觀。但張厚載與林紓的關係相當密切，他在白話文學的一些具體問題上與胡適、錢玄同、劉半農等存有分歧。或者可以反過來說，正因為與林紓的關係比較密切，張厚載才與新文化的主流有了矛盾，使他捲入林紓與蔡元培的交鋒中，成了一個犧牲品〔註6〕。

林紓的《妖夢》1919年3月18日至22日在上海的《新申報》刊出。張

〔註4〕載《北京大學日刊》1919年3月21日。

〔註5〕張厚載：《新文學及中國舊戲》，《新青年》第4卷第6號（1916年6月15日）。

〔註6〕張厚載是被北京大學「退學」的。《北京大學日刊》1919年3月31日的《本校布告》：「學生張厚載屢次通信於京滬各報傳播無根據之謠言，損壞本校名譽，依大學規程第六章第四十六條第一項，令其退學此布。」

厚載在給蔡元培的信中提到《妖夢》稿子已經寄出，難以追回，說明他給蔡元培的信寫於 3 月 18 日前。這就不難想像，已從張厚載的信中得知林紓的影射內幕，蔡元培在讀到林紓刊發於 3 月 18 日《公言報》的《致蔡鶴卿太史書》時是一種什麼心情。當晚，蔡元培就寫下洋洋五千言的《答林君琴南函》，就林紓對新文化運動和文學革命的責難公開表達自己嚴正的立場。3 月 21 日，《北京大學日刊》全文轉載林紓的《致蔡鶴卿太史書》，又一併刊出蔡元培的《答林君琴南函》和他致張厚載的信。3 月 31 日，張厚載被退學。這從一個側面反映出當年新舊文化鬥爭中個人私誼與文化觀念上的衝突夾雜在一起，十分激烈；同時又說明，林紓致蔡元培的公開信和蔡元培的高調回覆，絕非個人的間隙，而是新舊文化的代表性人物的一次公共言說，是一個具有重要歷史意義的社會事件。它並非精心策劃，卻是遲早要來的一場衝突。

二、文化衝突的模式

　　新舊文化衝突，與歷史相始終。而鴉片戰爭後的新舊文化衝突與此前有所不同，是因為它的背後是中西文化的碰撞。如果說鴉片戰爭前的新舊文化衝突主要是傳統文化基於現實矛盾的自我改造，那麼在鴉片戰爭後，傳統文化遭遇的就不只是來自現實的挑戰，更嚴峻的是出現了中西文化的比較和平衡問題。面對西方列強侵略和國內的重重矛盾，需要在文化上有所變通，既能維護封建王朝的統治，又能應對西方文明的挑戰。為此，魏源率先提出了「以夷制夷」的文化策略，洋務派隨後提出了「中體西用」，再後來是君主立憲派推行戊戌新政。「以夷制夷」，是學習西方先進的軍事科技，把冷兵器換成熱兵器，抵制外來侵略。洋務派的「中學為體，西學為用」，「中學」是指三綱八目，所謂明德、新民、止至善和格物、致知、誠意、正心、修身、齊家、治國、平天下，這些都是儒家思想的核心。西學，則是近代從西方傳入的自然科學和商務、教育、外貿、法律等社會科學。「中學為體，西學為用」，就是要以中國倫常經史之學為本，以西方科技之術為應用，在維護綱常名教思想不動搖的前提下，引進西方的科技知識和社會學思想，發展實業，富國強兵。這實際上是把魏源「以夷制夷」的思想加以學理化，而它的致命缺點是沒有意識到「體」和「用」難以分割。當西方的「用」催生了新思想、創造了代表新階層的現實利益的時候，傳統的制度和文化就一定難以容忍。甲午戰爭的失敗，即宣告了「中體西用」思想的破產。當然，戊戌新政也沒有成功，最後

是辛亥革命徹底終結了二千餘年的封建王朝。

五四新文化運動，是在此前這一系列探索和不斷失敗的基礎上興起的文化革新運動。它標誌著中國人在處理中西文化衝突和新舊文化矛盾時的觀念發生了根本性變化，不再是在維護傳統文化正統地位的前提下，調和新舊文化的矛盾與中西文化的衝突，而是在中西文化的碰撞中超越傳統文化的樊籬，超越「中體西用」的思想羈絆，大膽地向西方文明汲取解決中國現實問題的思想資源，從而開創了思想解放的偉大時代。

林紓與蔡元培的隔空交鋒，是這一思想解放運動中發生的一個重要事件。在此之前，文化保守派沒有理睬新文化運動，因為他們認為陳獨秀之流不過是秋蟲自鳴，成不了氣候。《新青年》一派人因此還感到了寂寞，演出過一幕「雙簧戲」，即由錢玄同化名「王敬軒」以封建文化衛道士的口吻，歷數《新青年》和新文化運動的罪狀，由劉半農以「本社記者半農」之名作文批駁，自導自演，來刷存在感，擴大新文化運動的影響。可是到 1919 年初，形勢發生了變化，讓林紓有點坐不住了，要借著給蔡元培寫公開信的機會，系統地發表他對新文化運動的強烈不滿。

在歷史轉折時期的新舊思想交鋒有一個大致的模式，即雙方的論述各有自己的理論依據，所以孤立地看，無論哪一方的邏輯都是自洽的，所謂言之成理、持之有故，因此論爭中常常是誰也說服不了誰。然而細究，會發現雙方談的同一問題，實質上是各依自己的觀念對事實進行解釋，基本上是自說自話，很難發生思想上的交集。當然，真理會越辯越明，可是對真理的確認，或者哪一方勝出，這不是由爭論的哪一方說了算的，而是要由社會實踐來做出判斷和裁決。

林紓認為中國的社會現實問題，要從社會現實中尋找解決問題的辦法，如果怪罪中國固有的文明，就好比「童子之羸困，不求良醫，乃追責其二親之有隱瘵逐之，而童子可以日就肥澤，有是理耶？」這看起來有些道理，可是現實問題本身就關聯著中國固有的文化，藉口就事論事，卻迴避了現實問題中的文化根源，以此替固有的文明開脫，這實在是一種詭辯。

林紓在晚清翻譯過百餘部西方文學名著，對西方文化是有些瞭解的，然而他明顯是從中國傳統文化的視野來看待西方，用傳統文化的概念把西方文明扭曲到中國文化中來，並沒真正理解西方文明的實質，就像他說的：「外國不知孔孟，然崇仁，仗義，矢信，尚智，守禮，五常之道，未嘗悖也，而又濟

151

之以勇。弟不解西文，積十九年之筆述，成譯著一百三十三種，都一千二百萬言，實未見中有違忤五常之語，何時賢乃有此叛親蔑倫之論，此其得諸西人乎？抑別有所授耶？」這顯然是認為崇仁、仗義、矢信、尚智、守禮等所謂「五常之道」，中西相同，他根本沒弄清楚西方以個人權利為基礎的道德與中國傳統的家族倫理為基礎的宗法制道德有著本質的差異。

林紓把中西道德的差異抹平，以中釋西，因而可以隨心所欲地從中國傳統道德觀出發，而又借著西方文明的名義，來痛斥從袁枚到五四新文化派的有悖人倫。他說：「所謂新道德者，斥父母為自感情慾，於己無恩。此語曾一見之隨園文中，僕方以為擬於不倫，斥袁枚為狂謬，不圖竟有用為講學者。人頭畜鳴，辯不屑辯，置之可也。彼又云：武曌為聖王，卓文君為名媛，此亦拾李卓吾之餘唾。卓吾有禽獸行，故發是言；李穆堂又拾其餘唾，尊嚴嵩為忠臣。」人性有共同的基礎，可是在不同的文化中對人性的闡釋卻有天壤之別。林紓把從袁枚到新文化派的根據自然人性觀點強調父母沒有把子女當作私產的權利和卓文君追求愛情的行為視為大逆不道，捏造出「人頭畜鳴」的罪名，明顯是依據中國宗法思想的惡意誇張和誣陷，彰顯的是他自己拘於陳規、外在於人類先進文明的重大思想侷限。

林紓譴責文學革命「廢古書，行用土語為文字」，理由更為可笑：「行用土語為文字，則都下引車賣漿之徒所操之語，按之皆有文法，不類閩、廣人為無文法之唰啾，據此則凡京津之稗販，均可用為教授矣。」他以為大學教授的本事好像只在課堂上會講白話？

仔細考察，發現林紓的攻擊套路是唯理主義的循環論證，這也往往是守舊派人物跟不上時代腳步時的無奈之舉。唯理主義的循環論證之錯誤，是強調固有文明的先驗正確，因而把本身需要證明的大前提作為論證的出發點，所以形式上它雖合乎邏輯，得出的結論卻經不起事實的檢驗。蔡元培就林紓指責新文化派「覆孔孟，鏟倫常」，直接發問：「若謂大學教員曾於學校以外發表其『鏟倫常』之主義乎？則試問有誰何教員，曾於何書、何雜誌，為父子相夷、兄弟相鬩、夫婦無別、朋友不信之主張者？曾於何書、何雜誌，為不仁、不義、不智、不信及無禮之主張者？」針對林紓斥文學革命「盡廢古書，行用土語為文學」，蔡元培列舉了大量的事實，證明這些倡導新文化的教授都是道德、文章俱佳的學者：「北京大學教員中，善作白話文者，為胡適之、錢玄同、周啟孟諸君。公何以證知為非博極群書，非能作古文，而僅以白話文

藏拙者？胡君家世從學，其舊作古文，雖不多見，然即其所作《中國哲學史大綱》言之，其瞭解古書之眼光，不讓於清代乾嘉學者。錢君所作之《文字學講義》、《學術文通論》，皆古雅之古文。周君所譯之《域外小說》，則文筆之古奧，非淺學者所能解。然則公何寬於《水滸》、《紅樓》之作者，而苛於同時之胡錢周諸君耶？」〔註7〕蔡元培顯然是借用了經驗主義的方法，輕而易舉地用事實戳破了林紓的攻擊。他們的高下之分，彰顯了新文化派的與時代同行，與社會現實的緊密聯繫，與生活經驗的鮮活交流，而頑固派的思想則是與現實嚴重脫節，遠遠地落在了時代的後面。林紓用他那套封建禮教來衡量新文化倡導者的言行，捏造出「覆孔孟，鏟倫常」的罪名，自以為擊中新文化派的要害，其實完全站不住腳。後者幾乎等同於理直氣壯地宣稱：你那個「孔孟」我「覆」定了，你那個「倫常」我「鏟」定了。顛覆了「孔孟」，剷除了「倫常」，然後回歸到現代人的倫理觀上。現代人的倫理觀，就是從西方引進的基於自然人性的倫理思想，周作人對此有很簡要準確的說明。他說：

> 我們所說的人，不是世間所謂「天地之性最貴」，或「圓顱方趾」的人。乃是說，「從動物進化的人類」。其中有兩個要點，（一）「從動物」進化的，（二）從動物「進化」的。

> 我們承認人是一種生物。他的生活現象，與別的動物並無不同，所以我們相信人的一切生活本能，都是美的善的，應得完全滿足。凡有違反人性不自然的習慣制度，都應該排斥改正。

> 但我們又承認人是一種從動物進化的生物。他的內面生活，比別的動物更為複雜高深，而且逐漸向上，有能夠改造生活的力量。所以我們相信人類以動物的生活為生存的基礎，而其內面生活，卻漸與動物相遠，終能達到高上和平的境地。凡獸性的餘留，與古代禮法可以阻礙人性向上的發展者，也都應該排斥改正。

> 這兩個要點，換一句話說，便是人的靈肉二重的生活。古人的思想，以為人性有靈肉二元，同時並存，永相衝突。肉的一面，是獸性的遺傳；靈的一面，是神性的發端。人生的目的，便偏重在發展這神性；其手段，便在減了體質以救靈魂。所以古來宗教，大都屬行禁慾主義，有種種苦行，抵制人類的本能。一方面卻別有不顧靈魂的快樂派，只願「死便埋我」。其實兩者都是趨於極端，不能說

〔註7〕蔡元培：《答林君琴南函》，《北京大學日刊》1919年3月21日。

是人的正當生活。到了近世，才有人看出這靈肉本是一物的兩面，
並非對抗的二元。獸性與神性，合起來便只是人性。〔註8〕

周作人強調人的本性是「神性」和「獸性」的結合，他要尊崇人本主義。
他據此痛斥傳統道德以禮教束縛人性、扼殺個性，窒息社會活力，嚴重阻礙
了時代的進步。這就把林紓詭辯中的中國固有文明這個大前提直接廢了，暴
露出了守舊派在學理上的謬誤。

很顯然，蔡元培與林紓的衝突是新文化派與文化守成派之間思想觀念的
衝突。他們彼此難以溝通，表明新舊陣營之間完全決裂，難以調和。這又表
明，中國正處在一個由舊蛻新的重大歷史轉折時期。

三、意義與歷史影響

林紓面對新文化運動，沉默了多年。他似乎知道，以七十高齡與胡適、
陳獨秀、錢玄同、劉半農這班年輕人發生衝突，對自己沒有多少好處，但因
為事關重大，覺得責任在身，所以他要出來對壘，所謂「今篤老尚抱守殘缺，
致死不易其操」，很有點悲壯的情懷。

可是天下大勢浩浩蕩蕩，順之者昌，逆之者亡，他的決絕抵抗反而使自己
洋相出盡。思想老舊、邏輯混亂，遭到了年輕人的無情嘲諷。李大釗發表《新
舊思潮之激戰》〔註9〕，正告那些抱著腐敗思想的人應該本著所信道理，光明
磊落地出來同新派思想家辯駁，不能鬼鬼祟祟，想用道理以外的勢力來剷除這
剛一萌動的新機。魯迅抓住林紓自稱「清室舉人」卻又來「中華民國」維護綱
常名教的矛盾，嘲諷他既然不是中華民國的人，別來干涉敝國事情了罷〔註
10〕；又直指其要害：「做了人類想成仙；生在地上要上天；明明是現代人，吸
著現在的空氣，卻偏要勒派朽腐的名教，僵死的語言，侮蔑盡現在，這都是『現
在的屠殺者』。殺了『現在』，也便殺了『將來』。──將來是子孫的時代。」
〔註11〕一位署名「只眼」的作者更尖銳地揭露：「林紓本來想藉重武力壓倒新
派的人，那曉得他的偉丈夫不替他做主，他老羞成怒。聽說他又去運動他的同
鄉的國會議員，在國會裏提出彈劾案，來彈劾教育總長和北京大學校長。無論

〔註8〕周作人：《人的文學》，《新青年》第5卷第6號（1918年12月15日）。
〔註9〕李大釗：《新舊思潮之激戰》，《每週評論》第12期（1919年3月9日）。
〔註10〕魯迅：《敬告遺老》，《每週評論》1919年3月30日，署名「庚言」。
〔註11〕魯迅：《現在的屠殺者》，《新青年》第6卷第5號（1919年5月15日），署
名「唐俟」。

哪國的萬能國會，也沒有干涉國民信仰言論自由的道理罷。」〔註12〕

《每週評論》第12期則轉載林紓的影射小說《荆生》，第13期組織文章對《荆生》逐段點評，並摘錄北京、上海、四川等地數十家報章雜誌譴責林紓這篇影射小說的文章，以《對於新舊思潮的輿論》為題，作為「特別附錄」發表。這可謂一次聲勢浩大的媒體策劃，給予守舊派一個沉重的打擊。

林紓的衛道之舉，本是希望蔡元培管束一下北大的新派教授，哪想到經蔡元培的據理駁斥，激發了新文化陣營的同仇敵愾，有力地擴大了新文化運動的影響，形成了新文化對舊文化的壓倒一切的聲勢。

當然，這一場論辯的意義遠不止此。在中國現代教育史上，它也留下了濃墨重彩的一筆——蔡元培借回答林紓書的機會，重申北京大學的辦學宗旨：

> （一）對於學說，仿世界各大學通例，循「思想自由」原則，取兼容並包主義，與公所提出之「圓通廣大」四字，頗不相背也。無論為何種學派，苟其言之成理，持之有故，尚不達自然淘汰之運命者、雖彼此相反，而悉聽其自由發展。
>
> （二）對於教員，以學詣為主。在校講授，以無背於第一種之主張為界限。其在校外之言動，悉聽自由，本校從不過問，亦不能代負責任。

在新舊對壘中，蔡元培關於現代大學精神的莊嚴宣告產生了重大而深遠的影響，成為現代大學教育成熟的一個劃時代的標誌。

這場論辯更重要的意義，還在於通過兩位足以代表當時新舊文化的權威人物從新文化的源頭上呈現了新舊文化兩種不同的思維方式和歷史邏輯，讓後來者得以透過它來思考歷史發展和文化承傳的規律，給研究提供了一個值得深入探討的範例。

新、舊文化人物的思維模式，最根本的區別在於新文化陣營是放眼看世界，超越了中國傳統文化的價值觀和基本立場，從社會現實的發展中感受和發現問題，以實踐的觀點擇取西方文明的思想資源，把它應用於實踐中，再根據實踐的效果來進行總結和提高，形成新的思想。這樣的新思想，是中西文化交流的結晶，也是學習西方先進文明的結果，但同時又是繼承和發揚中國的傳統文化，使其固有的文明通過社會實踐而在現實土壤中獲得新生，從

〔註12〕只眼：《林紓的留聲機器》，《每週評論》1919年3月30日。

而與西方文明結合，延續了古老文明的生命力。反觀陳獨秀、胡適、魯迅、周作人、錢玄同、劉半農這些新文化的先驅，正像蔡元培質問林紓說的，哪一位不是學貫中西，站在反封建的潮頭，卻對中國學術的新生和中國文學的轉型作出了巨大的貢獻，奠定了中國現代學術和現代文學的堅實基礎？從這樣的意義上說，稱這些人是中國文藝復興的巨人也不為過。他們之所以能取得傑出成就，一個根本原因就是不迷信、不盲從，面向未來，勇於實踐，專注創造，而這恰恰使他們繼承並發展了中國固有文明和悠久的文學傳統。中國現代學術的發展和新文學的成就，有力地證明了這一事實。

舊派文人的思維邏輯則相反，他們是蜷縮在國門之內，把中西文明對立起來，割裂開來，時時固守著中國固有的文化傳統，拘泥於孔孟及其傳人的某一語錄、闡釋的某一思想，視之為維繫國本之穩固的金科玉律，不思改變，結果完全脫離現實的發展，其所信奉的「三綱五常」之類成為禁錮人性、扼殺生機，抵制現實發展、開歷史倒車的陳詞濫調，而他們自身也成為螳臂擋車的歷史笑話。

把五四新文化運動發軔之初新舊兩大陣營的思維模式對照起來，不難發現人類文明進步的內在規律，那就是事物在發生變化，社會在不斷地進步，人的思想必須跟上時代的腳步，勇於探索和創新，發現新問題，提出新辦法，而不能固守陳規，拘泥於傳統，否則只會被時代所拋棄。而人類文明雖有地域和民族的特色，但是人們對於世界與人類自身的認識是有內在的一致性的。真理放之四海而皆準，本沒有國別的分野，就像馬克思主義思想可以跨越國別和民族的限制，為人類社會的發展指明了方向！

這場論辯的再一個重大意義，就是昭示了一個真理，即新舊文化的消長，或者說新文化的勝利和舊文化的失敗，歸根到底是由社會實踐作出的選擇。歷史選擇了蔡元培們，拋棄了林紓們，但這並非說明蔡元培和林紓所代表的思維模式只具有單向度的意義。所謂歷史的選擇，它是與具體的條件聯繫在一起的。一旦雙方的思想抽去了具體內容，留下一個抽象的思維邏輯時，兩者的功能再與新的歷史條件結合起來，其所起的作用則完全可能發生變化。

蔡元培們的思維邏輯，唯新是從——《新青年》、《少年中國》，這些風行一時名刊的名稱就宣示了新文化派的唯新是從和少年本位的價值觀，與中國傳統文化追慕「三皇五帝」、崇尚先賢的「以古為本」、「以老為本」的觀念迥異。唯新是從、少年本位的觀念在五四新文化運動中深入人心，有力地推動

了中國社會進入了張揚個性、尊崇人性的現代發展階段。但是它們的深入人心，同樣是歷史選擇的一個結果，即它們衝破舊的思想樊籬的功能恰好為時代的反封建文化鬥爭所需要。如果離開了具體的歷史條件，以為新就是好、少年肯定強，那就有可能犯經驗主義的錯誤——這樣的錯誤，魯迅在 1927 年的進化論思路轟毀過程中曾經銘心刻骨地經歷過了。

　　一個民族的文化，正是通過這樣的新舊對壘、并接受歷史的選擇而向前發展的。在這一過程中，新文化具備強大的創新動能，甚至會摧枯拉朽，一掃舊文化的殘局，其創新的成果便沉澱在文化傳統中，從而墊高了傳統文化的基礎，推動了民族文化的發展，但它自身也可能留下一些急功近利的粗疏與侷限，正有待於更為穩健的文化力量在新的社會條件下對它加以辨析和校正。舊文化在這樣的過程中遭受衝擊，但衝擊是洗禮，不是消滅，因為在新文化運動高潮過去以後，守舊派文人對於民族文化的持重態度會在已經發展了的民族文化基礎上自我調整，並且對於糾正新文化的激進主義傾向發揮積極的作用，比如引導人們去關注在激進革命時代可能忽略了的傳統文化的更為內在、更具有普遍意義的方面，從而發掘傳統文化的內涵，使其展現出新的生命。一個民族的文化生命力，是與這個民族本身的生命血肉相連、休戚與共的。一個民族沒有消亡，它的文化就決不會退出歷史的舞臺；相反，它會根植於現實的土壤，經受歷史的洗禮，獲得新生，影響著民族共同體每一個成員的思想和行為，影響著這個民族的前途。

　　中國文化近百年的蛻變與發展，總是與中西文化的衝突糾纏在一起，成了一個實踐性的巨大難題，迄今沒有得到很好的解決。從中國近百年的歷史中，我們不時可以看到這個問題伴隨著現實的發展而不斷地被提上議事日程，成為人們關注和爭論的焦點。蔡元培和林紓在 20 世紀初的那一次隔空交鋒，似乎已經告訴人們，新舊文化的關係是一個歷史課題，它永遠是與現實的發展聯繫在一起的，不能指望它得到終極性的解決。它是一個歷史過程，考驗著我們民族的智慧和毅力，也昭示著人類共同的使命！

載《德州學院學報》2019 年第 1 期。

重審梁實秋與左翼的文學論爭

　　梁實秋是新月派中與左翼進行文學論辯的重要人物〔註1〕。長期以來，學界認為雙方論爭焦點在人性論與階級論的對峙。的確，人性是梁實秋拿來對抗左翼的重要武器。他將固定的普遍的人性視作人性之根本，以生老病死這類普泛意義上的人性來批駁左翼文學看重的階級性，其中的理論漏洞是顯而易見的。從理論上言，人性與階級性並非對立關係，人性既包括梁實秋所言的普遍人性，但未嘗就不包括特殊時期特殊階級的個別人性，即階級性。如果文學根基於人性，那文學表現階級性也無可厚非，因為階級性本隸屬於人性。文學應以表現人性為主還是以階級性為主，其實不能構成一組對立的命題。事實上，當梁實秋在用人性反對階級性時，其背後還交織著更為複雜的思想因素，他所依據的不僅是他的普遍人性論，同時也交織著他深厚的個人主義思想背景。

一

　　在梁實秋與左翼的文學論爭如火如荼之時，梁所在的大本營新月派正在轟轟烈烈地向國民黨當局爭人權。在這場論爭中，胡適、羅隆基等都不約而同地將「發展個性」視作人的基本權利，重視作為個體的人的權利，明確地將「個人性」置於集體之上的優先位置，並因此反對任何以集體的名義對個人的壓制。實際上，胡適的個人主義思想由來已久，早在《易卜生主義》中，胡適就闡明了他的「健全的個人主義」觀念。五四落潮後，胡適個人主義思

〔註1〕這裡所說的新月派，沿用了梁實秋在《憶新月》中的說法，即「辦這雜誌的一夥人，常被人稱作為『新月派』」，主要指以《新月》雜誌為陣地，以胡適為首的一批英美派知識分子，見梁實秋《憶新月》，方念仁編，《新月派評論資料選》，華東師範大學出版社1993年版。

想的重心有所轉移。不同於《新青年》時期他所強調「個人」主要是針對傳統舊文化制度對人性的壓抑，此時的他更為重視個人如何在社會中存在，以及個人自由與集團性權力之間的複雜關係。在前期強調「個性」、「個人」的基礎上，他提出了個人相對於集體的優先性。首先，他重申個人對於社會的重要意義，「為我」即是「為社會」，「把自己鑄造成器，方才可以希望有益於社會。真實的為我，便是最有益的為人。」〔註2〕其二，他警惕以集體名義壓制或取消「個人自由」，他說：「現在有人對你們說：『犧牲你們個人的自由，去求國家的自由！』我對你們說：『爭你們個人的自由，便是為國家爭自由！爭你們自己的人格，便是為國家爭人格！自由平等的國家不是一群奴才建造得起來的！』」〔註3〕在《個人自由與社會進步 再談五四運動》中，他引用張熙若的話再次提出這一觀點：「個人主義自有它的優點：最基本的是它承認個人是一切社會組織的來源。他又指出個人主義的政治理論的神髓是承認個人的思想自由和言論自由。」〔註4〕胡適明確地將個人置於優先地位，強調「爭個人自由即是爭國家自由」，可見他認為個人相對於集體組織具有優先性和根本性。胡適的這一個人主義思想在《新月》同人梁實秋身上也有體現。

　　如果說胡適論人權主要著眼在政治制度方面，那麼梁實秋則集中在思想言論自由上，並由此將對國民黨的批判與對當時左翼文學的批評聯繫起來。早在論爭開始前，梁實秋就曾借羅素談思想自由表明自己反對思想專制的觀點〔註5〕。胡適的《人權與約法》發表後，他又發表《論思想統一》予以支持，他說：「思想這件東西，我以為是不能統一的，也是不必統一的。」文章排好後，梁實秋看到報紙上國民黨宣傳三民主義文學，於是又加上一段話予以批評：「很明顯的，現在當局是要用『三民主義』來統一文藝作品。然而我就不知道『三民主義』與文藝作品有什麼關係；我更不解宣傳會議決議創造三民主義的文學，如何就真能產出三民主義的文學來」。接下來，他又說：「以任何文學批評上的主義來統一文藝，都是不可能的，何況是政治上的一種主義？由統一中國統一思想到統一文藝了，文藝這件東西恐怕不大容易統一罷？鼓吹階級鬥爭的文藝作品，我是也不贊成的，實在講，凡是宣傳任何主義的作

〔註2〕《胡適文集》第 5 卷，北京大學出版社 1998 年版，第 511 頁。
〔註3〕《胡適文集》第 5 卷，北京大學出版社 1998 年版，第 511～512 頁。
〔註4〕《胡適文集》第 11 卷，北京大學出版社 1998 年版，第 585 頁。
〔註5〕梁實秋：《羅素論思想自由》，《新月》1 卷 11 號（1929 年 1 月 10 日）。

品,我都不以為有多少文藝價值的。」〔註6〕實際上,此前梁實秋已發表《文學與革命》反對革命文學,而從這段話看,他反對的不僅是左翼文學的做法,右翼文學也是一樣。左右翼文學在他眼裏都將文學視作政治的工具,壓制了自由思想,因此也無法產生出好的作品。在後來的《思想自由》中,他同時對左右翼提出尖銳批評:

> 中國現在令人不滿的現狀之一,便是人民沒有思想自由。妨礙人民思想自由的有兩種人:一種是當局者,濫用威權,侵犯人民言論出版自由,不准人民批評,強迫人民信仰某一種主義;還有一種是熱狂的宣傳家,用謾罵的文字攻擊異己,用誣衊的手段陷害異己,誇大的宣揚自己的主張。兩者都妨礙人的思想自由,因為都不是靠了理性來取人民的信仰,而是用了外力來強制人民的信仰,都是感情用事,而不是冷靜地訴於人的理性。要有了思想自由,必先使人民有充分的安然的研究的機會。壓力要不得,引誘也要不得。要把事實和理論清清楚楚的放在人民面前,要他們自己想,自己信,———這才算得是思想自由。〔註7〕

可見,梁實秋並非僅僅反「左」或反「右」,關鍵是他對思想自由的提倡,因此反對以各種名義對個人思想自由的侵犯。不管是胡適的「健全的個人主義」,還是梁實秋對思想自由的呼籲,其根本都在於他們對個人自由的重視,源頭還在其思想中的個人主義,這使得新月派的文學觀念具有自己的思想根基。胡適曾說:「我們希望兩個標準:第一個是人的文學;不是一種非人的文學;要夠得上人味兒的文學。要有點兒人氣,要有點兒人格,要有人味的,人的文學。第二,我們希望要有自由的文學。文學這東西不能由政府來指導。」〔註8〕胡適上述文學觀顯然是以他的個人主義思想為基礎的,而此點也正是新月派文學最重要的理論基礎。表面看來,梁實秋在論爭中並沒有將胡適的個人主義觀點作為他理論的支撐,但他反對左翼文學的階級性與此個人主義理論卻有著根本的一致,這點較之於他那「普遍的固定的人性」更為根本,也是他與左翼文學能夠稱得上是真正對立的地方。

〔註6〕 梁實秋:《論思想統一》,《新月》2卷3號(1929年5月10日)。
〔註7〕 梁實秋:《思想自由》《新月》2卷11號「零星」欄(1930年1月10日)。
〔註8〕 胡適:《中國文藝復興運動》,《胡適學術文集·新文學運動》,姜義華主編,中華書局1993年版,第288頁。

二

　　如果說梁實秋在用普遍人性反對階級性時並無足夠說服力，那麼他直接對革命文學的批評卻有著一貫的學理性，與他重視個人思想自由一脈相承，其核心正是胡適等看重的「個人性」。儘管梁實秋在論爭中處處提及普遍人性，但很多時候他實際上是將「個人性」與「普遍人性」糅雜在一處，從而又呈現出一種論述的含混。首先，從文學表現題材角度言，梁實秋基於對「個人性」的重視，認為文學主要表現的應該也是個人思想和情思。他並不否認革命作為文學的表現對象，而是反對「階級性」對「個人性」的壓抑。以階級性作為文學的表現主體，實際上是以「階級」、「組織」這類集體概念取消了人作為獨特個體的「個性」。梁實秋說，革命文學「是把文學當做宣傳品，當做一種階級鬥爭的工具。我們不反對任何人利用文學來達到另外的目的，這與文學本身無害的，但是我們不能承認宣傳式的文字便是文學。例如，集團的觀念是無產階級革命家說最寶貴的，無產階級的暴動最注重的就是組織，沒有組織就沒有力量，所以號稱無產文學者也就竭力宣傳這一點，竭力抑止個人的情緒的表現，竭力的鼓吹整個階級的意識。以文學的形式來做宣傳的工具當然是再妙沒有，但是，我們能承認這是文學嗎？」〔註9〕在這段話中，梁實秋指出文學有宣傳作用，但宣傳式的文字不是文學，這與魯迅的觀點並無差異，然而他反對革命文學的宣傳，更是在於其「竭力鼓吹整個階級意識」，而「抑止個人的情緒的表現」。以階級意識壓制個人性，將集體置於個人之上，崇尚個人思想自由的梁實秋對此顯然是不滿的，而他之所以反對革命文學式的宣傳，其實也不在於左翼將文學工具化的做法，而是指向了其宣傳內容，這內容正是左翼強調的階級性。在《所謂「文藝政策」者》一文中，梁實秋又說：「我並不說文藝和政治沒有關係，政治也是生活中所不能少的一段經驗，文藝也常常表現出政治生活的背景，但這是一種自然而然的步驟，不是人工勉強的。文藝作品是不能定做的，不是機械的產物。」〔註10〕因而不能把一套政治的公式強加到文藝頭上，如果用政治規範文學，文學就喪失了自身獨立的個性，這明顯與梁實秋的個人主義思想背道而馳。而一旦文學是依據自身的需要，而不是根據政治的指示進行創造，即使與革命有關也無妨，他說：

〔註9〕梁實秋：《文學是有階級性的嗎？》，《新月》2卷6、7號合刊（1929年9月10日）。

〔註10〕梁實秋：《所謂「文藝政策」者》，《新月》3卷3號（1930年5月10日）。

「革命前之『革命的文學』，才是人的心靈中的第一滴的清冽的甘露，那是最濃烈的，最真摯的，最自然的。……文學家既不能脫離實際的人生而存在，革命的全部的時期中的生活對於文學家亦自然不無首先的適當之刺激」〔註11〕。梁實秋這裡對「革命的文學」的認可實際上也是基於他的「個人性」觀點，因為在他看來，這裡的「革命文學」雖然表現革命，但卻是「最真摯的，最自然的」，是出自人的內心需求，而不是受到政治的指導，正是他所說的「從人心深處流出來的情思才是好的文學」。對此，他還有過類似的說法：「並且我們還要承認，真的革命家的燃燒的熱情滲入於文學裏面，往往無意的形成極為感人的作品。不過，純粹以文學為革命的工具，革命終結的時候，工具的效用也就截止。假如『革命的文學』解釋做以文學為革命的工具，那便是小看了文學的價值。革命運動本是暫時的變態的，以文學的性質而限於『革命的』，是不以文學的固定的永久的價值縮減至暫時的變態的程度。」〔註12〕前一段是他對基於個人性創作的革命文學的認可，但後一段當他批評將文學視作工具的觀點時，又不自覺地將理論點移置普遍人性一面，梁實秋的含混可見一斑。不過從這裡依舊可以看出，梁實秋承認革命文學的原因正在於這一「革命」意識是「個人」的，是自然流露的，而不是缺乏「個人性」的集體意識的顯現。梁實秋的這一文學觀實際上與胡適，當然也包括梁實秋自己的個人主義觀點，是一脈相承的。新月派秉承西方自由主義傳統，重視個人自由，並反對任何借集體名義對個人的抹煞。表現在文學上，則是文學表達的只要是屬個人的，不論他與革命有關還是無關，不論是否含有階級成分在內，都是「個人性」的。這裡的「人」是本體意義上的個體人，而非階級意識下的集體人。

梁實秋主張文學應該表現「個人性」，而解決這一問題的關鍵還在作家創作的自由，文學上的個人主義實際上是作家創作個人主義的體現。不過他也經常是先提及普遍人性，再論及作家的獨立性。比如在《文學是有階級性的嗎？》中，他先來一句「文學家所代表的是那普遍的人性」，然後再申明「所以文學家的創造並不受著什麼外在的拘束，文學家的心目當中並不含有固定的階級觀念，更不含有為某一階級謀利益的成見。文學家永遠不失掉他的獨立。」隨後他又舉出托爾斯泰等人的例子說明階級性並不能壓抑普遍人性，

〔註11〕梁實秋：《文學與革命》，《新月》1卷4號（1928年6月10日）。
〔註12〕梁實秋：《文學與革命》，《新月》1卷4號（1928年6月10日）。

這一論證顯然很不充分，直接被魯迅拿過來反擊。實際上，他對文學家獨立地位的強調，與其說與普遍人性有關，還不如說與文學家的思想自由緊密相關。文學家的獨立之根本即為其思想的獨立，也是人之個性的重要表現，這即是他後來所指出的，「文學家不接受任誰的命令，除了他自己內心的命令；文學家沒有任何使命，除了他自己內心對於真善美的要求的使命。……他還永遠不失掉他的個性。」〔註13〕

梁實秋提出文學家的自由，其實質是他對個人思想自由的重視。梁實秋還把這一觀點延伸到文學的讀者上，這也是針對革命文學家提出的「大多數文學」而發。他從兩個方面對此進行了反駁：一是讀者的藝術品味與階級無關，並且文學往往是與大眾無關的。他對郭沫若「為了『無產大眾』，可以拋棄文藝，或使文藝不成為文藝都可以」的觀點進行批評，並指出：「我以為大眾是沒有文學品味的，而比較有品味的是占少數。」「我所謂的『大眾』，並不專指無產大眾。有產的人也盡有與文學無緣的。我所謂的『大眾』與多數人，是以他們的文學品味之有無而分，並不是以他們的經濟地位而分。」〔註14〕在《資本家與藝術品》〔註15〕中，他還一再表明鑒賞與階級、資產無關係。第二點則是基於上述他對文學家獨立性的強調。文學家無須顧及讀者是大多數還是少數，文學家創作的時候也不能考慮讀者是否大多數：「文學家要在理性範圍之內自由的創造，要忠於他自己的理想與觀察，他所企求的是真，是美，是善。」「無論是文學，或是革命，其中心均是個人主義的，均是崇拜英雄的，均是尊重天才的，與所謂的『大多數』不發生若何關係。」〔註16〕可見，梁實秋認為文學是個人主義的，所指的不僅是其內容應該以「個人」為主，更包含著作家創作時的「個人主義」。

為此，梁實秋還極為反感將文學從屬政治。他在攻擊魯迅翻譯蘇聯的《文藝政策》時說：「『文藝』而可以有『政策』，這本身就是一個名辭上的矛盾。俄國共產黨頒布的文藝政策，其內容是全然無理，裏面並沒有什麼理論的根據，只是幾種卑下的心理之顯明的表現而已：一種是暴虐，以政治的手段來剝削作者的思想自由；一種是愚蠢，以政治的手段來求文藝的清一色。」〔註17〕

〔註13〕梁實秋：《文學與革命》，《新月》1卷4號（1928年6月10日）。

〔註14〕梁實秋：《文學與大眾》，《新月》2卷12號（1930年2月10日）。

〔註15〕梁實秋：《資本家與藝術品》，《新月》3卷3號（1930年5月10日）。

〔註16〕梁實秋：《文學與革命》，《新月》1卷4號（1928年6月10日）。

〔註17〕梁實秋：《所謂「文藝政策」者》，《新月》3卷3號（1930年5月10日）。

梁實秋對蘇俄文藝與左翼的批評顯然夾雜著個人偏見，但他也並非有意與「左」為敵，他對左翼文學的批評，根本上針對的還是拿文學當工具而忽略文學本身、壓抑個人思想自由的做法。在與革命文學激烈論爭過後，梁實秋之後關於左翼的言論也更為冷靜。比如 1933 年國民黨政府申禁普羅書籍，梁實秋就有針對性地說：「凡贊成思想自由文藝自由的人，對於暴力（無論出自何方）是都要反對的。……普羅文學的理論，是有不健全的地方，……可是它的理論並非全盤錯誤，實在它的以唯物史觀為基礎的藝術論，有許多觀點是顛撲不滅的真理，並且是文藝批評家所不容忽視的新貢獻。」〔註18〕另外，梁實秋雖不贊成左翼的階級鬥爭觀念，但對於左傾青年他也主張平等對待，他說：「左傾並不是罪惡，等於右傾也不是罪惡。……一個人之信仰某一種天經地義，是被他的環境、遺傳、教育所決定的，所以我們大家信仰儘管不同，可是大家應該尊重彼此的真誠。」〔註19〕可以說，儘管梁實秋對革命文學的批評不無偏激，但這更多出自他對思想自由的信仰而並非有意與左翼為敵。他反對左翼文學，其根本是基於對個體人的人性的重視，由此他反對階級意識對個體意識的壓制，追求文學表現的個性和作家創作的自由獨立，顯示出鮮明的個人主義色彩。從這個角度說，只有個人性，即本體意義上的個人人性而不是「固定的普遍的人性」，才是梁實秋與左翼文學堪稱對立的根本所在。

之所要將「個人性」與「普遍人性」剝離開來，一方面是因為梁實秋儘管一再提及普遍人性並以此反對左翼提出的階級性，但實際上這兩者並不能構成事實上的對立，另一方面則是梁實秋儘管在與左翼論爭時未能真正高舉個人性來反對階級性，但他對「個人自由」的重視卻是不言而喻的，並且也滲透在他關於革命文學的批評中。可以說，梁實秋標舉的「文學基於人性」，其意除了他所言的普遍人性外，更重要的是個人主義意義上的、與階級意識相對的個體人性。不過，梁實秋儘管對「個人自由」與「國家自由」也做過清晰地辨析，但卻未能明確以其個人主義理念為重要理論依據來反對階級性，當他實際上是在以「個人自由」反對階級性壓抑個人時，又總是生硬地搭上他的「普遍人性」，這無疑遮蔽了他的個人主義思想。另一面，「個人性」與「固定的普遍的人性」也是兩個不同的概念。個人性是相對於集體如階級、組織這類概念而言，是個人在社會中表現出的「個體性」，也是個體自由的表

〔註18〕《梁實秋文集》第 7 卷，鷺江出版社 2002 年版，第 223～224 頁。
〔註19〕《梁實秋文集》第 7 卷，鷺江出版社 2002 年版，第 300 頁。

現；而普遍人性指的是人性中的恒常因素，相對於因時代、環境、階級等而來的人性中的變化因素。這兩個概念有著很大的差異，卻被梁實秋始終含混地攪在一起。相應的是，當他以「普遍的固定的人性」為文學表現的具體內涵時，也很難說是個人主義文學的基本特徵，此點只能視作是梁實秋的個人觀點，比如當時同樣持文學自由觀念的周作人、沈從文等對「人性」的理解就與他有很大不同。真正可以視作是個人主義文學基本原則的，其實是他一直貫穿在論爭中卻又始終未能明朗化的「個人性」觀點。

三

　　值得注意的是，儘管梁實秋與左翼文學在個人性和階級性問題上有著對立且鮮明的取捨，但兩者在文學觀念上也有一致處。比如梁實秋儘管反對左翼將文學視作政治的工具，但又一再聲明他並不反對文學作為工具，他曾提出文學應該是「有道德的」，反對斯賓塞的「藝術除了表現以外別無目的」。〔註20〕其時左翼正在反對向培良的「人類的藝術」，馮乃超在《人類的與階級的》中就專門提出「我們要克服藝術至上的觀點。」〔註21〕梁實秋對此即表示贊同：「普羅文學家攻擊『為藝術的藝術』的思想，是很對的。」〔註22〕不過，兩者在文學觀點上的部分彌合併不能掩蓋雙方立場的巨大差異，上述文學觀念不可調和的背後是兩者在政治理念、社會構想上的巨大分歧。

　　眾所周知，新月派這批英美知識分子崇尚改良，而改良意味著對當時政權的合法性的認可，而左翼選擇的是革命道路，要求推翻當時不合理政權。兩者不同的政治立場實際上是導致兩者在文學上以敵對姿態出現的重要原因。比如，儘管雙方同是在國民黨當局統治下爭「言論自由」，左翼卻多次對新月派爭自由進行諷刺。這並非左翼簡單的二元對立心理作祟，恰恰相反，這是雙方對彼此政治立場了然於心的必然反應。很明顯，胡適等雖然大肆批評國民黨統治下無人權，但其目並不是推翻政府，其批評恰是因為對政府抱有改良的希望，這即他自言的「做國家的諍臣」。對此，魯迅是一眼洞穿其實質，說《新月》的政治態度是「以硬自居了，而實則其軟如棉。」〔註23〕主

〔註20〕 梁實秋：《文學與道德》，《新月》2卷8號（1929年10月10日）。
〔註21〕 馮乃超：《人類的與階級的》，《萌芽》1卷2期（1930年2月1日）。
〔註22〕 梁實秋：《文學的嚴重性》，《新月》3卷4號（1930年6月10日）。
〔註23〕 魯迅：《「硬譯」與「文學的階級性」》，《魯迅全集》第4卷，人民文學出版社2005年版，第200頁。

要原因就是魯迅看到新月派雖然批評政府，但其目的卻是在維護國民黨統治。左翼刊物《萌芽》也認為胡適的人權論爭不過是延續了他前幾年的「好政府主義」，「是真命天子主義，做主子的好好地做主子，做奴隸的好好地做奴隸。所以胡適主義的本質，不過是在維持奴隸制度，使奴隸制度的社會延長、安定而已。」〔註24〕在左翼眼中，《新月》中人「不過是一個奴才，想討好老爺，『老爺，你底衣服太髒了！』」〔註25〕而針對梁實秋反唇相譏魯迅加入「自由運動大同盟」，左翼即指出兩者所爭的自由是不同的：「『新月社』所要的是『新月社』底自由，和被壓迫的廣大的工農學等毫不相干。他們要言論和思想的自由，然而他們可曾想到過罷工，抗租，罷課，出版，結社等的自由呢？根本上，他們是站在資產階級的立場上的，他們只能使中國的奴隸制度延長，他們一切都是為統治階級著想的，並且還可以看看他們底實際，他們的自由也並沒有絲毫的達到，在三跪九叩之後，他們便沒有辦法了……這也可見他們的『自由』是和一般大眾的爭自由運動根本衝突的。」文章更是揭示出新月派批評政府的背後是以支持政府合法地位為基礎的，這與左翼所取的革命姿態截然不同，甚至是相衝突的：「表面上看去，好像他們也批評政府，也追求自由，然而骨子裏，是暗暗地在做對於統治階級的職務。他們號召的是所謂『歐美式的自由』」，「如果所要的是廣大的中國民眾的自由，便非根本地改換社會制度不可；而『新月社』所要的只是『新月社』底自由——至多是資產階級的自由。」〔註26〕儘管左翼的批評不無片面，但當左翼看到了《新月》批評當局的目的實際是在維護其統治，新月派在左翼眼裏就與當局無異了，充其量是「主僕」關係而已。

　　左翼文學對新月派的自由理念充滿嘲諷，也不僅僅是意識到這一「爭自由」的背後是對國民黨政權的認可，更根本的原因則在於兩者對自由的理解具有本質的差別。左翼並非不要自由，革命的目的正是為著消滅不合理的階級制度，以達到人類最大多數的解放和自由，但其所爭的乃是階級之自由，是在反對一個階級對另一個階級的壓迫中爭取自由，而不是胡適、梁實秋所言的個人自由。左翼之所以反對新月派的自由論，正在於他們認為新月派所言的自由無分階級，是一種「抽象」的自由，即是馬克思主義者所

〔註24〕連柱：《胡適主義之根柢》，《萌芽》1卷1期（1930年1月1日）。
〔註25〕圭本：《關於「爭自由」》，《萌芽》1卷5期（1930年5月1日）。
〔註26〕圭本：《關於「爭自由」》，《萌芽》1卷5期（1930年5月1日）。

嘲諷的：資產階級的自由意味著百萬富翁與一文不名的乞丐都有在大橋下面過夜的權利。這種自由對於以階級論為基礎的左翼文壇言顯然是一種「偽自由」。左翼文學重視文學的階級性，其最終目的也是希圖通過階級鬥爭消滅不合理的階級制度以獲取更多人的自由，左翼因此更重視階級的力量，這一方面是由於他們認為個人不能與社會分開，個人自由的解決需要借助整個社會的力量，另一方面也在於 1930 年代的左翼文壇認為五四時期的「個人主義」、個性解放並不能實現真正的社會解放，只有借助階級的共同力量才能夠真正解決中國的問題。黃藥眠在《非個人主義的文學》（1928 年）中就說：「個人的自由究竟只是騙人的妄語」，「個人的痛苦並不是個人的問題，而只是社會的問題，這種求社會整個的解決的心，就蔚成為現代人的社會的自覺。」「從前潛伏在社會底層的人類的意志，已經抬起頭來集合在一起，而為左右社會的偉大的群眾力量。這種力量在偉大的破壞的進程中所衝激起來的情感的浪花，當然就是我們的集體化的文藝的新生命。」〔註27〕可以說，左翼文學崇尚的是階級論，不僅是在作品中對階級鬥爭的描寫，更是要求作家必須需要具有一種階級意識，其本質是一種集體主義思想。這與胡適、梁實秋強調個人思想自由和文學的個人性形成極為鮮明的對立。新月派將個體自由視作一切的根本，他們對文學個人性的重視更多承接了強調個性解放的五四新文學，而與重視階級性的左翼文壇走的是完全不同的道路，雙方在政治、文化立場上的差異也是由此而來，而文學觀念上的差異僅僅只是其中一角。

　　重新審視梁實秋與左翼的文學之爭，在差異中也有相通之處，絕非水火不容。然而，1930 年代的政治環境以及雙方在政治理念社會構想的差異決定了他們不可能平心靜氣地就文學論文學，文學承載著太多非文學的內容，不僅牽涉到個人思想基礎的不同，更是與當時政治大背景息息相關。其實，以魯迅的思想深刻、眼光敏銳，他絕不是看不到當時左翼文學的弊端，之前之後在論及左翼時都有涉及，甚至在人性與階級性這一核心問題上，他與梁實秋也不乏相通之處，之後兩人也有對對方觀點的部分承認。然而，一旦聯繫到當時雙方所處的政治環境及其歷史處境，他們在這場論爭中的是是非非，就遠非幾句魯迅刻薄或梁實秋陰險可概括之，也不是簡單地評判政治是否可以干預文學可以解決。歷史往往比後來者看到的更複雜，而人也無法逃脫歷

〔註27〕黃藥眠：《非個人主義的文學》，《流沙》1928 年第 1 期。

史之籠。他們未能就這一問題更有效地深入探討，與其說是雙方理論素養或人格氣質上的缺憾造成，還不如說是歷史之失。〔註 28〕

　　載《貴州社會科學》2012 年第 6 期，原題《「個人性」與「階級性」——重審梁實秋與左翼的文學論爭》。

〔註 28〕本文與張森合撰。

學堂樂歌與中國新詩的發生

我們現在研究中國新詩史，一般以《嘗試集》為其發端，這並沒有錯，但是進一步思考新詩的發源，則不能不考慮清末民初時期的學堂樂歌運動。事實上，清末民初的歌詩體運動和中國早期白話新詩之間存在著非常密切的內在聯繫。可以說，學堂樂歌的傳播推動了早期白話新詩的現代轉型，而人們對學堂樂歌歌詞的廣泛接受，又極大地加速了早期白話新詩的大眾化進程，二者之間構成了一種很有意味的同構關係。

一、新式學堂與新型音樂教育

一般來講，學堂樂歌是指清末民初時期新式學堂中開設的樂歌課以及樂歌課上所教唱的歌曲，它通常引進外來曲調（日本和歐美曲調），採取「選曲填詞」的方式，填以具有新思想的歌詞，從而構成了區別於我國傳統歌曲的新樣式。在鴉片戰爭之後，一些洋務派官僚和具有維新傾向的文人，曾先後對推行新型音樂教育做出了一定的努力。如在張之洞創辦的「三江師範學堂」中，曾聘請日本教習為之開設音樂課；上海經元善創辦的「經正女塾」中，也開設了「琴科」；在蔡元培所辦的「愛國女學」中，就正式開設了唱歌課等。但是，這些都是一種比較零散的實驗。1898 年 5 月，康有為向光緒帝上書的《請開學校摺》中，曾明確地提出了「吾國周時，國有大學、國學、小學三等人。自八歲至十五歲，皆入大小學。後世不立學校，但設科舉，是徒因其生而有之，非有以作而致之，故人才鮮少，不周於用也。近者日本勝我，亦非其將相兵士能勝我也。其國遍設各學，才藝足用，實能勝我。請遠法德國、近採日本，以定學制，乞下明詔，遍令省府縣鄉興學。」之後，儘管維新變法以失敗

而告終，但並沒有因此根本改變人們對推進新式文化教育的要求。梁啟超就曾有感於日本學校的唱歌活動對於刷新思想、鼓舞民氣的巨大作用，大聲疾呼：「今日不從事教育則已，苟從事教育，則唱歌一科，實為學校萬不可闕者。舉國無一人能譜新樂，實為社會之羞也。」〔註1〕自此，全國各地特別是沿海地區的大中城市，傳播學堂樂歌蔚然成風。1904年初，清政府正式公布了由張百熙、張之洞、榮慶共同制訂的《奏定學堂章程》，從而新制教育體系才得以在全國範圍內逐步展開。

學堂樂歌作為清末民初新式學堂教唱的歌曲，本來主要是向廣大青少年進行美育和普及音樂知識的一種教育形式，卻歷史地擔當起了大大超過原有使命的負荷。也就是說，我們通常所論的校園歌曲，它的影響力實際上遠遠超過校園，而成為一個時代的歌。學堂樂歌的興起，其首要目的並非革新詩歌，而是變革教育，但以歌曲作為變革教育的有力手段，必然要觸及歌曲重要組成部分的歌詞。當時，留學日本的沈心工、李叔同、曾志忞、華航琛、辛漢、葉中冷、夏頌萊等人，懷著強我中華音樂教育的本真目的，用音樂教育的形式來喚醒沉睡的老中國的兒女們。據不完全統計，從1896年首批13名官費學生赴日，到1905年八千左右中國留學生在日本就讀，短短10年間，留日學生增加六百餘倍，這一趨勢不可不謂之迅猛。所以，費正清說：「在二十世紀的最初十年中，中國學生前往日本留學的活動很可能是到此為止的世界上最大規模的學生出洋運動。它產生了民國時期中國的第一代領袖。在規模、深度和影響方面，中國學生留日遠遠超過了中國學生留學其他國家。」〔註2〕

根據當今學術界的最新研究成果來看，我國學堂樂歌的發展大致經歷了三個重要的歷史階段：一是辛亥革命以前的十年（1900～1910）；二是辛亥革命之後的大致十年（1911～1919）；三是「五四」新文化運動之後至新中國建立以前（1920～1937）將近二十年。從題材類型上來講，學堂樂歌首先是宣傳富國強民的愛國歌曲，即通過不同的角度宣揚「富國強」、「抵禦外強欺凌」、「喚醒國民」等不同的愛國精神，包括向青年學生進行所謂「軍國民教育」和辛亥革命後歌頌「推翻帝制、建立共和」的新生等等。此時，軍國民教育和尚武精神成為當時頗受國人推崇的教育思想之一。其中，較具代表性的樂歌

〔註1〕梁啟超：《飲冰室詩話》，人民文學出版社1959年版，第77頁。
〔註2〕費正清：《劍橋中國晚清史》，中國社會科學出版社1993年版，第404頁。

有夏頌萊的《何日醒》、辛漢《中國男兒》、楊度的《黃河》、葉中冷的《十八省地理歷史》、沈心工的《體操—兵操》《革命軍》以及王引才的《揚子江》等等；其次，是呼籲婦女解放、鼓吹男女平等、學習新文化、倡導擯舊習、樹新風。此類的典型樂歌有秋瑾的《勉女權》、沈心工的《纏足苦》《女子體操》、華航琛的《剪辮》《女革命軍》、葉中冷的《婦女從軍》、李叔同的《婚姻祝詞》；再次是陶冶精神、普及新知的校園歌曲，比如向青少年進行勤學苦練、熱愛生活、熱愛自然，代表性作品是李叔同的《春遊》《送別》、沈心工的《祝幼稚生》《賽船》《竹馬》《龜兔》、葉中冷的《春之花》等等。總體而言，上述學堂樂歌具有追求雄壯、宏大意象的鮮明傾向，意蘊豐厚、意境深遠，極富表現力和感染力，具有晚清民初社會轉型時期的鮮明特徵。但不可否認的是，部分學堂樂歌沾染了公眾性、外在化的諸多侷限性，較為私人性的話語和主題相對缺失，可以看作是其中的美中不足。

二、學堂樂歌的歌詞創作

為了積極推進我國新型音樂教育的快速發展，在廣大留日學生族群中先後湧現了一大批從事學堂樂歌創作、編訂、出版者，以及在各種新式學堂中進行具體音樂教學的專業教師，比如沈心工、李叔同、曾志忞、華航琛、辛漢、葉中冷、夏頌萊等等，都是其中傑出的代表人物。在留日期間，他們廣泛汲取東洋音樂的優勢，結合中國古典音樂的深厚傳統，創造性地加以融會貫通，先後創作了諸多優秀的經典曲目。在具體的創作過程中，「由於中國人有現成的歌調、詞牌、曲牌填以新詞的傳統，也由於中國自己的作曲家尚待成長，學堂樂歌便多借用日本和歐美流行歌曲的曲調，填上中國人自創的歌詞。」〔註3〕以洋曲填國歌，明知背離不和，然過渡時代，不得不借材以用之，這好像已經成為當時的一種隱性創作原則。在他們中間，尤以沈心工、李叔同、曾志忞三人的成就影響較大。習慣上，他們被稱為中國近代學堂樂歌創作的「三駕馬車」，為我國近現代新型音樂教育做出了巨大貢獻。

沈心工（1870～1947），是學堂樂歌創作的先驅者，素有「學堂樂歌之父」的美譽。他1902年留學日本，與魯迅同期進入設在東京的弘文學院。他組織中國留學生成立「音樂講習會」，專門聘請日本音樂教育家為師，研究中國樂歌的創作問題，這是國人舉辦近代音樂講習活動的首創。1903年，沈心工回

〔註3〕毛翰：《辛亥革命踏歌行》，安徽文藝出版社2011年版，第2頁。

國執教於南洋公學附屬小學校，他首先在自己的學校裏設置「唱歌」課，以切實行動推進中國學堂樂歌的發展步伐。根據國民政府教育部第一次中國教育年鑒的有關記載，這是我國小學開設樂歌課的開端。從 1904 年起，他先後編輯出版了《學校唱歌集》（共 3 集）、《重編學校唱歌集》（共 6 集）、《民國唱歌集》（共 4 集）、《心工唱歌集》等等。沈心工較具代表性的經典之作有《男兒第一志氣高》、《纏足歌》、《十八省地理歷史》《凱旋》《黃鶴樓》《美哉中華》《愛國》《鐵匠》等等。其中《男兒第一志氣高》原名《體操》。據錢仁康先生在《學堂樂歌考源》中考證，《體操》當屬沈心工學堂樂歌的處女作，也是我國最早的一首學堂樂歌。今天，我們如果用純詩的標準來看，部分學堂樂歌的歌詞可能顯得淺白易懂。但是，這基本符合魯迅先生早期所期望的白話新詩標準：「需有形式，要易記，易懂，易唱，動聽，但格式不要太嚴，要有韻，但不要以舊詩韻，只要順口就好。」〔註 4〕

《體操》的詞如下：

> 男兒第一志氣高，年紀不妨小，哥哥
> 弟弟手相招，來做隊兵操。
>
> 兵官拿著指揮刀，小兵放槍炮，龍旗
> 一面飄飄，銅鼓咚咚咚咚敲。
>
> 一操再操日日操，操到身體好，將來
> 打仗立功勞，男兒志氣高。

《凱旋》原載沈心工編《學校唱歌二集》，1906 年版，用美國人福斯特創作歌曲《主人長眠冷土中》的曲調，此歌後來用於軍歌，它的詞如下：

> 請看千萬隻的眼光，都射在誰身上？幾輩英雄受著上賞，大腳
> 闊步挺胸膛。你莫說他狂，也莫笑他憨，估他肩上多少斤兩，不有
> 力氣怎擔當？
>
> 同胞同胞試想試想，你心上覺怎樣？二十世紀初的風浪，滾滾
> 西渡太平洋。我民族興亡，個個關疼癢，只要相愛不要相讓，包你
> 立腳有地方。
>
> 一歌再歌慨當以慷，我三歌氣更壯。拼我熱血換個銅像，要與
> 日月比光亮，我龍旗飛揚，到處人瞻仰，中國長壽無量，地大山高
> 海泱泱。

〔註 4〕魯迅：《魯迅全集》，人民文學出版社 1981 年版，第 220 頁。

沈心工的學堂樂歌風格典雅雋永，詞曲配合貼切，易於上口，歌詞中洋溢著非常濃郁的愛國主義情緒，曾作為鼓舞士氣的軍歌在士兵中間流傳甚廣。黃炎培在為《重編學校唱歌集》所作的序言中說：「沈君之所以為良導師者，不惟以其得風氣先，尤以其所製樂歌，雖至今日作者如林，絕不因此減其價值，且與歲月同增進焉。」著名音樂家黃自也在為《心工唱歌集》所作序文中說：「先生的歌集，風行最早。所謂盛極南北確係事實而不是過譽。所以現在的青年教師及其歌曲作者多少皆受先生的影響，這一點貢獻，也就了不起了。」我國近現代著名音樂史家汪毓和則說：「沈心工編寫學堂樂歌的突出貢獻是，在選曲填詞的工作中，他成功地擺脫了舊文學、舊詩詞那種偏好古澀生僻的文人習氣，而密切結合青少年（包括一些幼稚生在內）生理及心理上的特點和他們的生活現實、他們的理解能力。因而，他所編寫的歌曲題材比較廣闊豐富，語言淺而不俗、意味深長，而且相當一部分歌曲的詞曲結合如出一體。」〔註 5〕從上述許多知名人士的高度評價可以看出，沈心工的學堂樂歌歌詞通俗易懂，意象豐富，意境深遠，而且琅琅上口，運用現代漢語的思維方式來進行填詞作曲，基本祛除了文言詩詞中存在的諸多陋習，初步具有了現代社會的新思想和新觀念，為我國早期的新型音樂教育開創了一個嶄新局面。

李叔同（1880～1942），1903 年曾師從沈心工學習西洋音樂知識和樂歌創作。1905 年出版《國學唱歌集》，同年留學日本東京美術學校和音樂學校。1910 年回國，先後任教於天津、直隸、上海、浙江、南京等地學校，教授美術、音樂等學科，為我國培養了最早的一批藝術人才，如音樂教育家劉質平、吳夢非，著名畫家豐子愷、潘天壽等都是出自他的門下。1918 年，李叔同披剃出家。1942 年圓寂於泉州開元寺。作為我國近現代諸多藝術領域的集大成者之一，李叔同對音樂、戲劇、繪畫、詩詞、書法、金石無不精通。他一生創作了許多愛國歌曲、抒情歌曲和哲理歌曲，流傳較廣的當屬《春遊》、《送別》、《春郊賽跑》、《隋堤柳》、《哀祖國》、《祖國歌》、《我的國》等一系列歌曲。其中，《送別》作為中國近現代音樂史上的不朽之作，尤其為世人廣泛傳唱。作者借助美國人奧德威的曲調，抒發了離愁別緒、生命感傷的主題，語言優美，蘊含豐富，令人回味無窮。全詞如下：

　　　　長亭外，古道邊，芳草碧連天。晚風拂柳笛聲殘，夕陽山外山。

　　　　天之涯，地之角，知交半零落。一斛濁酒盡餘歡，今宵別夢寒。

〔註 5〕汪毓和：《中國近現代音樂史》，人民音樂出版社 2009 年版，第 52 頁。

長亭外，古道邊，芳草碧連天。晚風拂柳笛聲殘，夕陽山外山。

《祖國歌》又名《大國民》，發表於梁啟超主編的《新民叢報》，是一首氣勢雄渾的愛國之歌。其詞如下：

上下數千年，一脈延，文明莫比肩。縱橫數萬里，膏腴地，獨享自然美。國是世界最古國，民是亞洲大國民，嗚呼大國民！嗚呼！唯我大國民！

幸生珍世界，琳琅十倍增聲價。我將騎獅越崑崙，駕鶴飛渡太平洋，誰與我仗劍揮刀？嗚呼大國民，誰與我鼓吹慶升平。

總體上來講，李叔同所創作的學堂樂歌，非常注重曲調的流暢優美、文辭生動秀美，在藝術形象和聲調音韻上實現了完美的結合。因此，他的諸多歌曲屬帶有藝術歌曲性質的抒情之歌，與以前其他人所編寫的偏重於政治思想和道德修養教育的歌曲明顯不同。可以說，李叔同是當時比較注重學堂樂歌藝術審美價值的領軍人物。正是在這個意義上，汪毓和說：「他所編寫的學校歌曲流傳面比較寬，演唱方式多樣，不少歌曲還配以鋼琴伴奏譜，作品的形式結構也比較複雜、完整，顯示了他在音樂、詩詞編寫方面所具有的豐富修養和較高的藝術水平。」〔註6〕不僅如此，李叔同的歌曲情感豐富真摯，歌詞之中蘊含的拳拳愛國之心溢於言表，也給他當時所教授的許多學生留下了非常深刻的印象。豐子愷先生曾回憶當年在學校唱樂歌時的情形：「我們學唱歌，正在清朝末年，四方多難，人心動亂的時候，先生費了半個小時來和我們解說歌詞的意義。慷慨激昂地說，中國的政治何等腐敗，人民何等愚昧，你們倘不再努力用功，不久一定要同黑奴紅種一樣。先生講時聲色俱厲，眼睛裏幾乎掉下淚來。我聽了十分感動，方知道自己何等不行，生在這樣危殆的祖國裏。」〔註7〕由此可見，李叔同的許多學堂樂歌影響十分深遠，為當時諸多學生所接受，頗值得我們今天細細品味之。歌詞中依然部分地保留了中國古典詩詞中的文言句法，帶著當時社會轉型過渡時期的痕跡，這在客觀上影響了其在社會上的廣泛傳播。

曾志忞（1879～1929），早期在南洋公學任教，自學繪畫與音樂。1901年留學日本早稻田大學，主攻法律。1903年入東京音樂學校學習音樂。1904年編印出版了《樂典教科書》，這是我國最早出版的一本較為完備的、系統介紹

〔註6〕汪毓和：《中國近現代音樂史》，人民音樂出版社2009年版，第52頁。
〔註7〕豐子愷：《藝術的趣味》，開明書店1934版，第114頁。

西方音樂體系的樂理教科書。1907 年學成回國，與高壽田、馮亞雄等人在上海創辦「夏季音樂講習會」。1908 年在上海貧兒院中設立音樂部，開闢了專門從幼兒中培養音樂人才的實驗先例。他曾經在部分音樂論文中提出要敢於「輸入文明」，「培養本國教師」，「雇傭外國教師」，「編寫音樂教科書」，「仿造泰西風琴、洋琴」，以及在「公共地方設奏樂堂」和「選派留日音樂學子」等一系列建議，對後世的音樂發展影響甚巨。他較為代表性的作品有《練兵》《遊春》《揚子江》《海戰》《秋蟲》等影響甚大。《海戰》的詞如下：

> 白浪排空雲靄淡，數艘皇軍艦，開足快輪就要戰，全軍氣銜枚。
> 煌煌軍令令旗升，排作長蛇陣，先鋒衝突向敵艦，如入無人境。
> 轟轟大炮煙焰騰，酣戰海神驚，一霎間風平浪靜，四海慶升平。
> 敵船沉沒敵將逃，萬歲呼聲高，將士歸來人欽敬，腰掛九龍刀。

《遊春》的詞：

> 何時好春光，一到世界便繁華，楊柳嫩綠草青青，紅杏碧桃花；
> 少年好，齊齊整整格外有精神，精神活潑潑，人人不負好光陰。
> 學堂裏歌聲琴聲一片錦繡場，草地四院一樣平，體操個個強。
> 放春假，大隊旅行，紮得都齊整，山青水綠景致新，地理更分明。

曾志忞曾在自己編印的《教育唱歌集》的卷首中說：「今吾國所謂學校唱歌，其文之高深，十倍於讀本；甚至有一字一句，即用數十行講義，而幼稚仍不知者。以是教幼稚，其何能達到唱歌之目的？」因此，他主張歌詞創作要「質直如話而神味雋永」「最淺之文字存以深意、發為文章。與其文也寧俗，與其曲也寧直，與其填砌也寧自然，與其高古也寧流利。辭欲嚴而義欲正，氣欲旺而神欲流，語欲短而心欲長，品欲高而行欲潔。」他進一步指出：「學校歌詞不難於協雅，而難於協稚。」要以「適於教育之理論實際」為目標，「通俗上口又蘊涵深意」「質直如話而又神味雋永」，「以小見大，激發志氣」，「求其和平爽美、勃勃有生氣者」。要使「童稚習之，淺而有味」。〔註8〕可以說，他針對當時編寫學堂樂歌過程中出現的現實問題，提出了一系列非常精闢的合理化意見。曾志忞不僅在音樂理論方面大聲呼籲，而且身體力行，以一個優秀音樂家踐行了自己的藝術主張，實乃可貴。他的學堂樂歌歌詞簡而不俗，準確生動，氣韻酣暢，委婉動聽，善於捕捉細節，詞曲渾然結合，用較

〔註8〕張靜蔚：《中國近代教育文選》，人民教育出版社 1983 年版，第 19 頁。

為簡潔之語來表達豐富情感，實乃中國近代新型音樂教育的佼佼者。

無庸諱言，在 20 世紀早期的部分學堂樂歌創作中，依然保留了中國古典詩詞中的鮮明痕跡，其原因在於：「學堂樂歌的興盛之日正是中國文化與文學觀念的新舊雜陳，多聲複義之時，因此，其變革也不會在一夜之間就達到舊貌變新顏的境界，也即是說，傳統與現代、舊體制和新體制之間還時有混雜，不過，由變革所構成的前傾姿態是其基本的形貌。」〔註9〕但是，時至 20 世紀 20 年代左右，作為現代氣息頗濃的一種新型語言形式，學堂樂歌的創作基本祛除了中國古典詩詞中的陳腐之氣，已經初步具有了現代白話新詩的雛形，一個新型的詩歌文學樣式即將出現在讀者面前。此時，「採歌入詩」和「採詩入歌」在音樂和文學兩個藝術領域中頻頻出現。這樣，學堂樂歌和早期白話新詩之間已經形成了一種很有意味的同構關係。它們在互惠互證的過程中，使中國現代新型音樂教育和白話新詩的發展都提升到了一個嶄新的高度。

三、學堂樂歌的新詩史意義

特別要提出的是，在 20 世紀 30 年代的新型歌曲創作中，曾經湧現出了一大批著名的作曲家，如趙元任、蕭友梅、吳夢非、黎錦暉、劉天華、陳嘯空等人。他們的音樂創作，就與早期白話詩人的新詩創作結合在一起，這是值得我們認真加以研究的歷史現象。以留學美國的著名音樂家趙元任為例，他在生前曾經正式出版的作品有《新詩歌集》《兒童節歌曲集》《民眾教育歌曲》以及後來被陸靜山編收的《曉莊歌曲集》等等。其中，收集在《新詩歌集》中的作品，是最具代表性的。五四時期，趙元任為胡適、劉半農、劉大白、徐志摩等人的新詩譜曲，並把自己的第一部曲集標以《新詩歌集》之名，這非常清楚地表明他對五四新文化運動的大力支持。像歌曲《賣布謠》（劉大白詞）、《織布》《叫我如何不想她》（劉半農詞）、《上山》《也是微雲》（胡適詞）、《海韻》（徐志摩詞），經趙元任譜曲之後，一度在社會上廣泛傳唱且經久不衰。趙元任是一位古典文學修養頗深的國學大師，他的作品音樂形象鮮明，優美流暢，風格新穎，富於抒情性，十分講究歌詞字音語調與旋律音調相一致，使曲調既富有韻味，又十分口語化，具有獨特的藝術風格。當時，以趙元任等人為代表的一大批音樂家給現代新詩譜曲，前承學堂樂歌運動，後又極大

〔註9〕傅宗洪：《學堂樂歌與中國詩歌的現代轉型》，《中國現代文學研究叢刊》2006年第 6 期。

地推動了新詩在民間的廣泛傳播,使新詩與古代文化傳統以一種非常獨特的方式連接起來,擴大了新詩的影響。因此,語言文字是新詩創作過程中一個極為重要的環節,它牽涉新詩感情的表達方式以及效果如何的問題。胡適後來總結白話文運動時曾說:「我們認定文字是文學的基礎,故文學革命的第一步就是文字問題的解決。我們認定死文字決不能產生活文學,故我們主張首先要造一種活的文學,必須用白話來做文學的工具。」〔註10〕在胡適看來,只有文學語言變革了,人們才得以「運用新的白話工具對不斷變動的社會生活作出及時的反應,對現代人瞬息萬變的內心感受也能用隨時應變的文體形式作自由的傳達。」〔註11〕所以,早期白話新詩要追尋自身存在的合法性,就必須首先要在語言文字方面實現一種徹底變革。

學堂樂歌參與了中國新詩的大眾化進程,發揮了一種不可替代的重要作用。與胡適、沈尹默、康白情、俞平伯、周作人等人的早期白話新詩相比,學堂樂歌不管是在形式上,還是在內容上,都將近早二十年實現了現代意義上的革新。此時,各種新式學堂中所傳唱的學堂樂歌歌詞,完全符合了中國早期白話新詩的各種規範和標準:第一,部分學堂樂歌歌詞不但實現了詞語運用、語法規範等方面的意義轉換,而且在結構模式、思想意義方面也完成了現代性的更替。換言之,學堂樂歌的諸多歌詞不僅符合早期白話新詩的主要特徵,而且所傳唱的歌詞也與早期白話新詩的詞語表達和用法是殊途同歸的,語詞背後的能指和所指也較為一致。第二,與早期白話新詩相比,學堂樂歌必須要在合乎音律和節奏等前提之下才能夠譜曲傳唱,這就和中國古典詩歌在音樂性、均齊性方面實現了很好的對接。不僅如此,早期白話新詩不斷為人詬病的主要原因在於部分地喪失了詩歌本身所固有的音樂傳統(押韻、平仄、停頓),而返觀此時的諸多學堂樂歌,除個別歌詞存在著詰屈聲牙的弊病之外,大部分都是比較通俗易解的,唱起來也朗朗上口。因此,學堂樂歌作為現代中國早期白話新詩的先聲,真實地參與了現代中國早期白話新詩規範的建構,為中國早期白話新詩在短期之內實現轉型奠定了堅實基礎,客觀上發揮了「歷史中間物」的重要作用,其意義實在是不容抹煞的。

中國文學從古典形態向現代形態轉型過渡可以追溯到晚清時期。從黃遵

〔註10〕胡適:《嘗試集・自序》,人民文學出版社 1998 年版,第 150 頁。
〔註11〕張嘉諺:《新詩誕生後的藝術反叛》,《中國現代文學研究叢刊》1987 年第 2 期。

憲、梁啟超、夏曾佑等人所倡導的「詩界革命」始，一直到民國初年胡適、劉半農、康白情、沈尹默等人所倡導的白話新詩止，中國早期白話新詩在衝破了重重藩籬之後，初步實現了從傳統向現代、從文言向白話、從舊形向新質的極大跨越。1920 年，中華民國政府教育部頒布有關法令，正式把白話文納入到小學三年級之前的語文教科書中，「國語的文學，文學的國語」的口號才在中華大地上全面鋪開綻放。在胡適的「詩體大解放」旗幟的鼓舞和感召之下，白話文運動歷經艱難險阻終於實現了歷史性的蛻變，可謂走過了一段不平凡的艱辛歷程。特別是 1920 年《嘗試集》的正式出版，奠定了胡適是「中國現代新詩的開山鼻祖」的崇高地位。這樣看待新詩的歷史意義是對的，但我們也不能不說，由於受到新民主主義的歷史觀的影響，以前在強調了五四新文化運動和文學革命的劃時代意義時，對新文化運動和文學革命與此前的文學史重視不夠，比如在高度評價胡適的白話新詩主張及其創作實踐時，卻對學堂樂歌作為早期白話新詩重要先導的基本歷史有所忽視。相對於這樣的文學史觀，我們提出學堂樂歌對五四新詩的影響問題是有重要意義的，它刷新了人們對中國現代新詩發生史的認識，使人們認識到早期白話新詩在發生過程中的多種可能性，從而有可能重構了現代文學史書寫過程中的重要詩學命題，從而為現代詩歌發生史提供了一個可資參照的重要視角。

　　「學堂樂歌的意義，正足以符合『開創』二字。其重要性在於它的那種現代性的價值導向：新文化運動的民主、科學思想，以學堂樂歌為其端；新詩白話的潛能已經具備，作為泛詩歌文體的歌詞，要比白話新詩早二十多年實現語言的轉換；將近代以來的德、智、體教育理念，說成是融會了學堂樂歌的思想信念，既無勉強之處，也沒有附會之跡；那些含蓄典雅或質樸通俗的歌曲，都影響了五四後歌曲的創作取向；而整個中國現代文學的現代化、民族化、大眾化的建設又都與它有著密切的聯繫。學堂樂歌既開了中西文化融合的先河，又影響著 20 世紀中國音樂文化的發展走向，因而，它具有跨越時空的不可替代的重要意義。」〔註 12〕這其實已經道出了學堂樂歌作為一種新型的音樂文學形式，在思想、音樂、文學、教育等方面，歷史地發揮了自己的重要價值。因此，我個人認為：學堂樂歌的歌詞不但就是一種典型的早期白話新詩，而且其本身所具有的音樂性特徵，也為早期白話新詩的長足發展

〔註 12〕陳煜斕：《近代學堂樂歌的文化與詩學闡釋》，《中國社會科學》2006 年第 3
　　　　期。

開拓了廣闊空間。可以說，學堂樂歌對現代詩體建設是有歷史性貢獻的，其在創作中所表現出來的內斂含蓄，以對新規則的制定來尋求解放的方式，或許更符合中國讀者的審美趣味和欣賞習慣，也更加符合詩歌文體本身的基本規約。〔註 13〕

　　載《海南師範大學學報》2012 年第 9 期，原題《學堂樂歌與中國新詩的發生》。

〔註 13〕本文與禹權恒合撰。

自由主義文學與啟蒙思潮

1920 年代中期以後，隨著馬克思主義文藝思想的廣泛傳播，文學革命轉向了革命文學。一部分具有自由主義傾向的新文學家便從主潮文學中分化出來，形成了一股以疏遠時代的政治鬥爭、追求個人心理自由空間為主要特點的創作力量。這種「自由」與「五四」啟蒙思潮的時代精神有著內在的聯繫，因為兩者都是反對外加的思想束縛，致力於人的解放的。但它與「五四」精神有一個根本的差異，這便是「五四」的個性解放、思想自由兼顧了個人與社會兩個方面，更確切地說，它要通過個性解放的途徑達到社會改造的目的。所以「五四」文學具有鮮明的入世精神，強烈的歷史使命感。而追求心理自由的作家，他們的「自由」主要是在政治鬥爭的環境中用來維護個人尊嚴、人格獨立和創作自由的武器。這部分作家的代表當推周作人、胡適、林語堂，基本成員包括京派、新月派、現代派和四十年代的更為超然於時局的張愛玲、錢鍾書等，是一個超越了通常意義上的流派、思想藝術傾向不盡相同而又能在「自由」的旗幟下統一起來的不可小覷的創作隊伍。

自由主義文學從主潮文學中分離出來，開始於《語絲》的分化，原因則與啟蒙運動的內在侷限有關。這一侷限就是它的「立人」目標事實。上不可能通過以文藝為手段的啟蒙運動自身來實現，別無緣故，就因為阿 Q 讀不懂魯迅的小說，啟蒙對他如同隔靴搔癢，毫無影響，因而魯迅等啟蒙運動的先驅想借助文藝改造沉默的國民靈魂的理想終成畫餅，個性解放的思潮始終只能侷限於知識分子的圈子裏。當然，這說起來已是了不起的成就，並且可以指望新的思想意識從知識分子階層向下層民眾慢慢地滲透，從而最終改造中國社會的舊的思想基礎。但中國的狀況等不及這一漫長的進程，更主要的

是為數眾多的像阿 Q 這樣的落後群眾，要使他們真正覺悟，首先必須改變其社會地位，使他們具備接受新思想的主觀條件。因而，若要比較充分地完成啟發民眾覺悟的任務，歷史注定了要經由思想革命和政治革命相交替的過程。就是說，在二十年代的條件下，啟蒙運動在取得重大成果後，由於它內在的那種侷限性，加上馬克思主義的廣泛傳播和階級矛盾的激化，它已開始出現難以為繼的徵兆，不可避免地要被無產階級解放運動所取代。因為魯迅不能用小說讓阿 Q 明白事理，而辛亥革命的消息一傳出，趙太爺之流一嚇得膽戰心驚，阿 Q 就立即得意起來要革命。可見只有在政治革命中，思想麻木而渴望改變自己命運的落後群眾由於看到這種革命能給他們帶來實際的好處才能被動員起來。魯迅從早期認為要改變人的精神首先要仰仗文學，到後來說文學的威力遠不能跟大炮相比，這不僅僅是文學觀念的轉變，更重要的是他在事實面前改變了對啟蒙運動的態度。總之，在當時中國教育遠沒有普及、群眾普遍不覺悟、封建意識還根深蒂固的條件下，只要是堅守「立人」這一啟蒙運動的根本目標者，他遲早要從思想啟蒙轉向政治革命運動，成為一個革命文學家，因為這樣的政治運動是他最終實現啟蒙目標不可缺少的關鍵環節。

但問題在於，阿 Q 這樣的落後群眾一旦匯入政治革命的洪流，他們身上的革命潛力會充分調動起來。而他們沒有經歷人的啟蒙階段的弱點也會逐漸暴露出來。他的階級意識由於沒有人的自覺精神做基礎，往往比較空洞抽象，他對革命的理解是膚淺片面的，很容易導致封建性的盲從和個人崇拜。革命隊伍內部經常出現的教條主義、宗派主義和封建殘餘意識，社會基礎就是這種阿 Q 式的精神狀態。這些不良傾向在民主革命時期也曾引起過人們的警惕，不斷地有所克服。但由於這一革命要動員民眾進行階級鬥爭，從根本上推翻舊的社會制度，所以尚不具備條件同時完成思想啟蒙的任務。新中國成立後，主要領導人又一度在指導思想上犯了嚴重的左傾錯誤，一直沒能妥然地把人的啟蒙與階級教育統一起來，以使更多的革命者在個人自覺的基礎上能動地掌握馬克思主主義的科學理論；相反，長期來把人的自覺精神、獨立思考視為洪水猛獸，助長了封建殘餘勢力，從而造成了嚴重的後果。於是，這一歷史性的欠缺等待著在新的條件下進行新的思想啟蒙來補救。新時期的思想解放運動，就適應了這樣的歷史要求。自然，此時的啟蒙已有別於「五四」，它的實質是在繼承中國革命遺產的基礎上，把人的思想從教條主義束縛

中解放出來，恢復實事求是的思想路線。但就解放人這一點而言，它又顯然與「五四」思想啟蒙的傳統是一脈相承的。

以「五四」為開端的反帝反封建思想革命和政治革命，兩者的根本方向一致，各自的指導思想，所遵循的規則，包括革命的性質、對象、依靠的力量等等，有所不同，而在實踐中又常常是相輔相成，相互促進的。歷史表明，中國社會的發展，只能採取思想革命和政治革命交替進行的模式。單純的思想革命不可能廣泛地發動民眾，單純的政治革命而不吸收啟蒙運動的優秀成果，馬克思主義也可能變成教條，導致封建意識的滋長。而當思想革命和政治革命在歷史的過程裏相繼展開，才能彼此糾正對方的侷限，不斷地被賦予新的時代內容，把歷史推向更高的階段。

當啟蒙運動轉向低潮，反帝反封建的政治革命運動佔據了歷史的舞臺時，以啟蒙為主要內容的思想革命傳統就面臨著艱難的選擇：要麼堅持原來的通過人的解放實現社會變革的路線，遭受被政治革命時代冷落的命運；要麼跟上時代步伐，轉到反對國民黨專制獨裁的政治革命方面去。這樣的轉變實際上是在新的時代條件下，「五四」反封建思想革命傳統的自我超越。最先傳達出這一信息的是創造社幾篇文章。但這些文章粗暴地否定了「五四」新文化運動的歷史貢績，割斷了革命文學與「五四」文學的內在聯繫，以致魯迅也成了「封建餘孽」，「二重反革命」。真正繼承並超越了「五四」思想革命傳統的恰恰是魯迅。他轟毀進化論的思路，接受了馬克思主義，但又在反封建的意義上繼承了「五四」啟蒙運動的成果，從而把人的自覺精神與階級鬥爭的學說結合起來，使馬克思主義成了他指導革命實踐的活的靈魂。

自由主義文學從文學主潮中分化出來，就是因為時代已前進到政治革命的階段，一部分作家卻依然堅持著思想啟蒙的立場，堅守著西方式的民主理念和個人本位的倫理原則，而且「死抱著文學不放」。比如，周作人到三十年代一如「五四」，抨擊禮教，反對復古、讀經、納妾、纏小腳、吸鴉片，對道學家的維持風化怒形於色，偶而也忘記了不談時事的座右銘要向思想專製表示一點不滿。林語堂提倡幽默，按魯迅的說法，也是因為在那樣的時代既不願做文字獄的犧牲，又心中有一口悶氣，要借著幽默哈哈地吐它出來。可是，由於時代的中心問題已經變成人民大眾反對國民黨反動派的政治鬥爭，這些反封建的主題就不再那麼引人注目了，因此再難重現「五四」時期那樣強烈的社會反響。同時，這也表明周作人等對「五四」的啟蒙精神已作了取捨。他

們捨棄了其中為大眾的因素，只要了個性主義作為安身立命的根本。個性主義固有的叛逆性既難為反動當局所容，它的主張寬容，反對思想統一和暴力革命，要求言論和創作自由，追求藝術的趣味等等，又與無產階級政治革命的原則相牴觸。後者為其自身的性質、任務所規定，要求有統一的革命理論指導，要求文藝成為教育和動員群眾、打擊敵人的有力武器，要進行流血的武裝鬥爭，所以必然要在文藝戰線上批駁自由主義者的觀點。這樣，自由主義作家陷入了左右不討好的境地，究其原因，實在是思想啟蒙的立場、藝術至上的態度與政治鬥爭的實踐不相適應造成的，也就是通行的說法所謂落伍者的悲哀罷。不過，落伍也罷，衝突也好，有一點很清楚，絕大多數自由主義作家堅持反封建，不滿黑暗的社會現實，在藝術上孜孜以求，本來理應成為左翼文藝運動的同路人和統一戰線的對象。左翼方面在正確地批評了自由主義文學時代氣息不濃時，沒有充分肯定它的正面價值和所取得的藝術成就，不允許它作為中間派的文學而存在，甚至無視創作規律，「責難過甚」，這不能不說是犯了教條主義和關門主義的錯誤。

　　自由主義文學一直延續到新中國成立前夕，其間它經歷了不斷分化。先是抗戰時有人下水，後來國民黨政府的腐朽本質進一步暴露，人民解放戰爭節節勝利，自由主義者在政治上已經沒有前途，從而加速了這一分化的進程。以胡適為代表的一批人倒向國民黨，而大多數自由主義作家基於他們一貫的要求民主的立場，作出了明智的選擇，先後靠近共產黨。然而，公正地評價自由主義文學功過得失，顯然又不是一件容易的事。只有經過思想解放運動，人們站在新的時代高度，突破了單純的啟蒙主義和政治革命的視角，才有可能做到。單純的啟蒙主義視角會掩蓋自由主義文學在階級鬥爭和民族解放鬥爭如火如荼的年頭，疏遠了時代的不足之處。把它評價高了，反映出來的正是思想革命原則在政治革命時代的局限性；而單純取當時簡單化了的政治革命觀點，則會以革命的名義把自由主義文學不滿現實、反對封建專制的一面也全部否定，暴露的也正是這一革命在文藝戰線上一度存在的教條主義、宗派主義、關門主義之類的重大失誤。只有把啟蒙主義的視角和政治革命的視角在思想革命和政治革命交替進行的歷史過程中整合起來，並超越它們，才可以比較清楚地看到，堅持啟蒙主義立場、追求藝術之美曾使自由主義作家在政治革命時代成為不合時宜者，可是待到超越了政治革命時期的某些失誤以後，自由主義文學的啟蒙主義內容反而顯現出它的新的意義來，而它在藝

術上所取得的成績也就更加引起了人們的重視。總結這當中的經驗教訓，無疑應是研究自由主義文學的一個重要目的。

載《中文自學指導》1996 年第 4 期。

關於鴉片戰爭以來文學史分期問題

　　近年來，關於1840年以來文學的分期問題吸引了許多人，這說明人們希望從更為寬廣的歷史背景中清理文學發展的線索，總結其中的規律，體現了在改革開放的今天，人們的文學觀念、思想意識正在發生重要變化。考察各種分期意見，主張把現在的近代文學和現代文學合併起來的觀點引人注目，它對現行的分期格局衝擊最大，但筆者以為其立論是值得商榷的。

　　近現代文學合併說的立論依據來自文學的社會學觀點，即認為文學的基本特性直接由社會性質決定，兩者是同步發展的。既然1840年至1949年中國是半封建半殖民地社會，那麼這一時期的文學也便因共同的反帝反封建任務而表現出相同的整體特徵。其中「五四」前後有一次重大變化，但那只是飛躍，而非質變。我們暫且接受這一分期理論，然而按社會性質給文學史分期，具體起來，首先必須進行社會性質的判別：1840至1949年中國社會性質究竟有沒有變化？這與分期的標準無關，而又確能直接影響文學史的分期。

　　1840年，無疑是中國歷史上一個極為重要的年代，它標誌著中國從此淪為半封建半殖民地社會。但從總體上看，這以後的數十年間中國還處於清王朝的統治之下，推翻滿清王朝是中國的頭等大事。辛亥革命完成了這一歷史使命，雖然大家常說它只是推翻了帝制，但推翻帝制就是一個偉大的歷史進步，它為後來新民主主義革命的興起準備了條件。1919年，五四運動爆發，以徹底反封建的姿態宣告中國進入了新民主主義革命時期。新民主主義革命和舊民主主義革命，反帝反封建的任務相同，但因封建勢力的形態不同，革命領導階級不同，因而性質也不同。基於這一共識，我們不應該把1840年以後社會發展的豐富內容抽象化，只從共同的反帝反封建的政治任務層次上去

規定其性質，抹殺了其他方面的極重要差異。事實上，從那以後中國社會始終處於不斷演變的過程中，呈現出明顯的階段性。從反封建的意義上說，辛亥革命和五四運動的歷史變動都比鴉片戰爭重要。因此即使撇開文學自身的發展規律，只簡單地按社會性質給文學史分期，也因為後來的歷史變動大於1840年而不便得出1840年是新文學起點的結論。

不過按社會性質給文學史分期的方法，本就不妥。文學的發展與社會政治經濟狀況的變動雖然一致，但並不同步。以世界文學史為例，世界近代文學始於文藝復興運動，但世界範圍內具有近代意義的社會經濟結構的變動則以英國十七世紀的產業革命為先驅。文學的分期與史學的分期有差異，其原因就在於作為觀念形態的文學，有時先於社會變化而變化，為社會的變革製造輿論，有時又因為作者對變革了的社會現實有一個認識過程而落後於社會變革的步伐。真正與社會發展嚴格同步的是文學題材，社會發展了，生活起了變化，題材當然也會相應地革化。堅持社會性質決定文學性質的人，認為鴉片戰爭的槍聲一響，中國淪為半封建半殖民地社會，反映這一新的生活內容的文學也相應具備了新的基本特點，實際上是錯把題材的變化當成了文學本身的變化。其實題材不能決定文學的性質，同一題材完全可以因作者的世界觀不同而寫成傾向性很不一樣的作品，如《水滸傳》與《蕩寇志》。而反映半封建半殖民地社會生活的作品也不一定具有反帝反封建的性質，即使表現了反帝反封建的要求，也可以基於不同的思想體系而使作品的思想面目迥異。如晚清的譴責小說在反封建這一點上是不能跟魯迅的《狂人日記》、巴金的《家》和曹禺的《雷雨》等相提並論的。對文學性質具有決定性影響的是作家的世界觀和美學理想，它們雖然最終決定於社會存在，卻並不與社會存在取同一步調。如果在社會生活和文學作品的關係中，取消了作家思想觀念的作用和創造性想像這一關鍵的中間環節，以為社會發展到什麼階段，文學總是自動地發展到什麼階段，這在思想方法上是機械反映論的表現，所可能導致的消極後果是抹殺文學的創造性的特點，使文學成了對生活的被動複印。

任何一門社會科學都與社會發展的基本規律有關，但他們各有自己的特殊研究對象，其特殊規律的揭示必須基於研究對象自身的特點和內部聯繫，不能簡單套用社會發展的普遍規律，否則就會取消各學科的獨立發展。文學是觀念形態的東西，社會生活的變遷以及哲學、宗教等其他意識形態因素對它的影響必然要通過文學的因素隱隱顯示出來。我們搞文學史，必須把文學

當作一個有機整體，從它與社會的廣泛聯繫中把握其自身精神品質演變的階段性，從中找出歷史變化的規律。一句話，文學史分期只能根據文學自己的特點和要求來進行。當然這樣的文學特點不會僅僅是形式上的因素，也不是韋勒克所說的文學內部規律，諸如文學的語言、技巧、韻律等。單純的形式變化的確不能全面體現文學歷史發展的面目，用它很難寫成完整的文學史。我們所說的文學特點，則是社會因素按創作規律被文學吸收後，文學自身所呈現的整體風貌，是韋勒克所重視的文學內部規律和他所謂的外部規律（文學和社會、文學和思想、文學和其他藝術、文學和心理學及傳記之間的關係）綜合作用後由作品所顯示的某些基本的文學屬性，文學史的任務就是揭示這些屬性的歷史演變。

　　文學的屬性可以從不同的角度和層次來確定，我們又如何選擇一個合適的角度或層次，為具體制訂分期標準提供科學依據呢？這要取決於為哪一段文學史分期，看我們把標準用在何處。給整個封建時代的文學分期，我們採取了斷代的辦法。各朝代的文學從內容到形式有自己的特點，能夠顯示文學歷史發展的軌跡。如果在各朝代文學內部分期，情形又有所不同，有時以年號為界，有時取重大政治事件或文學事件為標誌。分期標準顯然應分不同層次，但又必須服從從文學自身特點揭示文學歷史發展這一總的要求，它是多元統一的。如果片面堅持「社會性質」的標準，首先會因二千年的封建社會性質並無質的變化而失去為其間的文學寫史的必要和可能。我們今天所要做的，則是給中國文學史劃出一個現代的發展階段。這「現代」的含義是相對於古代而言的，它意味著在思想觀念上對於封建時代的全面反叛，因而現代文學的性質也只能從封建時代的對立面去把握，徹底反封建應是它最基本的屬性。這樣，把現代文學與古代文學分開就得堅持徹底反封建的標準，否則就無法顯示兩者的歷史分界，也就失去了現代文學所以為「現代」的文學的質的規定性。

　　根據這樣的分期標準，我們可以肯定現代文學的上限應在五四時期，因為此前文學所表現出來的反封建精神是很不徹底的。眾所周知，鴉片戰爭以後，西方思潮隨著列強炮聲進入中國，引起了中國社會結構和思想文化的某些變化。但首揭反清義旗的太平天國不代表新的生產力，沒有突破舊的思想觀念，沒能建立起新的生產關係。作為農民起義，它即使取得勝利，也不過是一次改朝換代。而其首領洪秀全的反孔，也僅僅出於對現存社會秩序的仇

恨和農民革命的政治需要，孔孟的精神反而改頭換面融化在他的思想深處：
「無論是起義前的洪秀全著作，或者是所謂反孔高潮中的著作，都一貫地保
留了以『三綱五常』為基幹的儒家封建倫理和『生死有命、富貴在天』之類的
封建傳統觀念。」〔註1〕稍後的洋務運動則僅限於引進西方的技術，絲毫沒有
觸動傳統的文化體系，對文學創作幾乎沒有直接影響。近代思想和文學的重
大變化發生在上世紀末的維新時期。康有為提出「大同」空想，宣布六經皆
偽，主張「託古改制」，在舊的思想形式裏裝進了一點資產階級的民主平等觀
念。譚嗣同則更激進地對封建倫常禮教展開批判。但從根本上說，維新派只
是想在保持現有社會結構的前提下發展資本主義工商業，從上到下進行一些
民主改良，因而在政治實踐中處處照顧了封建統治階級的利益。這種改良主
義的政治目標影響到他們的思想，使其表現出新舊混合的複雜面目。如康有
為把類似資產階級的人性原則與聖道的「禮」統一起來，在宣傳人權平等的
同時，又保留了「愛有等差」的觀念，一面主張「進化」，一面又反對革命。
譚嗣同思想中則保留了更多的對宗教神秘主義的膜拜。這種情形恰如梁啟超
所說：「蓋固有之舊思想既深根固蒂，而外來之新思想又來源淺㲀，汲而易竭，
其支絀滅裂，固宜然矣。」〔註2〕可見在這些人原來的思想中就包含後來倒退
復古的成分。以這種思想水平倡導文學「革命」，顯然不可能從思想和藝術上
給文學帶來徹底反封建的性質。梁啟超奉小說為文學正宗，大膽革新傳統的
文學觀念，但他以政治家身份寫小說，文學不過是他手裏改良社會的工具，
沒有獲得自身獨立的審美價值，因而也就很難說這種文學觀念具有真正的現
代意義。他的代表作《新中國未來記》假託羅在田之名，幻想讓光緒帝當第
一代總統，明顯地保留了封建的正統觀念，表現了改良主義的歷史侷限。隨
之出現的許多白話小說，幾乎都是對官場和現實的不滿牢騷，因沒有嶄新的
理想作基礎，終於從背離封建傳統觀念開始，很快墜入清末文學的庸俗趣味
裏，未能揭開文學現代化的一頁。當時的革命黨人，政治上代表著最先進的
社會力量，可他們主要從事推翻清王朝的政治的、軍事的鬥爭，在文化思想
上反而比改良派保守，影響也不及改良派深刻。

　　五四新文化運動，正是在這樣的歷史條件下興起。它有鑒於維新派和辛

〔註1〕李澤厚：《洪秀全和太平天國思想散論》，《中國近代史思想史論》，安徽文藝
　　　出版社1994年版，第22頁。
〔註2〕梁啟超：《清代學術概論》，東方出版社1996年版，第88頁。

亥革命僅僅引進西方制度文化而招致失敗的教訓，開展了一場很有聲勢的思想啟蒙運動。它在政治上堅決反對封建主義，思想上徹底背叛以儒學為核心的封建文化，表現出與整個封建時代相對立的革命姿態。在新文化運動推動下，五四新文學發生了巨大變化，湧現了一大批新刊物和新作品，誕生了以魯迅為代表的一代反封建的文化巨人。新文學猛烈抨擊黑暗現實，充分體現了科學民主精神和自由開放的態度，作家的個性意識非常鮮明。文學與大眾的距離在縮小，白話取代文言獲得了正宗地位，新的表現手法被廣泛運用，特別是人的價值和文學自身的價值得到了廣泛肯定。總之，五四文學以徹底反封建的姿態，從內容到形式表現了與整個封建社會及其文化的對立，宣告了中國文學現代化的真正開始。

堅持近現代文學合併的學者一定會提出，五四文學吸收了維新派革新文學觀念、提倡白話的成果，以此強調兩個時期文學的一脈相承和不可分割。但其實這僅僅是一種歷史過程的前後聯繫。五四文學作為歷史演變的產物，肯定要吸收此前一切有利於它發展的進步文化養料，因而與 1840 年以來的文學相關。但它在吸收維新派小說觀念時，卻從自己的時代使命出發加以改造，揚棄了其中舊的因素，賦予它白話的語言形式和文學自身的價值意識，再與徹底反封建的內容相結合，從而把維新派的革新成果置於新的思想基礎上，獲得了新的徹底反封建的質的規定。這種新的小說觀念與維新派的小說觀念顯然已經不同了。而白話的語言形式也只有跟「五四」反封建的思想主流結合在一起，才成為新文學的有機組成部分，才壯大為一場聲勢浩大的白話運動，才能成為現代文學誕生的重要標誌。黃遵憲雖然提倡「我手寫我口」的「詩界革命」，梁啟超實踐了筆端含情而且影響很大的「新民體」，但他們使用的還是一種半文半白的語言，並沒有創作出真正的白話文學。

文學史分期，是要在歷史連續性中區分出主導傾向的重大轉折，從總體上把握各階段文學的內在特點，任何新的因素也只有與文學主導傾向的轉變相統一，才對文學史的分期具有實際意義。離開徹底反封建的標準，僅憑維新派文學半新半舊的文學觀念，幾句反對君主專制的言論和半文半白的語言形式，就把它作為文學現代化的開端，而抹殺它與五四文學主導傾向上的根本差別，首先就會使文學史分期變得非常困難。因為四大古典小說已經使用了純熟的白話，個別反封建的言論也早就出現，如李贄揭露「假人」，王夫之反對「滅情而息其生」，戴震怒斥「後儒以理殺人」，在他們所攻擊的方面達

到的尖銳程度並不低於康、梁、譚、章等人對君主專制的批判，難道我們能因此斷言中國文學的現代化從那時就開始了？

文學語言、形式和手法等因素的創新和個別反封建的言論不能作為區分現代文學和古代文學的根本依據，還有一個更為深刻的原因，即在中國由於封建傳統文化強烈的排它性和內聚力，任何新的思想在其發展過程中往往會被同化或淹沒，很難憑自身的力量自然地發展為一個有力的體系，實現對社會的變革和改造。文學也就難以憑這些個別新的思想因素的推動、打破循環模式，從內容到形式實現反封建的現代化。中國文學史上曾有過漢魏風骨、盛唐氣派，但不久都成了歷史陳跡，明後期的個性主義文學思想曇花一現，代之而起的是清朝更為嚴厲的思想禁錮。《紅樓夢》成了古典小說的一座孤峰，以後再也沒有一部作品在思想藝術成就上能與它媲美。此外，還有清末文學與民初文學之間的斷裂，都說明個別因素的革新不足以帶動一個時代文學朝反封建方向轉化，一個時期文學的繁榮也沒能開創一個嶄新的文學時代。中國文學要實現現代化，不能寄希望於文學傳統的緩慢演變，而只能靠引進先進的西方文化，特別是馬列主義思想，在異質文化的猛烈衝擊下實現自我的革新，而這一點到五四時期才真正實現。王瑤先生認為新文學不是從晚清文學改革運動中孕育，而是在外來思潮的浪濤裏誕生，就是這一意思。因此，我們離開對文學潮流的整體把握，僅憑個別因素的變化來劃定現代文學和古代文學的界限是不可靠的。

撇開文學自身的特點和規律，把文學史分期納入社會史的框子，還有一些別的弊端。首先它會導致文學史的人為割裂。比如把文學的歷史性「轉折」定在 1840 年，就會使清代文學掉一截尾巴，變得殘缺不全，而且會把卒於1841 年的龔自珍排除在這一歷史變動之外。龔自珍的思想已經具有某些近代的因素，後來的康有為、梁啟超等都從他那裡得過教益，講 1840 年以後的文學不可避免要提到他。再看下限，按社會史的框子分期，必然要做出這時期的文學止於 1949 年的結論，而這也與文學實際不符。從根本上說，現當代文學性質一致性的程度大大超過通常所說的近代文學和現代文學性質上的某些歷史聯繫。其一，這時的許多重要作家的創作活動都是橫跨 1949 年前後的，如郭沫若、巴金、老舍、曹禺、趙樹理、丁玲、周立波、艾青、孫犁等等，他們在 1949 年前或揭露國民黨反動統治，或歌頌解放區的新生活，1949 年以後都一致向新生的共和國發出由衷的禮讚。前後描寫的對象不同，但用以觀

察生活和指導創作的基本觀念並無實質變化，都是基於對共產黨的信任，對新的理想生活的渴望和追求。因而他們的作品表現出前後一致的精神特徵，即既是徹底反封建的，又具有社會主義的因素，而且社會主義的色彩越來越濃鬱。這情形跟五四時期不同，那時新舊陣營分明，上一時期的主導人物大多都站到新文學的對立面，而新文化陣營則針鋒相對地加以反擊，斷代的特徵非常明顯。其二，從文學潮流來看，新中國初期的文學，無論是主題、題材、人物、情節，還是創作方法、敘述方式、表現手法、語言基調、風格色彩，都是直接上承解放區文學的。把這樣在各方面都非常一致的兩個階段的文學人為地分割在兩個文學時期裏，顯然不符合歷史的本來面目。其三，1949年以後的文學發展雖然經歷過一些曲折，但新時期文學公開聲明繼承和發揚五四文學的科學民主精神，再現了五四文學的優秀傳統，就有力地表明現當代文學是非常近似的。其實，以徹底反封建為基本特徵的現代文學至今還沒有發展到它的終點，它還在繼續完成進一步解放生產力，使人獲得完善發展的任務，這應該說與它的社會主義屬性並不矛盾。反封建的因素應當與社會主義的傾向相統一，共同構成今天文學的基本特色，這已為新時期的傷痕文學、反思文學、改革文學和後來部分的尋根文學所證實。只要社會上還存在封建主義的殘餘意識和習慣勢力，它作為人們追求更為自由美好的生活方式的對立面，對人們的行為和思想還具有內在的影響力，觀念形態的文學就不能迴避反封建的歷史使命，因而在思想和藝術上不可避免地會表現出與五四新文學相似的特徵。封建主義的思想習慣和影響何時會被清除乾淨？這個時期的文學何時能被更高發展階段的文學所取代？這些只能留待歷史來回答。現在許多學者建議打破現當代界限，把現代文學的下限定在新時期初，不過是一種權宜之計。

文學史的分期持什麼標準，還關係到如何評價科學民主思想在文學現代化過程中的作用，關係到今後文學發展的方向。我們過去一致認為新文學是無產階級領導的人民大眾的反帝反封建的文學，這主要是從政治的層面對文學定性，通過高度強調無產階級的領導作用而相對忽視了科學民主思想在五四文學中的重要地位。這一結論所以能被大多數人接受，是因為從根本上說無產階級領導、反帝反封建的要求與科學民主思想彼此相通，無產階級要爭取反帝反封建的勝利，離不開科學和民主。但它們又確是不同的概念。前者是政治概念，孤立地看，其中「反帝」不一定具有民主的內容，而「反封建」

也有妥協與徹底之分；後者則是思想文化的概念，真正體現了現代精神。對於五四文學來說，無產階級的色彩是逐漸趨向鮮明的，而科學民主精神則更為內在，它甚至是馬列主義得以傳播的思想基礎。許多重要作品，如《家》《雷雨》、《駱駝祥子》，算不上無產階級文學，卻是體現了科學民主精神的貨真價實的現代文學。因此，堅持科學民主這一徹底反封建的標準，更能揭示新文學的特質，更能顯示它的廣泛的群眾基礎，有利於把一切用現代化思想觀念作指導的反帝反封建文學容納進來，因而也更符合新文學的實際。科學民主思想不僅具有跟整個封建傳統相對立的劃時代意義，而且在今後建設社會主義物質文明和精神文明過程中會越來越顯示它的重要性，它必將貫串在整個告別封建時代以後的漫長歷史進程中，並作為一個時代的標誌大放異彩。這一點，在「十年」浩劫以後已經為許多有識之士所認識。今天我們用它概括現代文學的性質，區分現代文學和古代文學的歷史分界，就包含了一種自覺的價值取向和努力，有助於今後社會主義文學的健康發展。

主張近現代文學合併者，還會指出《狂人日記》、一批新詩和為數可觀的反封建檄文，如《文學革命論》、《人的文學》等都發表在「五四」前，以此主張取消「五四」對於現代文學的開創性意義，但其實這與我們的分期原則並不矛盾。王瑤先生說任何歷史時期不能一刀切，只能以劃時代的重大事件作為分期標誌。我想補充的是，作為新文學開端的「五四」是一個時代的象徵。這個時代在「五四」運動前已經開始，就像法國革命的勝利以攻佔巴士底獄為標誌，十月革命的成功以攻佔冬宮為標誌，而它們的歷史進程早在這之前就決定了。總之，新文學不是誕生在「五四」這一天，而是在新文化運動中形成，因而它的實際起點應是《青年雜誌》的創辦，或者《文學改良色議》和《文學革命論》的發表。今天所以名之「五四」文學，是因為「五四」這一光輝的日子體現了一個時代的精神，文學也不妨借來一用。這樣來看，《狂人日記》等發表在「五四」之前，仍然不愧是新文學的奠基之作。

把新文學的上限定在五四時期，並非否認 1840 年以後的文學對它的影響。本來，近代文學無人要的局面是它本身的弱點和我們研究視野的狹窄、缺乏歷史的眼光造成的，不能由文學分期本身負責。近代文學是古代文學的尾聲，實際成就不能與唐詩、宋詞、明清小說等相比，因而為研究古代文學的學者所忽視。它又是五四文學不成熟的先驅，在東西方文化碰撞中吸收了一些西方的現代觀念，但由於新的思想因素依附在舊的機體上，沒能開闢文

學現代化的大局，因而也被新文學的創作者和研究者所輕視。可是，歷史永遠是一個連續性和階段性相統一的過程，儘管中國文學到五四時期才發生相對於整個封建時代文學的根本變化，可1840年以後這一過渡時期的文學，在小說觀念的變化和語言形式的創新上所取得的成就，不知不覺中仍為五四新文學提供了可以借鑒的經驗。靠這些方面量的積累，才在西方思潮的更大規模衝擊下引發了五四文學質的飛躍。我們反對把研究眼光侷限在一個時代，主張用歷史的態度對文學進行窮本溯源的探索，理清來龍去脈，這樣做也就不會發生近代文學無人過問的現象；相反，人們很可以從這一承前啟後的特殊過程中發現一些有趣的現象和文學轉換的特殊規律。

至於「五四」以來這段文學的命名，今天未必一錘定音了。我們稱它為現代文學，其內涵則相當於西方文藝復興及其以後的啟蒙文學，同時又包含著盡快超越這一時期向更高的文學發展階段前進的因素，因而它兼有啟蒙和批判的特色。對人是啟蒙，對社會是批判，它的背後則是對於人生的熱愛和對未來的樂觀。這些特點是西方二次大戰後文學所沒有的，因而它不是西方意義上的現代文學，而且當它在1950年代初被確立為一門學科時，確是「現代」的文學，隨著時間的推移，「現代」也要變成古代。但不管將來人們如何命名，相對於封建時代的文學突變發生在二十世紀初的五四時期這一結論，我想是不會改變的，而且當封建時代作為一個完整的歷史形態越來越清晰地呈現在人們面前時，這一結論也將會更加確定無疑。

載《寧波師院學報》1990年第3期，原題《關於鴉片戰爭以來文學史分期問題——與近現代文學合併說商榷》，此文原署名「肖亮」。

文學的民族化與外國文學影響

　　歷史越來越從孤立分散的人群趨向全世界密切聯繫的整體，民族之間的文化交流日益成為發展民族文化的重要條件。當民族文學漸趨衰落時，重振其精神的一條途徑便是向外國優秀的文學藝術學習。五四前後，為發展民族文學作出重大貢獻、整理民族文化遺產取得卓越成就的，主要是一些受西方思潮影響、具有世界性眼光的人物，如王國維、魯迅、胡適等。中國民歌在相當長時期裏沒有引起足夠重視，到「五四」後才被一批具有現代觀念的學者搜集整理起來，豐富了民族文化的寶庫。這說明，向世界開放的文化環境，會更有利於繼承和發揚民族的文化傳統，更好地建設民族的新文學。

　　借鑒外國優秀的文學需經由民族化這一環節，但這不是簡單地把外國文學的觀念、手法、技巧拼湊在中國傳統的文學的風格上，或將之納入民族傳統的價值觀和審美觀中，而是一個充滿藝術家首創精神的中外文學傳統在表現民族生活基礎上相互撞擊、滲透、整合的過程。其間，外來影響被改造吸收，文學的民族傳統也舊貌換新顏，變得更新鮮，更豐富，更有現代意味，也更有民族特色，只強調以「中」化「洋」，而諱言外國文學對民族文學傳統的影響、滲透和改造，不承認民族文學向「世界的文學」靠攏，是片面的，它跟數典忘祖、食洋不化同樣有害。

　　中外文化傳統相互影響，推動民族文學發展，最典型的，古代有佛教的傳入中原，現代則是「五四」。佛教傳入中原到站穩腳跟，經歷了從漢到唐的近千年歷史。初為譯經，繼則用儒道學說加以闡釋，使之逐漸與本土文化相協調，最後各宗歸禪，形成了具有中國特色的禪宗。但這一漫長的過程，也是中國文化深受佛教影響的歷史。敦煌藝術，明清以來文藝中的色空觀念、

因果報應和轉世輪迴思想，皆源出佛教。魏晉文人多與佛教關係很深，如陶潛、謝靈運交遊於僧人，詩風淡泊空靈，澤被後世。由佛教講經的變文還演化出諸宮調、鼓詞、彈詞，其影響及於話本。總之，佛教從思想觀念、審美情調、文藝體裁等方面深刻影響了中國民族文學的發展。

五四時期，西方文藝思潮以更大的規模湧人中國，經時間的淘洗，其中的人道主義精神、個性解放思想和某些藝術因素，如情緒化結構，心理描寫及廣泛的聯想、暗示和象徵等，已成了新文學的重要風格要素，一些新的文藝樣式，如電影、話劇等，正在取得民族化的形態，已經擁有相當廣泛的群眾基礎。特別是馬列主義文藝思想的傳入，對中國民族文學及其風格的發展產生了極為深遠的影響，使之轉向社會主義的方向。可以說，民族文學在其漫長的發展歷史中形成了自己鮮明的特色，但特色中就有外來的文學要素。誠如魯迅所言，「至於怎樣的是中國精神，我實在不知道。就繪畫而論，六朝以來，就大受印度美術的影響，無所謂國畫了。」〔註1〕而重要的正是這受印度美術影響的中國水墨畫異彩奪目，能夠獨步於世界藝術之林。

中外文學傳統的相互滲透、融合過程，不總是一帆風順，而是經常發生矛盾鬥爭的。它集中表現為不同社會心態的相互衝突和協調。

以近代以來的中國為例，當中華民族被迫向世界開放後，首先引進的外國文學就是「林譯小說」。中外文學傳統的性質相異，林紓的譯述明顯地受中國傳統文學觀念的影響，而且他使用的又是桐城派古文筆法，因而其譯作未能準確傳達出原著的思想藝術面目。這種翻譯減少了原著固有的異質因素，也削弱了譯著與中國文學傳統的正面衝突，但它的影響卻在社會意識形態領域積累起來，向下層民眾滲透。時至「五四」，新時代的先驅便在他的基礎上以更接近西方文藝的思想藝術觀念大量地譯介西方文學作品，其所形成的潮流影響到思想領域的各個方面，終於危及中國古老的傳統。作為對此的回應，這時有一種代表傳統價值觀的習慣守舊心態便起而打破沉默，對新的潮流加以猛烈攻擊。而最先公開發難者竟是林紓，這也恰好說明林紓的思想觀念總體上仍在傳統的藩籬之內。顯然，習慣守舊心態的基本傾向是以傳統觀念為基準排斥異端，反對變革的。它竭力要把文學的發展納入陳陳相因的循環之中，對任何外來因素的吸收和突破現存的文學規範都格外地敏感，因而它是阻礙民族文學創新發展的。當習慣守舊心態公開轉變為一種反對新文學的理

〔註1〕魯迅：《1935年2月4日致李樺信》，《魯迅全集》第13卷，第372頁。

論主張時，它就外化為封建復古派，但在更為一般的意義上，它只作為一種潛在的審美心理定勢存在於普通讀者群體之中，而群眾以其人數之眾使新文學家不得不顧及他們的接受能力及其身上所凝聚的傳統審美趣味。三十年代文藝界進步人士多次展開文藝大眾化的討論，後來人們越來越把建設「民族風格」當作克服新文學「歐化」毛病的工具，就反映了隨著群眾政治地位的提高，社會文藝潮流逐漸向傳統回歸的趨勢。可見通過群眾這一中介，習慣守舊心態仍然發揮了一點正面的作用：使任何向外的借鑒和獨立的創新都不致完全脫離本民族的文化傳統，保證了民族風格發展的連續性。

其實，習慣守舊心態本身也在不斷地被推向較高的文化層面。在白話文運動取得決定性勝利後，再也無人步林紓、章士釗等人後塵攻擊新文學了，在許多青年理解了郁達夫的時代苦悶，其風格被普遍認可後，很少再有人罵他的小說為黃色誨淫之作。習慣守舊心態從反對白話文遞次轉向反對寫靈肉衝突、及稍後的反對採用「歐化」的結構和語言等等，顯示了新文學不斷取得突破、舊傳統逐漸得到改造的軌跡。但它的不斷後撤到新的防線是不由自主無可奈何的，其動力顯然來自開放創新心態的步步緊逼。

在與世界的廣泛文化聯繫中，儘管習慣守舊心態反對，仍有人不滿足於現狀，要引進國外最新的文學觀念與技巧，並通過自己的創新，改造民族古老的文學傳統。五四時期廣泛介紹西方文藝思潮，三十年代集中宣傳馬列主義文藝思想……，這些人各在自己的時代代表了一種超前性的追求，一種自覺參與世界文化交流、向世界先進水平看齊的社會心態。這種心態也許因急於衝破傳統的束縛而在理論上表現出歷史過渡時期不可避免的過多地否定傳統文化價值的傾向，或由於跟中國社會實際的隔膜而在宣傳中易犯教條主義的錯誤，但這並不妨礙高明的文藝家在創作實踐中繼承民族文學的優秀傳統。一個重要原因，就是作家首先是民族的一員。他長期受民族文化的薰陶，在情感或潛意識層面上深深地打上民族的烙印。而創作主要是情感的活動，並且要受被表現的民族生活的特點的制約，不僅僅取決於理性的觀念。因而只要作家熱愛自己的祖國和人民，深刻地反映了民族的生活以及生活中包含的民族的心理素質，民族的思維方式和價值觀念等等，他的作品就一定具有民族的氣派。在中國新文學史上，背叛傳統文化最堅決的莫過於魯迅、郁達夫等。魯迅徹底批判封建禮教，甚而矯枉過正地提出只讀外國書，少讀或不讀中國書，而實質他在許多方面仍深受傳統文化的浸染，如偏愛魏晉風度，推

崇古典名著，特別是他的創作體現了「五四」文學革命的實質，開創了中國文學民族風格的現代形態。郁達夫作品的個性解放精神曾令封建遺老睦目結舌，可他寫《沉淪》，主人公觀浴後陷入靈肉衝突，分明留著儒家禁慾主義道德觀和男女大防思想的印跡；而把個人的欲望最終引向愛國主義的主題，又反映了文以載道傳統的潛在影響。隨著革命文學的興起，一些左翼理論家想割斷與「五四」新文學傳統的聯繫，表現出左的傾向，而茅盾學會運用馬克思主義的觀點解剖中國半封建半殖民地社會，寫成宏篇巨著《子夜》，繼承了「五四」新文學的優良傳統。這些說明，開放創新心態一具體到某個作家身上，就有可能包容民族傳統的優秀成分，使中外文學傳統達到彼此融合。但這種融合是在新的思想藝術基礎上實現的，開放創新心態的本意卻是引進外國最新的文學思潮，更新民族文學的傳統，而非與這一傳統妥協，因而它必然要遭到守舊心態的敵視和反對。

在習慣守舊心態和開放創新心態的尖銳對峙中，產生了中外融合型的社會心態。與開放創新心態落實到具體作家身上所形成的自然的中外文化融合的情形有所不同，它是有意識地要調和兩種對立心態的矛盾：借鑒外國的優秀文藝，但需以一般讀者能夠接受為限度；反對夜郎自大、固步自封，但又看到民族傳統裏有豐富的寶藏。前面體現了開放創新心態的特點，後面反映了習慣守舊心態的傾向，兩面兼顧，本有可能導致健康的文學實踐，即對民族遺產和外國文學各取批判地吸收的態度，以建設民族的新文學。但批判必須在一個統一的思想基礎上進行。這個基礎能適應中國社會現實的發展，能體現歷史向文學提出的要求。在這樣的基礎上甄別中外文學傳統，凡有利於從藝術上有力地揭示民族生活的豐富內容，有利於表現民族的精神氣質，有利於提高人民的思想境界、滿足他們的審美要求的，無論中外都是精華，應當吸收；反之一切與人民的根本要求背道而馳，無從表現生活豐富性的，都是糟粕，必須去掉。而中外融合型的社會心態根本的缺陷就是沒有這樣一個超越了中外傳統的統一的思想基礎。它接受了新思潮的一些影響，但又依戀著舊傳統的醇厚趣味，屬歷史過渡時期的調和派心態。所以對於民族遺產和外國文學，它只能分別依據它們各自的價值標準作出判斷，加以吸納。由於中外傳統的性質迥異，國情有別，在西方文學中已被證明能成功地表現西方生活的文學手段和思想觀念，未必全能切合中國現實生活的特點或與中國的文學傳統取得協調。如西方現代派文學是世紀之交和兩次大戰後西方青年精

神面貌的反映，中國人生搬硬套，就可能變成無病呻吟。所以基於相互分離的價值判斷分別吸收中外文學傳統的某些成分，只能是一種雜取和拼湊，而以媚俗為目的。清末民初的鴛鴦蝴蝶思想很舊，技巧頗新，雖其中有一些上乘之作，但作為一種文學流派，卻被新文學陣營所批判，就是因為它以迎合小市民的庸俗趣味為目的，其文學觀和道德觀都帶有封建的色彩。這種新舊湊合的作品在讀者思想藝術觀念還未根本變化時，尚有一定的吸引力，聊作閒時消遣，而一旦讀者的水平達到一個新的層次，就很容易被新的富有進取精神的創作所取代而成為昨日黃花。但這類通俗作品也有一個優點，即某一時期比較易為大眾所接受，因而能緩和習慣守舊心態和開放創新心態的矛盾，在新潮作品和廣大讀者之間架起一座理解的橋樑，為新風格的成熟和得到大眾承認準備條件。

上述三種心態在文學實踐中是相互依存的。新的思想藝術要素由開放創新心態從外國文學引進，起初受到冷落和排斥，但被中外融合心態部分地肯定和吸收後，就與民族的文學傳統構成對話，使普通讀者能夠接受。當其影響積少成多、人們習以為常時，它實際上就被沉澱到了民族文學的傳統裏，傳統由此得到更新發展。這時，習慣守舊心態就不能再反對它，相反會將它當作被傳統認同了的要素加以肯定，進而看作傳統本身，從它出發去制約進一步向外國文學看齊的企圖。但開放創新心態卻不就此罷休，它要繼續從外國優秀作品借鑒新的東西，從而在新的水平上展開三種心態的矛盾運動過程，如此周而復始，外國文學的有益成分不斷向民族傳統風格滲透，向社會底層擴散，從而把民族文學不斷推向更高的水平。從林紓大量編譯西洋名著，「五四」時期西方文藝思潮先後大規模湧入，開新文學發展的先河，到三十年代，馬列主義文藝思想開始在進步文藝界確立領導地位、無產階級文學興起，直至新時期文學多元格局的形成，民族文學的幾次大的變革都經歷了上述三種心態的矛盾運動。歷次圍繞某一中心問題的文藝思想論爭、因某一藝術創新所引發的新舊兩派的對立，就是這種矛盾運動的具體表現。論爭和衝突後，新文學發展到一個新的階段，而此前的外來文學因素、文藝觀念，諸如現代化的結構原則、表現手法和馬列主義的文藝觀便與文學的民族傳統融合，成了民族新風格的要素，使新文學的發展顯出階段性的特徵，並不斷趨於成熟，與民族文學的古典風格越來越相異其趣。

很明顯，這三種心態誰也不能獨自溝通外來影響與民族傳統的關係，習

慣守舊心態雖然也在順應歷史的趨勢，但骨子裏要維護既成的束西，反對創新，因而很容易轉向自我封閉，使創作落入陳陳相因的窠臼。開放創新心態具有超前性，不容易取得大眾的理解和支持，而且有可能脫離中國的實際，導致作品的過於歐化。中外融合心態又太模棱兩可，如果不是開放創新心態效力於前，逼迫它吸收一些新的東西，它也很容易回歸舊的傳統。但當這三種心態在一個相當長的時期裏通過矛盾衝突協調起來時，彼此的弱點和片面性才得以被對方糾正：習慣守舊心態減弱了它的惰性，開放創新心態找到了現實的座標，中西融合型心態不再那麼媚俗，從而顯示了三者之間有一個推動民族文學更新發展的合力存在。在這合力的制約下，傳統型的風格有了現代意味，創新型風格注入了民族的血液，自覺追求中西融合的文藝家則走了一條土洋結合、中西並重的道路。這些具體風格千差萬別，各有千秋，但都體現了不同社會心態的相互關係，都導向「中國作風和中國氣派」這一目標。合力的方向其實就是文學在現實的發展中所遵循的民族化的方向。

無庸諱言，中國歷史上面向世界、包容宇內的發展時期並不多見，而且開放的實質也很不相同。南北朝佛教的傳入以政治黑暗為背景，民族文化面臨著嚴峻的挑戰。唐代則轉向自覺吸收佛教文化，使之與本土的儒道學說融合，創造了盛唐之音。「五四」前後對西方文藝思潮兼容並包，揭開了中國文學現代化的新篇章。今天我們則志在自覺參與世界文化交流，促進民族文學的進一步繁榮。開放的性質有別，但上述三種社會心態矛盾運動的機理是一致的，差異僅在於矛盾的尖銳程度有所不同。當外來思潮與本土文化反差太大或處於不同發展階段時，它所引發的矛盾將十分激烈。結果是守舊心態佔據上風，使外來思潮難以立足，還是開放創新心態獲得優勢，把外來因素融入民族傳統，這將取決於中外文學傳統對於現實的意義。佛教是由北方少數民族借助軍事勝利傳入中原的，它之能在中國生根開花，是因為它以虛幻的形式回答了民眾的疑問。當時連年戰亂，生靈塗炭，人們想知道生死來世的問題。對此，儒家回答說：「未知生，焉知死。」道家求仙煉丹，都以失敗告終。就在普遍失望之機，佛教向人們展示了前世、現世、來世的人生觀，查根究底的因果關係和不生不死、西方極樂世界的希望。這種想像豐富、系統嚴密的新的宗教觀念，正好填補了思想真空，給亂世中的百姓以虛幻的慰籍，因而逐漸為民眾所接受，由此影響了民族文學的發展。「五四」時期西方各種文藝思潮中，唯獨古典主義在中國沒有多大影響，就因為它傾向於跟傳統妥

協的理性精神不符合中國當時以個性解放為主要內容的時代精神。當民族文化相對發達不必憂及外來文化反客為主，或中外文化差異不大，彼此能夠兼容互補時，不同心態的矛盾就緩和得多，通常能通過爭鳴和討論以吸收民族遺產和外來影響的優點，使民族文學變得豐富、生動、活潑。就在這劇變和漸變的交替過程中，折射出不同社會心態的盛衰和優勢轉移，顯示了「合力」所發揮的關鍵作用。

當然，中外文學傳統交流融合的實際情形遠比上述概括錯綜複雜，這主要表現在兩個方面。其一，它不會待到一種外來因素積澱到民族傳統上去之後才開始另一個納入更新因素的完整過程。往往是一個過程沒有完成就開始了另一個過程，新的東西還未被完全認同，就開始吸納更新的東西，幾個過程平行或交叉地展開。其二，就具體的人而言，他在理性、感性和潛意識的層次上會各有不同的價值取向，如魯迅理性上是徹底否定封建禮教的，可情感上比較拘謹，其追求自由戀愛的態度遠不如郭沫若、郁達夫堅決。因而一個人在不同問題上可能表現出各異的心態，而且會彼此轉化，從保守轉向開放，或從開放轉向保守。但這些都不影響我們運用抽象的方法把吸收外來文學營養、推動民族風格發展的歷史過程，表述為三種心態的矛盾運動，因為存在著不同傾向的社會心態是一個事實。

這一矛盾運動規律的當代意義就在於，必須在與世界文化的廣泛聯繫中，讓有關民族風的各種意見自由爭鳴，在爭鳴中相互糾正各自的片面性，讓民族風格的各種具體形態自由競爭，在競爭中相互影響，使民族文學不斷地趨向成熟。隨意動用行政手段壓制某一種觀點和風格，只會破壞不同社會心態矛盾運動的內在平衡機制，使另一種觀點和風格失去相應的制約而趨於極端，喪失了它本來擁有的合理性。這顯然是不利於民族文學發展的，並且其流弊終將被不同心態的矛盾運動所匡正。

載《寧波師院學報》1996 年第 1 期，原題《文學的民族化方向與外國文學的影響》。

「民國文學史」意義、限度與可能性

一、命名何以成為問題？

　　中國現當代文學史到底應該如何分期和斷代，一直是當今學術界的熱門話題，因為它牽涉到文學史編纂和研究的諸多面相。就近百年中國文學史發展而言，學者們由於站在不同的研究視角，他們所得出的結論也就必然會大相徑庭。不管是早期朱自清、周作人、王哲甫等人的「新文學」視角，還是錢基博的「現代中國文學」路徑，抑或是唐弢的「中國現代文學史」理路，或者是錢理群、黃子平、陳平原的「二十世紀中國文學」框架，都從一個獨特角度切入了文學史本身，顯示出他們對此段文學史發展的真實感受，分別代表了各自所處時代的較高水平。主要原因就在於作為對近百年中國文學史的命名方式之一，「中國現代文學史」的概念，歷史地發揮了自己的重要作用，使中國現代文學的學科基礎變得日益厚實，逐漸走向成熟狀態。他們諸多的文學史著思路清晰，結構嚴密，資料翔實，論述有力，鮮明地打上了各自所處時代的深刻烙印，極大地拓寬了中國現代文學史的書寫空間，有效地提升了中國現代文學史在整個文學史發展過程中的地位，其意義和價值自然是不容抹煞的。當然，中國現代文學史在不斷尋求自身存在合法性的過程中，對此種命名的質疑之聲也從來就沒有間斷過。特別是 20 世紀 80 年代以後，隨著「重寫文學史」浪潮的不斷高漲，人們分別從不同的學術路徑出發，極大地突破了原來文學史書寫過程中的狹小格局，改變了原來文學史編纂過程中的固有觀念，中國現代文學史的書寫呈現出多元共生的繁榮景象，一些凸顯個人治史特色的文學史著開始進入讀者視野。比如，近幾年來，嚴家炎主編《二十

世紀中國文學史》、錢理群著《中國現代文學史論》、吳福輝著《中國現代文學發展史》（插圖本）、朱壽桐主編《漢語新文學通史》等一大批文學史著，都顯現出一種開創性的學術勇氣和學術姿態，把中國現代文學史以多側面、多角度的方式描述出來，有效增加了文學史書寫的多種可能性，實乃貢獻卓著。然而，由於他們的立論基礎和邏輯起點各異，他們對某些文學史現象的認識也就迥然不同，尤其是對諸多歷史細節的描述更是千姿百態，這對於積累並不算豐富的中國現代文學學科發展而言，實乃萬幸。

今天，我們習慣上所說的「中國現代文學」稱謂，實質上是在一種現代性的結構框架之下來命名的。從歷時性上來講，它一般指涉的是從 1917 年到 1949 年這一特定的時間段；從共時性上來說，主要包括在中國大陸這一特定的空間範圍之內，出現許多的文學社團、文學流派、文學思潮、文學運動、文學論爭、作家作品等等。但是，隨著社會思想觀念的不斷更新，部分學者開始不斷反思和質疑此種文學史命名方式的合理性：中國當代文學是中國現代文學發生之後的一種自然順延嗎？二者之間的斷裂性和延續性分別表現在哪裏？究竟是斷裂性大於延續性，還是延續性大於斷裂性？中國當代文學的起點和終點到底又是什麼？我們應該如何處理現代作家的通俗小說和舊體詩詞創作？是把它們剔除出現代中國文學史而單獨研究，還是完全摒棄而不顧？臺港澳暨海外華文文學的意義歸屬究竟在哪裏？所有這些質詢，似乎都對中國現代文學學科的發展和深化構成了一種嚴峻挑戰。此時，我們究竟應該如何應對這些質疑？如何有效地解決這些現實矛盾和棘手問題？

二、「民國文學史」概念的意義及其限度

德國著名哲學家雅斯貝爾斯說：「今天，認為歷史是可總覽的整體的觀念正在被克服，沒有一個獨此一家的歷史總概括仍能讓我們滿意。我們得到的不是最終的，而只是在當前可能獲得的歷史整體之外殼，它可能再次被打破。」〔註1〕換句話來說，我們總是不斷建構自己的歷史敘述，而這些敘述永遠不會是鐵板一塊的。按照此種說法，中國現代文學史的書寫和編纂問題，似乎也非常契合這一結論。當前，「中國現代文學史」的概念之所以不斷遭人詬病，主要原因就在於，此種命名背後包含著許多矛盾叢生、指涉含混、意義模糊

〔註1〕卡爾‧雅斯貝爾斯：《歷史的起源與目標》，魏楚雄、俞新天譯，華夏出版社1989 年版，第 307 頁。

的因素。然而，究竟有沒有一種更趨合理性的命名方式，能夠有效地避免這些矛盾呢？回答應該是肯定的。

近幾年來，「民國文學」作為一種文學史敘述視角，就是針對上述弊端而催生出來的一個學術命題。那麼，「民國文學史」概念的內涵和外延到底是什麼？我們究竟是在什麼意義上來言說民國文學史的？它的邏輯結構和立論基點到底怎樣？迄今為止，學術界對此問題的爭論一直居高不下，內部依然存在著諸多不確定因素。當下，張福貴、秦弓、丁帆、李怡、陳國恩、王學東、張桃洲、周維東、張堂錡等一大批學者，都對本問題進行了認真辨析和清理。他們分別在不同的場合，以不同的話語方式，大力倡導「民國文學史」編寫的合理性。但是，截止今天，部分問題依然處於一種擱置爭議的狀態，沒有達成彼此都完全認同的最終結論。其中，張福貴指出，已經取得歷史合法性的「中國現代文學」的稱謂，不僅僅是從中國近代化過程中派生出來的文學史概念，也不僅僅是中國獨特的思想史、文化史、政治史的美學特徵，更不應該是純粹的審美範疇內的純文學譜系。其應該突破單一的歷史侷限，將現代文學的命名從現代的意義框架還原於時間框架，以時間概念的無限包容性、豐富性、可能性為其重新命名，以社會意識形態的轉型為背景，對中國現代文學史的命名進行重新的梳理和辨析，把 1949 年以前的文學稱為「中華民國文學」，1949 年以後的文學稱為「中華人民共和國文學。」〔註2〕其中，他在另文中對「民國文學史」概念進行了詳細辨析，進一步指出了民國文學史概念內涵的多元性和邊界的開放性特徵：「一是減少了文學史命名過程中的意識形態的色彩和先入為主的價值觀；二是具有歷史的慣性；三是時間概念的自然形態使文學史寫作的個性化提供了更廣闊的空間，似乎更加合乎中國文學的本質特徵；四是具有鮮明的文學時代特徵。」〔註3〕秦弓則從民國史的視角對現代文學學科進行了反思，對「歷史還原」進行了詳細解讀。他認為，首先是追溯現代文學的傳統根源；其次是還原現代文學的發展脈絡和歷史原貌；最後是探究現代文學的社會文化背景。也就是說，現代文學的「歷史還原」，不能僅僅侷限於新民主主義的視角，而是應該引進民國史視角，全面解讀辛亥革命的重要性，勇於正視民國為現代文學提供的發展空間，還原面對民族

〔註2〕 張福貴：《從意義概念返回到時間概念》，《文學世紀》2003 年第 4 期。
〔註3〕 張福貴：《從現代文學到民國文學——再談中國現代文學的命名問題》，《文藝爭鳴》2011 年第 7 期。

危機的民國姿態，進而復原現代文學史的原生態，才能準確地理解現代文學的作家、作品和其他文學現象。〔註4〕丁帆則從文學史的斷代層面切入問題，他認為「晚清文學」歸屬清代文學，「民國文學」就是民國文學。「民國文學」的表述在大陸自 1949 年中斷之後，在臺灣地區仍然在延用，承認這樣的表述並非完全是從政治文化的角度來考慮問題，同時也是從文學自身的變化來考慮問題的。因為在整個新文學的發展過程中，1949 年以前的臺灣文學只是一個區域性文化特徵很強的文學呈現，而 1949 年以後，雖然在政治上依然是區域性的存在，但是，其文化與文學卻十分嚴重地受著一種特殊的政治體制的制約，文學服務屈從於政治不僅是大陸 1949 年以後的文學特徵，同時也是臺灣 1949 年以後的文學特徵。〔註5〕他進而提出了「民國文學風範」的概念，旨在說明作為一種區域性非常明顯的文學形態，臺灣地區在 1949 年以後，依然保留了五四新文學的傳統（這裡特指五四前後包括俗文學在內的「人的文學」的內涵）；李怡則運用「民國機制」的稱謂，來重新審視現代中國文學是在「民國」這一特殊生存環境和文化環境之中產生的，他認為「民國機制」至少包括三個層面的含義：「作為知識分子一種生存空間的基本保障；作為現代知識文化傳播渠道；作為精神創造、精神對話的基本文化氛圍。」〔註6〕毋庸諱言，這一「機制」的形成得力於封建專制土崩瓦解之後中國社會的「中心權利失落」，又借助五四新文化運動的思想解放而逐漸成形，從而開始為中國文學的自由發展奠定了最重要的基礎。換言之，就是民國時期的知識分子存在著既相互分歧又相互尊重有一定認同度的文化圈，此種文化生態有效地保障了民國時期諸多知識分子的話語空間和文化爭鳴。我們由此可以看出，上述學者從各自的學術立場出發，站在時代發展的新高度，詳細回答了「民國文學史」作為一種相對合理的文學史命名方式，到底具有怎樣的特質和優勢，究竟在什麼層面上祛除了「中國新文學史」、「現代中國文學史」、「中國現代文學史」、「二十世紀中國文學史」等等系列命名方式的偏限性，此種稱謂的合法性究竟表現在什麼地方。可以說，這是一個非常富有學術價值的前沿問題，亟待做深入辨析和進一步論證。

〔註4〕秦弓：《現代文學的歷史還原與民國史視角》，《湖南社會科學》2010 年第 1 期。
〔註5〕丁帆：《給新文學重新斷代的理由》，《中國現代文學研究叢刊》2011 年第 3 期。
〔註6〕李怡：《五四與現代文學民國機制的形成》，《鄭州大學學報》2009 年第 4 期。

　　與此同時，對此命名持懷疑態度的學者也不占少數。比如，羅執廷、張桃洲、王學東等青年學者，對此問題都進行了一系列深刻反思。羅執廷就旗幟鮮明地指出，「民國文學史」結構框架嚴重挑戰了「現代」、「現代性」等具有積極意義的歷史概念，體現了一種並非進步的文學史觀。而且，此種命名所主張的文學史分期依據、分期界限都存在嚴重偏頗，即過分強調了國體、政體對文學史分期的影響力，卻獨獨忽視了世界背景和中國現代化的歷史進程，缺乏一種大歷史觀和大文學觀。〔註7〕張桃洲則說：「任何研究的真正推進，並不完全倚仗研究範圍的擴大、研究資料的增加，更有賴研究觀念和方法的更新。」「事實證明，研究中多種概念的相異共存和相互激發，將會豐富和推進研究的展開，加深對概念本身的理解。」〔註8〕當然，我們也應該清醒地認識到，「民國文學史」概念的提法的確不是一種終極真理，內部也存在著一系列互相辯駁的矛盾和問題。比如，民國文學史指涉的時間起點和終點到底是什麼？空間範圍究竟包括哪幾個部分？民國文學史最後會不會淪為各種文學史現象的大雜燴？實際上，丁帆、李怡等新銳學者也都是在不斷思考和爭辯的過程中，及時地加以完善和修訂自己的觀點。其中，最重要的問題是，此種文學史的命名更替不是一種簡單的名詞之爭，更不是一種趕時髦的學術跟風，而是要不斷調整文學史研究的視角和路徑，開啟文學史敘述一種新的可能性。在這個「還原式」的敘述過程中，許多被遮蔽的歷史細節才有可能得到重視，從而形成一種探求文學史發展脈絡的新思路。在不斷勾勒和重新描述的過程中，許多具有價值的新課題和新線索就會呈現出來。所以，我們必須祛除過去那種二元對立、非此即彼的簡單思維方式，代替以一種更加理性態度和科學方法，來審視學術研究過程中的視角變遷，這也是中國現代文學史研究走向成熟完善的一條必由之路。

　　我個人認為，「民國文學史」的重要意義在於：第一，作為一個具體明確的概念稱謂，「民國文學史」指涉意義明晰，基本祛除了以前所謂「新文學」、「現代文學」、「現代中國文學」、「二十世紀中國文學」等名稱的含混成分，釐清了在「民國」這一特定時空條件下文學史發展的基本事實。與中國古代文學的斷代分期相比，「民國文學」是「先秦文學」、「兩漢文學」、「魏晉南北

〔註7〕羅執廷：《民國文學及相關概念的學術論衡》，《蘭州學刊》2012年第6期。
〔註8〕張桃洲：《意義與限度——作為文學史視角的民國文學史》，《文藝爭鳴》2012年第9期。

朝文學」、「唐宋文學」、「明清文學」發展的自然延續，這樣的文學史命名顯得更具合理性，更加切合文學史發展的基本規律，沒有人為地切斷文學史發展流變過程中的固有脈絡；第二，「民國文學史」概念的提出，有效地解決了所謂「新文學」和「舊文學」、「雅文學」和「俗文學」之間的兼容問題。比如，在民國時期，鴛鴦蝴蝶派等人的通俗小說、早期白話詩人的舊體詩詞創作，都是中國現代文學史發展過程中的一個有機組成部分。它們和雅文學、白話新詩創作之間的關係，就好像一隻飛鳥的兩個翅膀一樣，只有它們的雙翼共同舞動，才能形成一種良好的飛行狀態。如果我們嚴格地在現代性的結構框架之中，尋求文學的現代化，狹隘地劃定文學史發展的界限，那麼，這些文學現象是沒有理由進入現代文學史之中的。但是，作為當今各高等學校中文系比較流行的現代文學史教材，錢理群、溫儒敏、吳福輝等人在《中國現代文學三十年》的修訂本中，就把原先沒有寫入的所謂的「通俗文學」和「臺灣文學」，後來都正式地納入到文學史教材之中。作為運用現代性結構框架來編纂現代文學史的典範，他們在修訂本前言中說：「現代文學就是用現代文學的語言和文學形式，表達現代中國人的思想、感情、心理的文學。」〔註9〕倘若按照過去比較傳統狹隘的文學史觀來看，這些似乎是顯得有點自相矛盾的。我們可以看出，文學史的編纂和書寫是一個非常複雜的過程，中間必然要面臨許多非常複雜的矛盾和問題。正是在這個意義上，李怡說：「對於新文學敘述而言，真正嚴重的問題是，這一看似當然的命名其實根本無法改變概念本身的感性性質：所謂新，總是相對於舊而言的，而在不斷演進的歷史長河中，新與舊的比照卻從未有一個確定不移的標準。」〔註10〕基於此，「民國文學史」概念的提出，可以說是非常及時而有效的，應該在中國現代文學史研究過程中具有積極意義和價值。

三、民國文學史編寫的可能性

回顧中國現代文學學科發展的基本歷程，其一度淪為中國現代革命史的翻版。韋勒克、沃倫說：「大多數文學史是依據政治變化進行分期的。這樣文學就會被認為是完全由一個國家的政治或社會革命所決定的。如何分期的問

〔註9〕錢理群、溫儒敏、吳福輝：《中國現代文學三十年》，北京大學出版社2008年版，第3頁。
〔註10〕李怡：《中國現代文學的敘述範式》，《中國社會科學》2012年第2期。

題也就交給政治和社會史學家去做，他們的分期方法總是毫無疑問的被採用。」〔註11〕不可否認的是，社會政治等外在因素對文化、文學的制約是十分明顯的。在這一前提條件之下，中國現代文學史的發展深受時代政治因素的嚴重侵害，以前的慘痛教訓可以說是十分深刻的。本學科曾經成為中國現代革命史普及教育的一個重要方面，以至於走向了極端。但是，隨著當今社會文化環境的日益開放，人們對民國歷史研究的逐漸深入，部分學者開始反思以前的研究路徑，是沒有以事實真相為根據的，這就嚴重遮蔽了「民國」作為中國歷史發展鏈條中的重要意義。所以，我們只有不斷地調整研究視角，順應時代發展的潮流，才有可能使本學科的發展逐漸走出困境，獲得一種新生。但是，由於學術界對民國文學史編寫的嚴重缺失，使得民國文學史的獨特價值至今難以呈現。可以說，當下民國文學史的理論框架依然處於一種探索和整合階段。因此，我們只有勇於嘗試民國文學史的編寫實踐，才能真正體現中國現代文學的「民國底色」，使民國文學的獨特魅力顯得越發明顯，也才能更加深入民國文學對當下社會精神文化的建構。此時，民國文學史編寫的可能性，就轉化為幾個比較複雜的問題，我們首先只有處理好這幾組矛盾和關係，才有可能把民國文學史的研究推向嶄新階段。

第一、正確處理好民國文學史編寫過程中作家主體和歷史語境之間的關係。在文學史編寫的過程中，不管我們是採用一種「新文學史」的編纂視角，還是運用一種「現代性」的結構框架，其中一個不可繞過的現實問題，就是怎樣描述作家和外部環境之間的複雜關係。任何作家的創作，不管他們是以再現的方式，抑或是以表現的方法，都無一例外地沾染上了鮮明的時代特色。在民國文學史編寫的過程中，我們要力主呈現一種作家獨特的「民國生命體驗」，此種體驗是和民國時期的政治體制、經濟形態、文化環境、文學制度等一系列因素是分不開的。尤其是民國時期的文學制度直接影響了他們的文學創作，主要包括文學的生產方式、出版機構、審查制度、傳播途徑、接受路徑、反饋渠道等等，都共同支配、控制、引導了當時文學觀念的產生，使文學超越了個人世界，也超越了純粹的文本形式和語言領域，進入了社會的公共空間，成為擁有強烈的社會意識和審美意識的文化對象。正是民國時期這一特殊文學制度的存在，有效地激發了作家們強烈的創作欲望，點燃了他們的創作激情，從而使他們切實地體會到民國作為一種民族國家形態，為作家從

〔註11〕韋勒克、沃倫：《文學理論》，劉象愚等譯，三聯書店 1984 年版，第 303 頁。

事文學創作提供了一個有效的外在保障。也就是說，「在民國文學的編寫過程中，要重點挖掘民國在作家主體建構過程中的作用，以及民國如何參與了作家自身主體的建構，怎樣建構等問題；其次，作家又是怎樣對話、偏移、超越民國體驗，並最終形成特有的文學主體思考，也是編寫過程中需要注意的地方。」〔註12〕因此，我們只有用「還原」的方法努力回歸民國歷史本身，切實地置身於民國文學發生的歷史語境之中，用「民國眼光」來打量文學發展事實，才有可能和真實的文學形態貼得更近更緊。

第二、正確處理好民國文學史編寫過程中各種文學現象相互兼容的問題。我們知道，中國現代文學不僅僅是一部作家作品的構成史，更是一部文學思潮、文學流派、文學運動、文學論爭、文學社團的流變史，它們之間往往存在著相互交叉、相互生成的複雜關係。如何有效地整合和梳理這些矛盾叢生的文學現象，使它們能夠在民國文學史的敘述框架中尋找到自己的獨立位置，進而凸顯民國文學史具有強大的包容性特徵，也是一個非常重要的現實問題。由於以前的文學史命名方式的侷限性，不可能把所有的複雜問題都加以解決。此時，民國文學史的結構框架就得以迅速地催生出來。但是，「寫史並不只是收集歷史資料，更重要的是找尋各種歷史事件的意義模式，讓我們對整個題目和相關的事情達到更好的瞭解。」〔註13〕比如，通俗文學如何與新文學兼容？舊體詩詞如何與白話新詩共存？淪陷區文學和解放區文學怎樣勾連？這些都是亟待需要解決的現實問題，因為它們都直接影響著民國文學史書寫的進程。如果我們能夠合理化解此種矛盾，那麼，民國文學史編寫也就演變為一個容易操作的問題。實際上，部分學者的討論已經觸及到許多矛盾問題的實質。比如，湯溢澤、廖廣莉在《民國文學史研究》（1912～1949）的專著中，以民國文學史綱的形式對民國文學史的發展進行了詳細描述，大致梳理出了民國文學史的主要發展線索。毫無疑問，這是民國文學史編寫過程中的一個大膽嘗試，頗值得我們現代文學研究界加以關注。

第三、正確處理好民國文學史編寫過程中當前和未來的關係。作為一種極富前沿性的文學史觀，民國文學史寫作過程中必須凸現出鮮明的學術個性。

〔註12〕王學東：《民國文學的理論維度及其文學史編寫》，《中國現代文學研究叢刊》
2011 年第 4 期。
〔註13〕孔怡慧：《重寫翻譯史·序言》，香港中文大學出版翻譯中心 2005 年版，第 13
頁。

毋庸諱言，過去的「新文學史」、「現代中國文學史」、「中國現代文學史」、「二十世紀中國文學史」等等，在當時的歷史條件之下，都曾經發揮了各自的重要作用。但是，歷史是不斷進化發展的，許多觀念也必須緊跟著時代發展才顯得更具合理性。針對中國現代文學史的書寫而言，我們必須站在新時代的高度，不斷地總結過去的各種經驗和教訓，從而尋求一種文學史寫作的新路徑和新方法。正如日本著名學者伊藤虎丸所說：「書寫文學史的起點必須置於當下，尤其當置於對現在的不滿。

　　歷史，不是從過去的『事實』中翻找出來的，而必須是在與『對現在的不滿』鬥爭中表現出來的。不是有了過去才有現在，而是有了現在才有過去。」〔註14〕可以說，我們今天所談的「民國文學史」概念，「雖然也包含某種性質判斷，但還不是具體研究，只是為了通過對研究對象的內涵和外延的共同確認，而獲得一種研究的共鳴。因此，命名也是現代中國文學研究過程中的一個前提。在這樣一種前提的確認之下，中國現代文學史的命名就應該從意義的概念返回到時間的概念上來。」〔註15〕一般而言，文學史著要想在短期之內不被現實社會淘汰，必須要具有鮮明的文學史觀，顯示出個人治史的獨特路徑和方法，體現出當今學術界的最新研究成果，才有可能在激烈的學術競爭中立於不敗之地。而「民國文學史」之所以顯得如此富有生機和活力，其中的一個重要原因在於：民國文學史順應了時代發展的潮流，具有一套合乎邏輯的意義結構系統，切實符合民國時期的文學發展真相。作為一種全新的研究視角，民國文學史已經顯示出自身巨大的生命力，日益得到學術界的廣泛認可。今天，我們只有站在歷史發展的新高度，正確處理好民國時期各種錯綜複雜的關係，理清思路，勇於創新，不被歷史的迷霧所掩蓋，努力挖掘民國文學史的豐富資源，還原民國文學生成的歷史空間，才可能寫出一部極具學術分量的民國文學史著。

　　最後，需要澄清的一個重大問題是，我們今天用「民國視角」代替「新文學視角」和「現代文學視角」等等，絕對不是完全否定以前的「新文學」、「現代文學」的研究理路，從而過分美化「民國」作為一種民族國家形態的現實意義，為以前的中華民國的慘痛歷史樹碑立傳。我們必須釐清「民國歷

〔註14〕伊藤虎丸：《魯迅、創造社與日本文學——中日近現代比較文學初探》，孫猛、徐江、李冬木譯，北京大學出版社 2005 年版，第 5 頁。
〔註15〕張福貴：《從意義概念返回到時間概念》，《文學世紀》2003 年第 4 期。

史」和「民國文學史」是兩個不同層面的意義概念，雖然它們之間具有非常密切的內在聯繫，但明顯更具有相互區別的地方。實際上，民國社會充滿了諸多戰爭、罪惡和血腥，彙集著歷史前進過程中的許多沉渣和污穢。但是，我們也必須承認，「民國」是中國社會由近代向現代轉型過程中的一個重要環節。尤其是辛亥革命和五四新文化運動，對於中國現代社會的變革意義是不可估量的。倘若極力否認民國時期的諸多歷史事實，就是一種歷史虛無主義態度。只有在「民國」這一特殊歷史時期，中國社會的政治、經濟、思想、文化等許多領域，才有可能出現一種獨具特色的「民國風範」。也正是它們的客觀存在，才有效地保障了中國現代文學走過了前期的艱難歷程。此時，「民國文學」完全可以和「新文學」、「現代文學」、「二十世紀中國文學」等命名方式，在相互借鑒、比照的過程中，共同把現代中國文學的研究引向深入和完善。〔註16〕

載《蘭州學刊》2013年第2期，原題《反觀與重構——「民國文學史」的意義、限度及其可能性》。

〔註16〕本文與禹權恒合撰。

流派論

啟蒙主義與中國現代文學史觀〔註1〕

　　同學們好。今天要向大家報告的題目，是「啟蒙主義與中國現代文學史觀」，也可以理解為「啟蒙主義歷史觀與中國現代文學研究」，中心就是啟蒙主義與中國現代文學的關係。大家不難感受到，當前中國現當代文學研究面臨的局面，是基於西方後現代主義的影響以及當前中國媒體的發展，人們對文學的理解發生了某種變化，這反過來影響到對文學價值的判斷，也影響到對中國現代文學史一些問題的評價。在這種情況下，提出啟蒙主義與中國現代文學的關係問題，我覺得是有意義的。前些天，南京大學中國現當代文學研究中心召開了大型學術研討會，討論的話題就是百年中國文學與啟蒙主義。我思考這個問題，要稍早一些，是因為困惑於在新的局面中要怎樣來把握文學批評的尺度，怎樣來清理或者說研究中國現代文學史的相關問題。今天，就從這個角度切入，談一點個人的想法。

　　研究文學史的問題，離不開一定觀念的指導，以保證文學史的整體性，避免其成為零散的片斷。指導中國現當代文學史研究的，到現在為止主要有這麼三種文學史觀在起指導作用，制約著我們對百年文學的理解。

　　第一種是新民主主義的文學史觀。在新民主主義文學史觀的基礎上，中國現代文學呈現為反帝反封建的性質。早期一些中國現代文學史著作，都會在緒論中強調中國現代文學是無產階級領導的，人民大眾的、反帝反封建的文學。這實際上是從新民主主義歷史觀規定中國現代文學的性質，也規定了它的起點就在「五四」，終點則在 1949 年召開的全國第一次文代會。研究這一

<hr />

〔註 1〕根據 2008 年 4 月 17 日在中南民族大學的學術報告錄音整理。

時期中國新文學發生、發展的歷史，強調它是在馬克思主義思想主導下，在中國共產黨領導下，通過大眾化、民族化的過程，創造了「中國作風」與「中國氣派」；它在新民主主義革命中發揮了重要作用。

這種文學史觀念到了 1980 年代初遇到了挑戰，因為它過分強調政治對文學的決定作用，它的起點、終點以及發展的階段性都是與中國新民主主義革命的過程相吻合的，它的分期完全受制於新民主主義革命史，忽視了文學自身的特點和文學發展的自身規律。在思想解放運動的影響下，學術界提出了迄今影響很大的啟蒙主義的文學史觀。這就是我想說的第二種文學史觀，它與新民主主義文學史觀相比，最大的不同是超越了單純的政治邏輯，從更為貼近文學和文化現代性的方面來思考中國現代文學的生成和發展，把中國現代文學視為整個中國文學從古典向現代轉型的產物；認為中國現代文學最基本的屬性是現代性，中國現代文學是現代性的文學，因而更多地考慮到了審美的、文化發展的規律性。啟蒙主義文學史觀，以啟蒙主義為思想基礎，強調了文學的現代性，我認為比較符合文學的內在要求。啟蒙主義重視人的理性，強調思想解放和人性解放，兼顧了文學的審美以及社會現代化兩個方面，文學的特點得到尊重，又沒有脫離文學與社會的關係，保證了文學在社會進程中能夠承擔起泛功利主義的使命。

在新民主主義文學史觀中，左翼文學是對五四文學的超越。它適應中國革命的需要，強調通過武裝鬥爭，啟發人的階級覺悟，來建立現代民族國家，實現社會的現代化。啟蒙主義文學史觀，則是關注人的現代化、人的覺悟，想通過人的現代化解決中國的問題，最終建立現代的民主獨立的國家。這兩種文學史觀的差異，主要是新民主主義文學史觀強調政治對文學的直接影響，而啟蒙主義文學史觀兼顧了文學的審美性與社會性，所以它們在許多具體問題的評價上存在分歧。譬如對魯迅的評價，在新民主主義文學史觀中，魯迅之所以偉大是因為他以文學創作的實踐回答了中國革命的一些重大問題，如革命的領導權問題，革命的群眾基礎問題，革命的領導者跟群眾的關係問題。舉例說，它認為《阿Q正傳》的一個重要價值在阿Q與辛亥革命的關係。阿Q想革命，但假洋鬼子不允許他革命，而且革命「成功」後，阿Q被送上了斷頭臺，這就深刻地揭示了辛亥革命脫離群眾的歷史侷限性。從《阿Q正傳》中讀出了資產階級革命的歷史侷限性，這也就為共產黨人吸取辛亥革命的教訓，承擔起領導中國革命的歷史責任並取得新民主主義革命勝利，做了有力的

注釋，魯迅也就因此而偉大。但是從啟蒙主義文學史觀的角度看魯迅的偉大，情形就不一樣。1980 年代初，王富仁提出《吶喊》與《彷徨》是中國反封建思想革命的一面鏡子，認為魯迅小說的主題並非揭示中國革命理論與實踐的重大問題，而是揭示中國思想革命的重大問題，主要是批判舊中國農民的思想愚昧。因而我們看到，阿 Q 在魯迅筆下並非要革命，而是愚蠢、保守、狹隘。他盲目排外，思想正統，與其實際的社會地位完全分離。在阿 Q 看來，和尚與尼姑肯定私通，一男一女走在路上肯定有勾當，假洋鬼子的女人肯跟假洋鬼子睡覺肯定不是個好女人。阿 Q 曾想過投降革命，而他想像中的革命就是復仇、搶東西，看中的女人搶來當老婆。這樣的革命只能造成災難，絲毫沒有進步性可言。由此可見，從啟蒙主義的文學史觀出發研究阿 Q，得到的意義與以前在政治革命的框架裏所獲得的魯迅小說的意義完全不同了。這是文學史觀的差異造成的結果，從簡單地把文學當做政治革命的工具，轉變到了強調文學的文化批判功能，強調現代文學的啟蒙主義的意義，對文學史和文學現象以及作家作品的理解就發生了重要的變化。今天在座的年輕同學們所看到的一些文學史著作，大多都是用這種文學史觀寫成的，呈現出來的現代文學發展路徑，就是從五四文學到左翼文學，文學偏離自身的審美特點，因而左翼文學的成就在藝術方面跟五四文學比顯然下降了。這個下降趨勢一直持續到「十七年」文學、「文革」文學，到新時期文學才得以逆轉，因為新時期文學回歸到了五四的傳統，從屬新的思想啟蒙運動。這與以前新民主主義文學史觀指導下的現代文學史著作所描繪的現代文學發展趨勢從五四到左翼，再到延安文學乃至「十七年」文學，一路進步大不一樣了。在以前的那種文學史觀中，認為五四文學雖開創了文學的新時代，但它是歐化的。延安文學則克服了左翼文學的弱點，開創了工農兵文學的新時代。新中國文學，開創了社會主義文學的新時代。總之，現代文學的發展是從低端發展到高端，從勝利走向勝利。

　　我在這裡指出了兩種文學史觀的差異，其實這個差異並沒有大到可以抹殺兩者之間聯繫的程度。換言之，新民主主義文學史觀與啟蒙主義的文學史觀之間，在不少方面其實是相通的。這個統一性的基礎，就是強調革命的合法性。在啟蒙主義的文學史觀中，強調思想革命的正當性和合法性。在新民主主義文學史觀中，強調新民主主義革命的合法性、正統性。所以兩者儘管在不少問題上有分歧，而在一個根本性問題上它們是一致的，那就是都以五

四文學作為現代文學的起點，都沒有抹殺五四文學具有歷史分水嶺的意義。兩者都推崇現代性的價值觀，一個是強調啟蒙現代性，一個是強調革命現代性。啟蒙現代性與革命現代性關係複雜，最終的目標都是建立現代民主國家，只是它們選擇的道路不同。一個是通過人的現代化實現社會的現代化，一個是通過武裝鬥爭建立新的制度，也即通過社會的現代化來實現人的現代化。兩種現代性有差別，但是關於現代性的最終目標本身沒有多少分歧。所以儘管啟蒙主義的文學史觀在 1980 年代取代了新民主主義文學史觀，成為文學史敘事的一個理論基礎，但是現代文學作為一個學科的獨立性本身沒有受到多大的影響，現代文學還是現代文學，大家還是從五四講起這一點沒有變。

如果我們再深入一步，其實還可以發現新民主主義文學史觀與啟蒙主義文學史觀內在的統一性。套用一種曾經流行的說法，可以發現新民主主義歷史觀在它認定的新民主主義革命階段中，跟民族資產階級是可以建立統一戰線的，也就是說與啟蒙主義歷史觀有著重疊的部分，它們的共同目標就是打倒封建主義。這就好理解了，兩者都以五四為現代文學的起點，保證了現代文學這一門學的科獨立性基礎不受影響。

但是，現在情況正在發生變化，這也是我今天提出這個問題的一個重要原因。今天的變化，是在後革命時代，革命的正統性以及合法性正在受到某種質疑，革命的邏輯已做了一點調整。一個重要的標誌，是大名鼎鼎的李澤厚在 1980 年代中期提出了一個口號：「告別革命」。李澤厚的「告別革命」有某種迎合當時改革開放潮流這麼一種考慮，他實際上要為改革開放提供一種他自以為是的依據。「告別革命」，即是認為中國不能再搞革命了。再搞革命，十億人的肚子都成問題。他贊同改良，改革開放便是改良。他的意思與改革開放是一致的，但李澤厚有一個重大疏忽，就是這個口號實際上觸犯了共產黨領導的人民革命的歷史。新民主主義革命的勝利，有一個革命正當性的基礎，現在你自作主張把革命與改革分割開來，甚至對立起來，要「告別革命」，來搞改革開放，這豈不是說以前的革命可能出錯了。如果這樣，那從革命而來的人民政權的合法性何以得到守護？所以李澤厚「告別革命」的口號一經提出，就被抵制了，至少受到了一部分人的批判。革命沒有過去，革命是與當下的改革進程緊緊聯繫在一起的，並且前後一致。

中國近代史上，最早論及「革命的，據我所知是梁啟超。梁啟超意識到革命所帶來的破壞性影響，為此專門寫了一篇《釋革》的文章，來解釋「革

命」。他認為「革命」兩字的翻譯受到日本人的影響，有誤。我們現在的革命是 revolution，它在英語中的意思是徹底打破既定秩序，重建新的體制，這是法國革命意義上的「革命」。梁啟超說他主張的革命是 reform，就是改良、完善，這是英國式的革命。英國現在還保留著女王體制，只是不給女王實權，實權歸議會。這是革命與王權雙方妥協的產物。梁啟超寫文章的意思，就是中國不應該搞法國式的革命，而要走英國革命的道路。中國當時的形勢，顯然超出了梁啟超的預料，他提出 reform 的主張後，法國革命的幽靈開始在中國徘徊了。歷史注定了要由中國共產黨來領導這場革命，通過武裝鬥爭，建立新中國。李澤厚在同一個背景上提出「告別革命」的觀點，他的意思卻是相反的，認為革命，革革命，革革革命⋯⋯，過幾年再來一次文化大革命，這樣循環下去，對中國是一場災難。但在中國共產黨人看來，既要推進改革開放，又要維護共產黨領導中國革命取得勝利的歷史正當性，因而李澤厚的被批是必須的，但我們又不得不說他提出的這個口號，包含了重大的歷史矛盾，是歷史進入一個新階段的重要標誌。因此，我們發現，今天在描述新民主主義革命歷史的時候，一些重要方面實際上已經做了微妙的改寫，我們不再強調兩大對抗階級之間的絕對鬥爭，而是把革命描寫成符合歷史潮流、民主要求和社會正義的一場運動，實際上是把革命建構在一個更為廣泛的社會基礎上。在這樣的解釋中，革命的意義發生了微妙變化，更接近於現在改革開放這麼一個現代化的方向了。在這樣的歷史背景中，循著「告別革命」的傾向，我認為就產生了第三種現代文學史觀，我把它叫做後革命時代的文學史觀。能不能成立，可以討論，但它可以解釋一些重要的文學現象。

按照這後革命時代的文學史觀，我們發現，建立在革命合法性基礎上的五四文學革命的劃時代意義受到了削弱，建立在五四文學革命基礎上的中國現代文學作為一門獨立學科的基礎好像發生了一點動搖。既然革命是具有更為廣泛社會基礎的一場運動，那麼五四文學革命以新舊對立的兩極思維，對舊文學加以徹底否定就有了問題，而文學革命所批判的那些保守主義文學觀反而有了某種合理性，譬如有不少學者試圖重新評價學衡派、甲寅派。在原先的現代文學史中，無論是新民主主義史觀主導，還是啟蒙主義文學史觀主導，對學衡派和甲寅派都是持批判態度的，它們被視為保守主義的代表。現在卻相反，認為學衡派的「昌明國粹、融化新知」，強調中西文化結合，追求的是一種更為穩妥的現代性。按照這樣的觀點，魯迅為代表的啟蒙主義先驅

徹底反封建的立場反而成了問題。因而，另有學者還寫文章，認為新詩到現在仍不成氣候，原因就在胡適們割斷了新詩與中國古典詩歌的聯繫，而魯迅提倡不讀中國書，更是片面的激進主義。在這樣的氛圍中，國學開始吃香了。種種現象表明，現代文學作為一門獨立學科，它的結構面臨著變化。這著重反映在下面兩個方面：

一是現代文學史的上限被突破。1980 年代中期，錢理群、黃子平、陳平原提出「二十世紀中國文學」，原先以五四文學革命為起點的文學史觀念被突破了，而且改變了原先文學史內部的結構，把五四文學與二十世紀初以梁啟超為代表的文學改良運動聯繫起來，還對二十世紀不同時段的文學做出了與原先「現代文學」概念上那種文學史不同的評價，淡化了其中的政治因素，強加了審美的審視。但是，現代文學史起點的向前延伸並未就此止步。范伯群先生通過研究舊派通俗小說，發現舊派通俗小說表現現代人的內心苦悶、心理衝突、欲望化想像，具有現代性的內涵。作為現代文學重要一翼的通俗小說，他認為應該以 1892 年開始連載的《海上花列傳》為起點，那麼從邏輯上說，現代文學的起點也要向晚清移，移到 1892 年。當然，也有學者認為要再向前移的，移到 1840 年。為什麼？因為鴉片戰爭是帝國主義用大炮打開了中國的大門，中國的社會結構從此發生了重大的變化。

二是現代文學史的內容不斷膨脹。今年三月份中國社科院在北京召開了一個現代文學史編撰研討會，大家都在思考現代文學史應該怎麼寫，提出了各種各樣的觀點，一個基本的方向就是擴充現代文學史的內容。原來依據新民主主義歷史觀和啟蒙主義歷史觀撰寫的現代文學史，實質是新文學史，舊體詩詞、文言散文排除在外了，淪陷區文學排除在外了。現在有人提出這些東西都應該收進來，不要把現代文學史的「現代」理解成是性質的判斷，「現代」僅僅是一個時間概念，想淡化或者掩蓋現代文學的現代性質。因而凡是現代這個時間段內的文學作品，不管它新舊，都納入現代文學史。顯然，這是離開啟蒙主義的文學史觀，又告別了新民主主義的文學觀，由後革命時代的文學觀主導，淡化現代文學史的現代特性，不對現代文學作品做整體上的價值評估，認為現代文學史僅僅是一個時期裏作家作品的匯總。

這樣可行嗎？我覺得沒有把握。首先，關於現代文學史上限往晚清移動的問題，我多次表達過一個困惑，即這種延伸其實沒有終點。為什麼是晚清的《海上花列傳》，而不是《紅樓夢》呢？為了確定現代文學的開始於《海上

花列傳》，你可以找出它與《紅樓夢》的差異，認為它是劃時代的，但文學作品的內容闡釋帶有相當強的主觀性，我完全可以找出《紅樓夢》比《海上花列傳》更現代的證據，何況《紅樓夢》的藝術成就遠在《海上花列傳》之上是一眾所周知的事實。周作人說新文學的源頭在晚明，晚明的小品夠個性化，其獨抒性靈與現代散文家的性情十分相近。《三言二拍》裏的《賣油郎獨佔花魁》《杜十娘怒沉百寶箱》等作品，表現的愛情與現代人追求的愛情雖有不同時代的特色，但在人性層面上沒有根本性的差別。前幾天武大青春版《牡丹亭》進校園，引起轟動，那裡面的生死相愛同樣能被現代年輕人所欣賞，而且大家在裏面找到了共鳴。從晚明文學再往前，又有《孔雀東南飛》啊。我感到困惑的是，這種創新沒有可靠的理論基礎，只從技術層面來界定現代性的標準，結果你沒法挺住在《海上花列傳》。原因無它，人類文化的發展是一條歷史長河，它的連續性和階段性是難以分割的。各個階段有自己的特點，但不同階段之間又保持連續性，所以關鍵是你從階段性的角度看文學史的發展，還是從連續性的角度看文學史的發展，這兩者得出的結論是不同的。從連續性的角度看文學發展，新文學與孔夫子時代的文化也有內在聯繫。現在大家還在朝拜孔夫子，但是你不好說現代文學就是從孔夫子那時候開始的。

確定現代文學史的起點必須兼顧這個起點影響力的大小以及由它所確立的原則對後來的影響。《海上花列傳》影響大，還是五四文學革命或者魯迅的《狂人日記》影響大？是《海上花列傳》與五四以後直至當下的文學關係密切，還是五四文學與後來直到今天的文學的關係密切？答案是不言而喻的。當然，這樣問，並非說文學革命是憑空發生的。事實上，歷史的連續性和階段性是辯證統一的關係，以五四為現代文學的起點，並不否認五四文學與晚清文學乃至更早的文學的歷史聯繫。所以我還是主張五四文學革命是現代文學的起點，就此還寫過幾篇文章。起點是一回事，五四文學革命與晚清的文學改良之間的聯繫又是一回事，這只是說明文學革命不是憑空發生的。講文學革命是現代文學的一個起點，只是重視從五四文學革命開始，中國文學發生了重大的變化，不是說它跟前面的文學歷史沒有關係。

關於現代文學史內容膨脹的問題，在中國社科院召開的那個會議上，我即興發言就表達了一點困惑。我說你要把「現代」這個時期裏的所有作家作品都放進來，這個文學史怎麼寫？你說海外華文文學都放進來，如果你把東南亞的華文文學放進來，李光耀就會向中國提抗議。你把新加坡的文學當什

麼了？新加坡華裔作家寫的，也是新加坡的文學，這一點是非常敏感的。你說舊體詩詞要進來，那你必須先解釋清楚它與文學革命的白話文運動的關係，否則文學史就會亂套。文學史是有所選擇的，不可能僅僅羅列現象，這不僅是技術性的選擇，更重要的是它要體現文學史的邏輯自洽，不能自相矛盾。孔子著春秋，述而不作，其實孔子的「述」就是一種選擇，一種評價，並非只是羅列。整個《春秋》是自成體系的，有一個統一的思想。把文學史當成一隻籃子，什麼東西都裝進來，那肯定是雜亂的堆砌了。前幾天我們博士生討論課，我頗為感慨地說，你要從魯迅身上去發掘傳統的因素其實很容易。這不僅指他的厚實的舊學根柢，而且也包括他無法突破舊文化的窠臼，比如他聽從母命與朱安女士結婚。你從辜鴻銘的身上去發掘一些現代性因素也方便，哪怕到全真派那裡去找一些現代性元素也未嘗不可。這說明事物是很複雜的，人的認知相當程度上取決於你的意圖。陳獨秀很激進，也很傳統啊，比如他跟妓女鬼混，難道不是傳統的東西？要證明什麼，必須基於學術的良知，為創新而創新太容易了，但弄不好產生的問題比解決的問題還多，而且更複雜、更麻煩。

後革命的時代，歷史呈現了多樣的發展可能性，造成了許多問題上的眾說紛紜，莫衷一是。文化分層的趨勢加劇，主流、精英、民間，你說你的我說我的。總體看，主流觀念對底層的影響力在下降，精英所代表的嚴肅文學的影響力也在下降。一些知識分子倡導新啟蒙，在 1980 年代影響很大，現在還有什麼動靜？我今天想去跳迪斯科還是去酒吧喝咖啡，只要我口袋有錢跟你有什麼關係？你要啟我蒙，把我當傻瓜，你聰明？你想改造我的思想，可能嗎。精英知識分子於是陷於一種無可奈何的困境中。而在此時，消費主義文化強勢發展起來，借助新媒體滲透到了社會生活的各個方面。商場越辦越大，吃喝玩樂一條龍服務，消費與娛樂融為一體。電視的「話說長江」、「話說黃河」，用圖像來詮釋歷史。「速配婚姻」、「玫瑰之約」，超女快男，大家驚呼現在是讀圖時代。這個變化中，價值多元、個性凸顯，不同話語之間難以溝通，其實這就是後現代的社會現象。不好說中國社會進入了西方意義上後現代，因為後現代是經濟高度發展繁榮，肚子問題已經不成問題的時候，依靠現代高科技的支撐，強調及時享受、娛樂至死，不追求深度、不追求意義，甚至要解構意義，造成一種無序、無中心的狀態，來追求自由。在這個沒有中心、沒有邊界的狀態下，人是最自由的——可以不去考慮歷史、不去想像未來，只

關注當下的感受，活得舒暢與快樂就行。

中國還沒有達到西方後現代的發展水平，但是很明顯已經出現了某種後現代的現象。這主要是兩個方面的原因造成的，一個是受到西方後現代主義思潮的影響。詹姆斯、利奧塔、福柯這些後現代思想家的觀念通過不同途徑影響到了中國思想界，影響到了中國現代文學研究。另一個，在經濟高速發展的城市裏，吃飯問題已經完全解決，大家用不著再為生計而焦慮（農民工除外），有條件來享受後現代的那種消費娛樂。這就促成了現代主義現象的產生。我想強調的是，在這樣的語境中，啟蒙主義及啟蒙主義的文學觀面臨著被消解的危機。前面提到的關於現代文學史的一些新現象，相當程度上正是這一趨勢的反映。崇尚消遣和娛樂，包含消遣娛樂內容的通俗小說就開始流行。新舊言情、武俠、偵探，讀起來都過癮。打打殺殺、哥哥妹妹、鴛鴦蝴蝶，挺有意思。回過頭去，這類作品不是早就有了嗎？所以現代文學史的起點往晚清移動，不必感到驚訝。

問題在於，消遣與娛樂的文化，能夠支撐起中國現代化的進程嗎？抬高鴛鴦蝴蝶派小說的地位，視它為現代文學的開端，實際就是以消遣娛樂的觀念打頭，蓋過了魯迅反封建的「吶喊」，這對中國現代文學的研究和當下文學的發展，是幸呢還是懸？文學革命的先驅強調文學是一件對人生有意義的工作，反對把文學當成高興時的遊戲和失意時的消遣，這是現代知識分子的一個擔當，應該珍惜和重視，並加以發揚廣大。更不必說發展道路不會一馬平川，如果到一個時候我們再次面臨嚴峻的挑戰，是勇敢前行，還是娛樂至死？我的意思是說，代表一個民族文學創作最高成就的應該是具有民族憂患意識、體現民族根本利益，對民族前途採取嚴肅認真態度的那些作家所創作的作品。當然，它必須遵循藝術的規則，標語口號是沒有用的。比較起來，消遣性、娛樂性的作品，有權利存在，但如果成為主流，其實是比較悲哀的事情。衛慧、棉棉引起大家的關注，主要是利用了我們文化比較保守的特性，到了文化開放的時代，再這樣寫，那就是垃圾。勞倫斯的《查泰萊夫人的情人》是藝術，你單純寫性的達不到那種藝術高度。所以我感覺嚴肅的文學，承擔民族苦難的文學，認真思考和探索民族前途的文學，借助美的形式，應該成為我們民族文學的主流，這才是一種比較健康的態度。

這就需要我們在文學史中為嚴肅文學安排恰當的位置，需要確立與此相應的文學史觀。什麼樣的文學史觀才堪當此重任？我認為非啟蒙主義文學史

觀莫屬。一方面，啟蒙主義在中國還沒有完成它的使命，說啟蒙的任務現在已經完成，這過於樂觀了。更為重要的是，啟蒙主義的文學史觀，前面剛說過，它兼顧了文學的泛功利性以及審美的規律性，它是比較符合文學的內在要求的，即肯定美的獨立性，又致力於人的解放。它符合中國現代化發展向文學提出的要求。

《學術月刊》組織了一個專欄，我寫了一篇關於純文學的文章，認為文學是人學，在實踐層面上不存在純文學。純文學這個概念的意義，在於文學不純的時候它能夠把文學拉向文學性的方向，而當問題變成要建設一種純文學的時候，它無法提供一種純文學的樣本。按照俄羅斯形式主義學派的觀點，純文學是指排除了文學以外所有因素留下來的那個東西，但是排除了文學以外東西，留下的就只能是語言、形式、技巧等。如果文學僅憑這些，它還能感動人嗎？真正感動人的文學，是包含了豐富人性的文學，而人性恰恰不是只有文學所有的東西。我讀到過一篇西方作家寫的散文，講了一個很簡單的故事：一個盲童在街上買花，遭到一批小流氓的戲耍，把她的花搶下來踩在腳下。這時來了一位女士，她從地下撿起被踩壞了的鮮花，對孩子說：「這個花我買了。」就這麼簡單，但你能說不感動嗎？文學中有美好的人性和人情，人性和人情並不是文學獨有的，而是生活中的一種存在。所以我不太願意接受「純文學」的概念，而更贊同高爾基說的「文學是人學」。既然文學是人學，啟蒙主義文學史觀強調人的解放、人的主體性、人的自覺，同時又不否定文學的審美性，兩者兼顧起來，我覺得它是有利於文學發展，有利於突出真正有意義的文學在文學史中地位的。也是基於這麼一種考慮，我今天才提出啟蒙主義文學史觀的問題，並談了一些個人的想法。總而言之，我認為啟蒙主義文學史觀沒有過時，五四文學革命所確立的人的文學的理想還在影響著當前文學的發展。文學史可以不斷改寫，但是不能簡單地為創新而創新，動不動就給現代文學寫悼詞，給魯迅寫悼詞。這樣的創新會引起轟動，但沒有真正的意義。

謝謝大家。

革命現代性與中國左翼文學〔註1〕

　　很高興有這麼個機會跟大家交流。今天我講的題目是「革命現代性和中國左翼文學」。現在不少讀者不大認同左翼文學，覺得它有這樣那樣的問題，認為它政治色彩太濃，思想大於形象，藝術上存在概念化、雷同化的毛病等。不過，這種看法本身就很有意思。我覺得它反映的主要是我們當下對文學的某種理解，而不是對左翼文學的歷史觀照。對此進行研究，有助於從另一個角度來思考我們應該怎樣看待文學，當然也包括應該怎樣看待左翼文學。

　　我們容易忽略一個事實：左翼文學在30年代和後來一個時期中，曾經擁有廣泛的讀者。魯迅說它在30年代前期是唯一的文學運動。那麼當時的人都是傻瓜？我想不是這樣吧。當時的讀者對左翼文學的認可所依據的觀念與我們今天是不一樣的，這本身就涉及到我們應該怎樣看待文學的問題。與其說從現在比較流行的抽象標準，譬如「純文學」的標準，來評判左翼文學，我想還不如回到歷史的場境，去理解左翼文學為什麼會有這麼大的聲勢。當然我們要持批判反思的態度，但是批判反思也應當回到歷史的情境，去研究它興起的原因，發現它存在的問題。

　　我主要講三個問題。

一、由歷史選擇的「革命現代性」

　　左翼文學當時之所以得到廣泛的認可，成為文學主潮，簡單地講，是因為它適應了革命現代性的歷史要求。左翼文學的產生發展是建立於革命現代

〔註1〕根據 2008 年 3 月 20 日在武漢大學學生會的講座錄音整理。

性基礎上的。

中國近代歷史發展的一個中心課題是「現代化」。現代性凝聚了一個民族的夢想，代表了幾代人共同的心願，而革命現代性是現代性中的一種。「革命」這個詞，近代是由梁啟超提出的，但梁啟超對革命的理解和現在不一樣。他寫過一篇題為《釋「革」》的文章，其中提到革命分為兩種，一種是英國式的革命，一種是法國式的革命。法國式的革命是我們今天翻譯使用的「revolution」，而英國式的革命，英語是「reform」，意思是重組改良。梁啟超主張中國當時需要的是英國式的「reform」，改良，而不是法國式的「revolution」，徹底打碎，重新建構。梁啟超對「革命」的重新闡釋，目的是要把革命限定在改良的範圍內，但他的意圖實際上難以實現。個人的願望畢竟不能改變歷史發展的趨勢，由孫中山所領導的辛亥革命就以法國式的暴力手段推翻了清王朝的統治。今天，對於孫中山領導的辛亥革命，評價還不盡一致。有一種影響很大的說法，說這個革命後來歸於失敗，因為革命的果實落到了袁世凱的手裏。但實際上辛亥革命推翻封建帝制，本身就是很大的歷史功績。袁世凱復辟帝制無法得到社會支持，跟辛亥革命的影響是密不可分的。不過，辛亥革命沒有實現原先的理想，革命後社會沒有什麼根本的變革，這卻是事實。社會的發展是曲折的，不可能由一場革命解決全部的問題。正因為辛亥革命存在一些問題，讓先進的中國知識分子感到不滿，才有後來的五四新文化運動。

五四新文化運動的基本思路，是用思想革命代替社會革命，解決人的思想現代性的問題。通俗地說，就是用啟蒙手段讓民眾覺悟起來，認識到自己作為人的基本權利，成為一個現代的人。新文化運動倡導者認為，實現了人的現代化，其他社會問題都會迎刃而解。這也是魯迅說的「人立而後事舉」的意思。其實，梁啟超在 20 世紀初已主張過思想啟蒙。梁啟超的目標是培養「新民」，即具有現代權利意識的公民，這比皇權時代的臣民意識前進了一大步。可是梁啟超強調公民權利和義務的平衡，在當時是一種比較理性的主張，對既有的社會秩序和思想傳統衝擊不大，在反封建的深度和廣度上遠不能跟五四新文化運動相比。五四新文化運動提出了「科學」與「民主」等更為徹底的反封建口號，引發了更廣泛、更強烈的社會反響。這時候從國外留學回來或受新思想影響的知識分子人數大為增加，新的思想啟蒙運動有了更為廣泛的民眾基礎。可是，五四新文化運動所推動的啟蒙現代性方案行得通嗎？換

句話講，能通過思想啟蒙讓民眾覺悟嗎？我想答案不是肯定的。

李澤厚曾提出過一個影響很大的觀點，說五四啟蒙運動之所以沒有取得預期的成績，是因為「救亡壓倒了啟蒙」，民族危機使救亡的緊迫性大大超過了思想啟蒙的重要性。五四思想啟蒙還沒有充分展開，救亡就成了社會的中心任務。

我的看法有所不同。僅僅是救亡壓倒啟蒙嗎？我認為有這個因素，但不全是這個因素。啟蒙本身也存在侷限，一個最基本的缺陷，就是啟蒙的目標沒辦法通過啟蒙的手段來實現。魯迅寫小說，是從屬啟蒙的時代使命的。他覺得醫治中國人身體的疾病遠比不上醫治他們靈魂來得重要，所以棄醫從文，期望通過小說來改造國民性。文學能影響人心，但真能夠改造國民性嗎？阿 Q 看不懂魯迅的小說，魯迅寫得再深刻，阿 Q 能覺悟過來？在中國教育水平普遍低下的時代，你通過小說能使阿 Q 覺悟過來，認識到個人的權利？不可能。

魯迅小說中實際上已經涉及到了啟蒙的限度問題。《祝福》中的「我」是一個知識分子，可是經不起祥林嫂關於靈魂有無的幾次質問，說明知識解決社會問題的作用是有限度的。更重要的是革命者向民眾宣傳革命的道理，但民眾並不理解，更不領情。《藥》就寫到夏瑜向紅眼睛阿義宣傳「大清國是我們的」，結果他遭到了紅眼睛阿義的拳打腳踢。為什麼？阿義覺得大清國是皇上的，怎麼可能是我們的？夏瑜這樣說，簡直是神經病，所以他狠狠地打了夏瑜一頓，並且作為了不起的成就向茶客們宣揚自己的武功。對這樣愚昧的民眾啟蒙，你向他宣傳革命的道理，能解決問題嗎？魯迅的這種描寫，實際上反映了啟蒙運動的致命缺陷，即它無法通過啟蒙的手段實現啟蒙的改造國民性理想。

啟蒙解決不了阿 Q 們的思想問題，那怎麼辦？走社會革命道路啊。阿 Q 不能通過講道理覺悟過來，但是只要分給他土地和財產，解決他的老婆問題，他馬上就跟著革命走了。用他的話講，就是「媽媽的，我要革他們的命了」。阿 Q 再愚蠢，他也會覺得讓趙太爺、錢太爺們害怕的革命對他有利，儘管這是一種阿 Q 式的革命，僅僅是財產的再分配，比如把秀才娘子的床搬到自己的土穀寺裏去，自己取代趙太爺錢太爺成為未莊的主人，甚至要把「階級兄弟」王胡和小 D 都殺了。阿 Q 式的革命，只是落後農民的盲目復仇，帶有很大的破壞性。但阿 Q 畢竟是渴望改變現狀的，魯迅說得好，除非沒有革命，

否則阿 Q 肯定會做革命黨。這說明社會革命對底層的農民是有吸引力的，革命可以把窮苦的農民組織動員起來，儘管動員起來後他們思想上的落後仍是一個嚴重的問題。就動員底層農民的能力而言，思想革命是不能與社會革命相比的。

中國現代革命受蘇聯十月革命的鼓舞，由中國共產黨領導，選擇了新民主主義的道路，不可能重走資產階級革命的老路了。魯迅靠近共產黨人，贊同社會革命，一個重要原因，就是他對五四思想啟蒙運動的侷限性有了認識。他後來說，新文學對孫傳芳無可奈何，但大炮一響，孫傳芳就被趕下臺了。魯迅有根深蒂固的懷疑精神，不相信任何美麗的許諾，他是不容易受矇騙的。他後來接受社會革命的思想，是經過他自己思考所做出的選擇。他的了不起，在於他接受了社會革命的思想後依然保留了啟蒙者的思想傳統，沒有盲從僵死的教條。這說明，中國現代革命得到魯迅這樣的五四知識分子的支持，決不是偶然的。但這同時也說明了，中國現代社會革命與五四思想革命不同，它是中國共產黨領導的，接受馬克思主義的指導，走的是武裝鬥爭的道路。思想革命，是通過人的思想現代化來解決社會問題，推動社會進步；現代中國革命則是通過社會革命推翻舊的政權，建立獨立民主的現代民主國家，從而為發展生產力，實現社會政治經濟文化的現代化創造條件。這是一個革命現代性的方案，其現代性的目標與思想革命的目標沒有根本區別，但實現現代性目標的途徑不同，因而革命的內涵也有了重大的差異。可以說，中國現代革命就是這種革命現代性的表現形態。在這個形態，本來作為啟蒙對象的底層民眾或者說落後農民成了革命的主力軍了。五四啟蒙文學中，農民常作為落後形象出現，但是到了革命現代性主導下的左翼文學，農民成了革命的主要力量。但是這個時候他們自身思想落後的問題仍然沒有得到很好地解決。所以仍然需要補上啟蒙的這一課。

我們看中國現代史，挺有意思，往往採取了思想革命和政治革命交替進行的方式。20 世紀初，梁啟超倡導思想啟蒙，接著孫中山領導辛亥革命採取暴力手段，五四新文化運動是新的思想啟蒙運動，到 20 年代中期取而代之的是社會革命。社會革命一搞幾十年，到了 80 年代實際上又開始了一場在新的歷史條件下的思想啟蒙運動。我想，這是在告訴我們，僅僅通過暴力革命或者說是單純的思想革命都無法順利實現現代化的夢想，必須把思想革命與社會政治革命結合起來，交替解決各自存在的問題，彼此互補，才能推動中國

社會走向現代化的方向。這說明革命現代性的產生是歷史的一種要求，不是哪一個人的主觀願望所決定的。歷史選擇了革命現代性，它對中國社會產生了很大的影響，其中就包括對文學產生的影響。

二、由革命現代性產生的文學規範

在革命現代性的系統中，文學作為一個重要的子系統存在。用毛澤東的話講，拿武器的軍隊，需要文化的軍隊的配合，才能推翻了舊世界，建立新中國，實現建立民主國家的理想。在革命現代性的工程中，文學的目標是從屬於新民主主義革命的總體目標的。新民主主義革命的性質，規定新民主主義文學要成為團結人民、打擊敵人的戰鬥武器。文學能成為武器嗎？有時候是免不了的。

五四文學承擔了思想啟蒙的使命，左翼文學是從啟蒙工具發展到了革命的工具。從革命文學論爭開始，文學與革命的關係就成了左翼理論界關注的焦點。對這個問題的探討，逐步形成了一個革命文學的理論體系。這個體系到毛澤東的《在延安文藝座談會上的講話》才達到成熟的形態。《講話》明確了政治標準第一，藝術標準第二，要求文藝家通過思想改造轉變立場，深入生活，通過典型形象反映社會本質等，創作出為工農兵所喜聞樂見的文學作品。這實際上都是革命現代性對文學提出的要求。這種理論是革命時代的產物，當時階級鬥爭非常激烈，所以充當革命鬥爭武器的文學被迫採取了符合歷史邏輯但不見得符合藝術規律的非常立場。也就是說它從新民主主義革命的需要出發，片面地強調了文學的政治功能，不可避免地造成了對文學審美特性的忽視。

這一理論缺陷，在左翼文學運動初期表現得特別顯明，「革命文學」觀念中脫離藝術特點的觀點還受到了魯迅等人的批評。不過，回過頭來看，有沒有一種沒有缺陷的超歷史的文學觀念呢？我想沒有。從某種意義上說，歷史侷限本身也是一種特色。世界上有各種各樣的人，蘿蔔青菜各有所愛。你喜歡青菜就得犧牲肥肉，你喜歡肥肉就可能少吃青菜。我們希望協調不同的趣味，但你無法用一個統一的標準去整合所有人的審美愛好。

左翼文學在烽火連天的年代追求文學的武器作用，它是為民主革命的理想而選擇了粗暴的風格。從文學本身的角度看，肯定覺得它不美、不雅。但我們換個角度，從整個社會歷史發展角度看，我覺得這種藝術性的犧牲是可

以理解的。由於這種犧牲，文學發揮了武器作用，為革命現代性理想的實現立下了汗馬功勞。正因為如此，它在當時擁有廣泛的群眾基礎。不是沒有人看中優雅的文學，而是許多人覺得在民不聊生的非常時期，戰鬥的、鼓舞人心的文學可以讓人民看到希望。粗暴在某些時候，是有力量的。小橋流水式的、風花雪月的文學當然很美，但是缺少鼓動人心的豪情。

所以我覺得問題回到了你究竟是用一種審美的眼光，還是從社會發展、救亡圖存的角度來考慮文學的問題。假如從審美的角度出發，肯定會覺得左翼文學總體上存在嚴重的問題。假如你從歷史的角度、社會發展的角度來考慮問題，你會採取同情的態度，你會發現那是歷史的選擇。今天我們回頭去看左翼文學，依然會覺得它存在著一些問題。但當你感覺到它存在問題的時候，實際上你又回到審美的立場上，回到了純文學的角度。我並不反對從審美的角度對左翼文學提出批評。我一直說，批評左翼文學是有道理的。但對左翼文學採取歷史主義的理解態度可能更合乎情理。因為我始終覺得比起一個國家民族的前途命運來，文學在某個時候充當一下武器的作用也未嘗不可。假如能夠爭取民族解放和人民的自由，文學做出點犧牲不是天要塌下來的事情。當年的左翼文學家不是不懂文學，他們絕大多數是有很高文學修養的。他們之所以做出這樣的選擇，也是看到了文學有比審美更重要的意義、更艱難的責任，並且自覺地承擔起來了。當時有許多文化人士，應該是抱著這樣的心態參與到左翼文化運動中去，用嘹亮的歌聲唱出了「大刀向鬼子們的頭上砍去」的旋律。郭沫若說，這個時候你還執著於純文學，那簡直是吸了嗎啡後所發的囈語。他認為當前需要一種鼓舞民氣的文學，寧可等革命成功後再回頭來談托爾斯泰、陀思妥耶夫斯基。郭沫若是浪漫主義者，講話容易走極端，但他的這種說法透露出了一種信息，就是要犧牲文學的審美特性來承擔文學的歷史使命。當時好多讀者之所以擁護左翼文學，估計也是基於對它的責任感的認同。左翼文學當時沒有特權，它純粹是靠文學本身的力量獲得讀者，並不是我們今天有些人說的是主流文學。它恰恰是受壓迫的文學、反抗的文學，但它獲得了廣泛的認同，擁有眾多的讀者，是靠它自己的力量，思想的力量、信仰的力量。

文學是整個社會組織中的一部分，但它又有自己的獨立性。這種矛盾的兩重性決定了人們對於文學的理解陷於兩難的困境中。一方面是要承擔時代使命；一方面它又不是單純的政治力量，而是審美的形式。在這兩難的選擇

中產生了無數種不同的傾向，你到底是傾向於社會性的一面還是審美的一面。兩極之間，產生了眾多不同的文學觀。有的靠近社會的一面，有的接近審美的一面，即使像我這樣，放在今天來談，也同樣面臨兩難選擇。有的時候對左翼文學還能理解，但又感到特別無奈。感到無奈，是因為感覺它不盡如人意，那顯然就靠近了審美的一面。在這兩難間作出不同的選擇，實際上反映了革命現代性、啟蒙現代性、審美現代性的錯綜複雜的關係。現代性有不同特性：革命現代性、啟蒙現代性、審美現代性，它在社會歷史的不同的階段所起的作用，產生的影響，是有區別的。你怎樣選擇，是靠近社會的責任，還是靠近審美的標準？體現的是錯綜複雜的現代性較力和歷史本身的規則。

在文學史上，從社會大系統的角度來思考文學的社會功能和性質的問題，是自古有之的，中西皆然。孔老夫子說：「詩三百，一言以蔽之，曰：思無邪。」強調詩歌的教化功能。一直到梁啟超，把小說的革新與民族的革新聯繫起來，提出「欲興一國之民，必先興一國之小說」，把小說的作用提到史無前例的高度。魯迅把文學當成思想啟蒙的工具，也是從社會大系統考慮文學的問題。大家覺得這是一種工具論的文學觀念，但問題在這種工具論的文學觀念本來是可以兼顧人情和物理的。就是說，它可以兼顧文學審美的要素，達到文學的社會功能和審美功能的協調統一。這兩者並不像某些人想像的那樣水火難容，我覺得是可以統一的。重要的是你不能因為要承擔社會歷史使命而把文學當成庸俗的工具。會不會成為庸俗化的工具，不在於文學應不應該承擔歷史使命，而在於你怎樣理解這種責任，怎樣使這種責任落實到審美的形式中去。這裡面的一個關鍵就是看作家能不能在承擔文學的社會使命的同時把握住自己的生命體驗，採取通情達理的審美態度。

同樣是具有很強使命感的作家，魯迅做的就比較成功。他的歷史使命和生命體驗交融在一起。換言之，他是在痛楚地意識到中國社會存在的問題以後，結合自己的生命體驗，來醞釀和塑造藝術形象，所以他的藝術形象是活的，富有個性的，從而達到思想啟蒙與審美的比較好的統一。他不是從現成的教條出發，而是從自己真切的感受出發進行藝術創作。不是用形象圖解觀念，而是表現自己的生命體驗。

連一些自由主義作家、批評家，比如胡秋原，他堅決反對政治干涉文學的，但是他並沒有否認文學與政治的關係。他堅持的是政治不要破壞藝術的審美。他在《革命文學問題——對於革命文學的一點商榷》一文中說：「一

種政治上的主張放在文藝裏面，不獨是必然的，而且在某幾個時期卻是必要的……但是不可忘記的，就是不要因此破壞了藝術的創造。所以我們只能說，『藝術有時是宣傳』；而且，不可因此而破壞了藝術在美學上的價值。」左翼當然不同意他的觀點，認為這是一種變相的「藝術至上」的思想。其實，左翼與胡秋原的爭論不是要不要政治的問題，而是要什麼樣的政治。這種政治是從個人行動和思想中自然表現出來的政治，還是脫離了個人生存體驗、以主義為準則的政治，這種政治理念放在藝術中會不會破壞藝術在美學上的價值？

西方的情形又怎麼樣呢？從《荷馬史詩》開始，文學從來是跟社會和人生密切聯繫在一起的。現代的女性主義文學觀念，德里達的解構主義，福柯的權力話語理論，包括賽義德的東方主義，哪一種主義、哪一種觀念不是跟政治有密切的關係？女性主義的政治色彩強烈得很，它要顛覆男性話語的霸權地位。這不是政治？福柯的權力話語理論影響非常深遠，它後來實際上成了新歷史主義的基礎，認為歷史是建構起來的，真實的歷史已經隱去了。留下的歷史是一種權力話語的表達。這不是政治嗎？當然是政治！但他們的政治跟中國極左時期文學所服務的政治大不相同。中國極左時期文學觀念裏的政治是一種教條。偉大領袖毛主席講的，句句是真理，你不能思考，必須照做。我們今天才認識到這成了思想的奴隸，不可取。而西方一些文學理論中的政治帶有強烈的批判性，是基於自我的體驗，進行自由思考所認可的政治，不是脫離個人感受和思考的政治教條。他的政治是跟個人的生命感受和自由思考聯繫在一起的，簡單來講，是我所認可的政治理想。文學跟這樣的政治聯繫在一起，通過這樣的政治來表現我生命的飛翔，才會寫出有魅力的文學作品。

從社會大系統的角度來思考文學問題，不管怎樣解釋，很容易會被扣上工具論的帽子。因為這好像違反了大家覺得很神聖的純文學的標準。大家會覺得從純文學的標準出發，無論是哪一種政治，都好像不應該跟文學發生聯繫。文學應該是純粹的，純審美的。但我一開始就講了，從革命現代性與左翼文學的關係中，我們可以思考很多問題，其中就包括對純文學的反思。到底有沒有純文學？很難明確地下一個結論，但我至少可以說，純文學是一種理想，它跟非純文學的邊界是很模糊的。不可能建立一套實證性的指標體系，來指正純文學的邊界。歷史的經驗告訴我們，從康德開始，提出了純粹的美，

從而歷史地形成了純文學的概念。但這一概念形成的恰恰有政治的背景，是要讓文學從宗教的宣傳工具中分離出來，獲得審美的獨立性。獨立到什麼程度？康德沒有給出一個明確的說法。他的《判斷力批判》，專門討論純粹形式的審美判斷如何可能的問題。他說：「美的藝術是這樣一種表象方式，它本身是合目的性的，並且雖然沒有目的，但卻促進著對內心能力在社交性的傳達方面的培養。……審美的藝術作為美的藝術，就是這樣一種把反思判斷力、而不是感官感覺作為準繩的藝術。」沒有目的之目的，這使後來純文學兼顧文學的社會功能有了理論依據，實際上也是我們面對現實後所必須認可的一種狀態。文學是不可能純粹到絕對純粹的水平的，但這並不是說純文學的概念沒有意義，它的意義恰恰是在批判非純文學的過程中體現出來，在對過分工具化的文學觀念進行糾正時體現出它的價值。

當代純文學喊得最響的是什麼時候？80年代。為什麼要提出純文學的口號？因為「文革」時期把文學當成政治工具，造成了嚴重的問題。「文革」以後，要反對工具論的文學觀，非常有力的武器就是「純文學」，讓文學回到文學本體中去。文學不是政治的工具，要跟政治拉開距離，保持審美的獨立性。所以「純文學」在80年代初起了積極的作用，使文學脫離了政治附庸的角色，走上了比較健康的發展道路。

但當我們基本這個目標的時候，回過頭來再來看「文學回歸文學本體」，就會問「文學本體」是什麼？換句話講，純文學是什麼樣子，沒有辦法解釋清楚。文學是人學，它是為人而存在的。而人的許多思想情感，並不純粹是審美的。許多動人的情節、衝突和性格，其魅力在於它們本身。現實生活中也有許多可以讓我們感動得熱淚盈眶的人和事，這些人和事沒有採取審美的形式，是這些人和事本身感人。

梁曉聲來武大做報告。報告的內容我已經記不清了，但裏面他提到的一個故事我至今難以忘懷。這個故事是西方一位作家寫的。是講一個小女孩，盲童，在街上賣花，許多人視而不見，有人甚至惡作劇，搶過花來踩到腳下。這時有個女士來到小女孩身邊，撿起地上被踩壞的花對她說，孩子，這花我買了。我很感動啊。你說這是審美的東西嗎？是，又不是。它被作家寫出來了，感情被濃縮了，它是文學；但它本身卻是一件普通的事，人們顯然首先是被這一樸素的情景感動了，感動人的是那情感本身。從中不難感受到，文學與人生有關，而審美只是人生的一部分。

2001 年，李陀發表了一篇文章《反思純文學》。他認為純文學這個概念在90 年代起了一個不好的作用，它使得作家忽視了文學應該承擔的使命，用純文學的理由把文學應該承擔的使命擋在門外。純文學？於是，大眾的痛苦，民工們的磨難都可以視而不見，把自己封閉起來，結果寫出來的東西都缺乏厚實的生活基礎，或者說缺少偉大的情感。李陀認為純文學在那個時候起了不好的作用，我覺得這點到了問題的一個重要方面，實際上暴露了純文學這個概念本身內在的悖論——它想「純」，但是純不到它追求的「純」的高度。一個關鍵因素在於文學與人生無法分開。

借用周作人的話，文學可以分為「載道」和「言志」，而且「載道」和「言志」輪流地在轉，這是周作人循環歷史觀在文學領域的體現。不管是「載道」還是「言志」，文學都是與人生相聯繫的，區別僅僅是關係鬆一點，或者是緊一點；間接一點，或者直接一點；超然一點，或者已經捲入到生活的漩渦中去了。這個緊與鬆、直接與間接、超然與捲入，千差萬變，形成了不同的風格。關係的緊密或者疏遠，並不一定決定藝術水平的高低。換句話說，超然的作品，藝術水平不一定就高；捲入到時代風潮的作品藝術水平不一定就低。陶淵明是高雅的，淡泊的，當然是美的。巴爾扎克捲入到生活的漩渦中去了，同樣是偉大的。托爾斯泰表達了他的人道主義理想，捲入到對農奴制的批判中去了，更是偉大的。從某種意義上講，我倒是覺得托爾斯泰、巴爾扎克比陶淵明份量更重。這告訴我們什麼？是不是採取純文學，或者說與生活的關係是緊還是鬆，不能直接決定文學作品價值的高下。關鍵是你在作品裏面，是不是把自己真切的人生體驗、生命的感受融入到文學的創造中去了。

既然如此，我覺得是不能用無功利的純文學的標準來衡量左翼文學，說左翼文學不純。用純文學的標準一量，說左翼文學不夠標準，pass。這不客觀，不公平。左翼文學有侷限，的確存在一些問題。但這是一種歷史的現象，體現了一種歷史的邏輯，而不是用抽象的純文學的標準——自己都說不清楚的純文學的標準，簡單可以作出裁判的。

三、中國左翼文學的當下意義

我們進一步考察，就會發現，左翼文學的觀念與觀念之間，創作與觀念之間，其實存在重大的差異。不能籠而統之地講左翼文學，更不能由此進一步判定左翼文學就是不行。創造社與魯迅就不一樣。當創造社受美國辛克萊

的影響宣布一切文學就是宣傳時，魯迅就說過一句名言：文學是宣傳，但是宣傳並不一定就是文學。這正像一切的花都是有顏色的，但是有顏色的不一定全都是花。魯迅與創造社的觀念就不一樣，這說明左翼也不是鐵板一塊。它內部有差異，而且左翼文學的理論與創作也存在明顯的不一致性。

即使左翼文學理論在整體上表現出一種實用理性的工具論傾向，但當它被用運到創作中，不同的作家結合自己的人生經驗、政治傾向和藝術素養，也會表現出不同的風格。有的把文學當作工具來使用，簡單地圖解政治概念。這樣的文學當然沒有感染力，這只能說明這個作家缺乏藝術的想像力，或者說他們簡單地理解了文學對時代所承擔的使命，只追求眼前的效果。但也有許多左翼作家，他們從自身的經驗中提取素材，把生命的體驗與階級意識融合起來，描寫現實、展現時代，表達他們的立場和態度。他們不是簡單地圖解某一種觀念，而是融合了他們的生命體驗。

我可以舉出一些大家都很熟悉的例子，譬如蕭紅、葉紫、沙汀、丁玲、艾蕪、茅盾，他們都是左翼作家。蕭紅走上左翼文學創作道路，是與她反抗家庭、追求個性以及婚姻自由聯繫在一起的。我有一個看法，蕭紅作品中的左翼傾向是與她的生命體驗相一致的。她追求自己的夢想，流落在哈爾濱，後來得到了蕭軍的救助，逃出東北，來到了上海，成為左翼作家。她對地主家庭的反抗是跟她追求個人自由的強烈要求緊密地聯繫在一起的，所以她不用像丁玲那樣通過自我否定而得到左翼的認可。她出於內心的情感需求，反抗家庭、反抗地主階級、追求個人自由，既是自我表現、真情的流露，同時又符合左翼的階級論的標準：對地主階級鞭撻，對舊社會的批判。所以她的政治傾向是與情感體驗、生命體驗融合在一起的。

丁玲也是很了不起的作家，但她的情況有些不同，她前期的創作與後期創作有一個明顯的變化。但是我認為，丁玲的這種變化中有一脈相承的一條主線，她沒有完全抹殺自己的個性去迎合時尚或者教條，即使後期的創作依然有她鮮明的個性。譬如《我在霞村的時候》，她對作品的女主人公受盡日軍蹂躪、承擔了八路軍使命，卻不被鄉親們理解的遭遇真正表示了深切的同情——女人對女人的理解。《在醫院中》同樣表現了一個大城市來的女子同環境的格格不入。她曾因為這些個性的表現，不斷遭受批判。她是一個左翼作家，她把對生活的關注、受侮辱的民眾的同情和自我表現比較好地結合在一起了。

艾蕪、沙汀都寫出了不錯的作品。茅盾可能比較複雜一些，但我始終認

為，茅盾是一個大家，儘管存在這樣那樣的問題。至少他前期《蝕》三部曲即使在西方，在夏志清的《中國現代小說史》中都是得到肯定的。夏志清的肯定是為了否定後面的《子夜》，《子夜》不好，那就是說前面的《蝕》寫得好啊。《子夜》是革命現實主義的作品，今天看來確實存在一些問題，因為它的概念化——民族資本主義沒有前途，無法承擔革命的重任。誰來承擔革命的重擔呢？自然是暗示共產黨，所以共產黨人說這個寫得好啊。《子夜》的創作得到了共產黨的一個重要人物瞿秋白的具體指導，甚至人物命運的最後設計都是接受了瞿秋白的意見，寫吳蓀甫最後的失敗。吳蓀甫是一個很能幹的人，最後失敗了。按照瞿秋白的意思，這是買辦化，他的失敗是民族資本家的必然命運，為什麼？民族資本家鬥不過買辦資本家，這是共產黨人的社會觀。資產階級沒有獨立的前途，所以共產黨人自然地歷史地要承擔領導革命的責任，這就為革命的合法性提供了理論根據。茅盾用形象的方式揭示了這種歷史觀念，所以它是左翼文學。現在看來，你說他描寫得不準確，也不好說。你說是真實的歷史規律的表現，也有不人認同，因為民族資本家並沒有像茅盾所寫的，在 30 年代遭受了失敗的命運。恰恰相反，在 30 年代民族資產階級的力量是不斷壯大的。他們最後走向沒落，退出歷史舞臺，是在 1949 年共產黨領導的革命勝利以後，民族資本家那時才失去了生存的社會基礎。所以從種種方面看，大家覺得茅盾所寫的主題跟某種理論有一種明顯的關聯，它是對新民主主義學說的形象化闡釋。但是我還是要指出，僅就小說人物形象的塑造以及語言表達的功力，《子夜》達到了很高的水平，茅盾不愧為語言的大師。我不清楚同學們會不會認同，但你看他的作品結構的能力，語言的老到，對形象的立體化描寫，那一種細膩當中的豐富性都達到了一個高度，應該承認這是事實。

　　總而言之，這些左翼作家風格各異，成就不一，可是都寫出了優秀的作品。他們的一些作品既有強烈的政治傾向性，又有感人的魅力，即使放在今天，我想仍然是一流的水平。茅盾可能大家有些分歧，但他的氣魄擺在那裡。蕭紅的作品是一流的，《九一八致弟弟書》你去讀一讀，語言的韻味中有蕭紅式的鮮明個性。你去讀讀她寫的《懷念魯迅先生》，可以說所有紀念魯迅的文章中這一篇是寫得最好的。這是由於她真誠地愛戴魯迅，她瞭解魯迅，其中的一些細節，如寫魯迅的性子急，她說：「魯迅先生帽子還沒有扣到頭上，前腳已經跨出了門檻。」魯迅的形象馬上活靈活現地呈現在我們面前了，而且

感受到蕭紅內心深處對魯迅的敬愛之情，一般人能不到這樣的水平。我們不能無視左翼文學的豐富性，不能籠統地以純文學的標準把左翼文學一筆抹殺。魯迅後期的作品，許多人都持一種懷疑的態度，說是他創作力的衰落，他只能寫雜文了。但魯迅式的雜文，你去試一試，能寫到他這個水平的，我覺得就了不起。文章寫到這個程度，就文章本身講，那是一種範文。罵人能罵到魯迅這樣，我覺得也是一種水平。這當然是一種形象化的說法，不夠嚴謹，但魯迅後期成為左翼作家，並且成為左翼文學的一面旗幟，他的創作，仍然具有審美的素質，思想的銳利，技巧的老辣，以及藝術的感染力比早年更勝一籌。

歷史地看待左翼文學，它應該是一筆精神財富。一些優秀之作今天的讀者喜歡讀，通過它們還可以瞭解我們民族的奮鬥史、個人的心靈史、文學的演變史，體驗其思想和藝術的魅力。對於當下的文學創作，我覺得也是一種有益的借鑒。當下的文學處於一種什麼狀態？本身是一個很複雜的課題，可以作為專題來研究。但給我們的一般印象就是它脫離了政治，從政治的束縛中解放出來，可是又沒有獲得我們預期的結果。它由原來的政治奴僕發展為現在的經濟奴僕，走上了商業化的道路。這是出乎我們意料的。提倡純文學，卻冒出了商業化的東西。用西方的話講，「播下的是龍種，收穫的是跳蚤」。原以為純文學會給我們的文學帶來繁榮，但是卻發現它走上了商業化的道路。政治確實不見了，但欲望浮出了地表，思想退位，下半身成了主角。五四時期被作為批判對象的軟性文學，消遣性文學到了二十世紀初，反而成了文學的主潮了。真有一種三十年河東，三十年河西的感覺。

但是我想，有誰能保證我們的民族會一直處於這種安逸的狀態中，有誰能保證若干年後我們不會經受戰爭的洗禮，不會遭遇嚴重的困境？不能保證！人要有一種憂患的意識，在安逸的時候能夠想到憂患的前景，這樣才能有希望。你沉溺在安逸中，危機就可能為期不遠了。我們可以想像一下，當我們民族面臨危急關頭的時候，粗暴的，雄壯的，「大刀向鬼子們身上砍去」的那種旋律能不感動人嗎？魯迅的承擔苦難、反抗絕望的精神在那個時候又能夠引導人們奮鬥前行。與其從純文學的概念出發，不如從文學史的實際出發，來思考文學的未來。從這樣的角度出發，我認為左翼文學應當引起重視，不僅僅因為它是一種歷史的存在，更因為它具有現實的意義，它包含著當下文學所缺少的精神資源。跟當下文學一比較，儘管它有很多缺陷，但也有其

優點。我並不是抽象地談它的優點，它是有缺陷的，但優點也是明顯的。我認為，它至少有五個方面可以為當下文學提供正面的意義。

一是底層立場。左翼文學是代表底層利益的，反映民眾的困難處境，表達他們對現實的強烈不滿和改變現狀的內心願望。其實我們把眼光放遠一點，會發現這是一種古老的為民請命的傳統的延續，而又加入了現代革命和階級意識的因素。既為老百姓說話，又具有階級意識。撇開階級因素不談，僅就它對底層民眾的關心和同情，表達了民眾關於正義公正的期待來講，我覺得它就具有可繼承的精神因素。

二是批判的意識。左翼文學是批判性的，批判舊的社會秩序，批判正義和道德的淪喪。這種批判在很多時候要冒極大的政治風險，因為它的矛頭是直接指向統治階級的，並不像我們一些人說的左翼文學是主流文學。它是受壓迫的文學，是批判的文學，是抗爭的文學。在這種批判中，左翼文學展現了自己的理想，展現了自己跟民眾血肉的聯繫。

三是承擔精神。承擔歷史使命，表現對民眾的承諾。用文學的形式參與到民主國家的理想建構中。艱難困苦，在所不辭，表現了非常可貴的精神。

四是宏大敘事的經驗。左翼文學採用了宏大歷史敘事的方式，從不同的角度展現中國社會的總體面貌，表現歷史的基本走向，試圖揭示歷史發展的規律。這一點曾經引起質疑，因為大家認為文學不一定要展現整個歷史的走向，表現歷史輝煌廣闊的畫面。文學可以從某種角度，表現小人物和小事，顯示人情的美好。一些人覺得這種宏大敘事，有一種空疏的缺陷。但我認為，這種缺陷儘管存在，但也不能否認左翼文學在整體上創造了恢宏的陽剛之美。寫人情之美，小橋流水，風花雪月，這固然是美，但僅僅是美的一種，不能因此否定陽剛之美的價值。從某種意義上講，左翼文學的陽剛之美跟自由主義作家營造的陰柔之美陰陽搭配，才能展現現代文學的豐富內涵。少了哪一部分，都無法完整地展示中國現代文學的藝術成就。

五是理性與感性相統一的藝術想像方式。左翼文學中的一些優秀作品，我強調是「優秀」的作品，比較成功地向讀者展示了作者的階級立場如何跟個人的感性經驗結合，就是我上面再三強調的，如何通過個人的生命體驗表現政治訴求，寫出既有鮮明的政治傾向性，又富有藝術感染力的好作品的秘密。一些優秀的作品所取得的成就至少表明，藝術價值的高下跟作者採用什麼樣的敘事策略，是採取個人化的小敘事還是採取歷史的宏大敘事，是沒有

必然聯繫的。宏大敘事也可以寫出好作品，托爾斯泰的《戰爭與和平》你說是小敘事嗎？不是，它是宏大敘事，關注的是人類社會的兩個基本主題：戰爭與和平。當然，採取個人化的小敘事同樣可以寫出好的作品。像陸游《示兒》中寫：「王師北定中原日，家祭無忘告乃翁。」這是小敘事，也是感人的。左翼文學的成功之作在把宏大敘事跟個人生命體驗結合起來這一方面，顯然提供了有益的經驗。

21 世紀的文學一片精彩，在花樣翻新的繁榮中，也潛藏著疏離社會和民眾的傾向。從歷史理性的角度和民眾向上的精神需求的角度來考慮文學少了，強調私人化寫作和欲望表達的多了。我不是說這兩者不行，而是說過多地強調私人化寫作和欲望化表現，導致欲望的泛濫乃至文學粗俗化的蔓延，並不是一種健康的現象。為了平衡這種傾向，有必要引入新的理性精神。其中可供選擇的方式就是向左翼文學吸取經驗，當然不是簡單地模仿和搬用左翼文學，更不是重複，而是借鑒。我上面說的五個方面，是希望通過借鑒來拉近文學跟民眾的距離，拉近文學與民眾健康精神生活需求的距離。讓文學多一點現實感，多一點陽剛之氣，多一份崇高與壯美。當然，也期待優美抒情的旋律迴響在我們身邊。

這幾天我連續看了中央電視臺的合唱比賽，真切地感覺到時代真的不一樣了。那種抒情的曲子用大合唱的方式來表達，唱得好的同樣很感人。跟我原來想像的大合唱總得選《黃河大合唱》《鐵道游擊隊之歌》這些雄壯的進行曲的想法不一樣了。抒情、優美的春江花月夜式的曲調同樣能夠用大合唱表現出來。其中華師的天空合唱隊得了銀獎，我覺得挺了不起。文學是豐富的，但它的豐富性有一個根本目的，就是要豐富我們的內心生活，提高我們的精神境界，給我們一種美的享受。

今天就講這些。

現代浪漫主義思潮
在二三十年代的轉型〔註1〕

　　同學們好。原來的題目是「世俗化背景中的中國現當代文學學科調整問題」。車上跟陳院長商量了一下，覺得有些同學剛進校，這個題目不太合適。那就聽聽大家的意見，譬如講浪漫主義文學思潮在 1930 年代的轉型，或者關於聞一多的詩學思想，再就是怎麼樣評價周作人。

　　那好，就來談談浪漫主義文學思潮轉型的問題。

　　一般的意見，中國現代浪漫主義文學的代表是創造社的郭沫若、成仿吾、郁達夫、張資平等。張資平後來寫三角戀愛，不太被主流所認可，但他是屬創造社這個流派的。範圍稍微擴大一點，還有湖畔詩派，即汪靜之、馮雪峰、潘漠華、應修人。應修人當年是上海一個錢莊的學徒，月薪 70 個大洋。當時 2 塊銀元可以買 100 斤大米，他應該算是比較富有的。汪靜之、馮雪峰等還是學生，應修人支持了詩刊《湖畔》的印行。這四位寫情詩著名，在現代文學史上有些名氣。

　　新月詩派的徐志摩、聞一多等，也可以包含在五四浪漫主義文學思潮中。他們之間有一些差異，徐志摩的詩不乏浪漫的情懷，聞一多卻自稱有浪漫心而缺少浪漫力。每當浪漫的感情到來時，他往往自己控制了，把浪漫之情關進理性所認可的籠子裏。講得直白一點，聞一多不乏浪漫之情，但他在「問題」成為問題之前就先控制了自己，不使它成為真的問題。

〔註1〕根據 2009 年 12 月 7 日在湖北咸寧學院的報告錄音整理。

比如，他的一首《相遇已成過去》原是用英文寫的，後來有人譯成中文：

> 歡悅的雙睛，激動的心；
> 相遇已成過去，到了分手的時候，
> 溫婉的微笑將變成苦笑，
> 不如在愛剛抽芽時就掐死苗頭。
>
> 命運是一把無規律的梭子，
> 趁悲傷還未成章，改變還未晚，
> 讓我們永為素絲的經緯線；
> 永遠皎潔，不受俗愛的污染。

他藉口「不受俗愛的污染」，在「愛剛抽芽時就掐死苗頭」。聞一多的好友梁實秋後來說，這是因為一多遭遇了一次浪漫的感情，可他就這樣自己掙扎了出來。他的另一首著名的長詩《奇蹟》，是停筆二年多後的收穫，「一鳴驚人」，寫的是期待「奇蹟」降臨：

> 只要奇蹟露一面，我馬上就拋棄平凡
> 我再不瞅著一張霜葉夢想春花的豔
> 再不浪費這靈魂的瞥力，剝開頑石
> 來誅求白玉的溫潤，給我一個奇蹟，
> 我也不再去鞭撻著「醜」，逼他要
> 那分背面的意義；實在我早厭惡了
> 這些勾當，這附會也委實是太費解了。
> 我只要一個明白的字，舍利子似的閃著
> 寶光，我要的是整個的，正面的美。

詩的最後：「我」猛一回頭，發現在燦爛的燈光編織成的金扉中一個「圓融的你」。這裡的「奇蹟」，一般理解為聞一多所追求的理想和光明，可是梁實秋透露，「實際是一多在這個時候在感情上吹起了一點漣漪，情形並不太嚴重，因為在感情剛剛生出一個蓓蕾的時候就把它掐死了。但是在內心裏當然有一番折騰，寫出詩來是那樣的迴腸盪氣。」這就可以理解聞一多為什麼要用象徵手法來寫，因為他不想洩露本事，不願告白內心的隱秘情感，不像郁達夫、郭沫若，喜歡把遭遇的奇遇大加渲染。

這說明在五四詩人中，聞一多帶有一點古典主義的傾向。古典主義的特點是以理節情，用形式來規範激情。古典主義的戲劇，強調崇高的主題和嚴

謹的結構。古典主義繪畫，端端正正，規規矩矩，不像現代派繪畫玩變形和誇張。目的都是為了控制情感，避免激情泛濫起來，衝擊社會的規則。以理節情，是古典主義的藝術精神。聞一多的詩學思想，比如提倡音樂美、建築美、繪畫美，就是為了保證新詩在突破舊體詩的形式束縛後仍然具有形式之美。所謂「節的匀稱」和「句的整齊」，是可以把情感控制起來的，避免他所反對的「濫情」。

如果把湖畔詩派和新月詩派都歸入浪漫主義的行列，其實已經突破了一些教科書上所寫的那種浪漫主義概念了，也就是不再只根據誇張和幻想來認定浪漫主義了。其實，僅據幻想性和誇張性來理解浪漫主義是不保險的。大家肯定聽說過大躍進民歌，大躍進民歌曾被視為革命浪漫主義的經典文本，比如有一首描寫棉花豐收的詩：「一朵棉花打個包／壓得卡車頭兒翹／頭兒翹／三尺高／好像一門高射炮」。這是歌頌大躍進，表現棉花大豐收，用了誇張的手法，可謂驚人的大膽——棉花可以把大卡車壓得翹起了頭，像一門高射炮。問題在於這脫離了即使是浪漫主義詩歌也必須遵循的生活真實，你棉花裝得再多，也不可能把卡車壓到翹起頭。卡車被壓得翹起了頭，還怎麼開呀？大躍進，「熱血沸騰」，民歌的創作者有一股衝天的豪情，可是想像違反了文學創作必須遵循生活真實性的原則。說明僅僅憑大膽的誇張和驚人的想像來判定是否為浪漫主義文學，有問題。大躍進民歌表現的，是烏托邦的群體想像，跟浪漫主義強調個性、強調主體、強調情感的自然流露相衝突。大躍進民歌中只有群眾、群體的意識，沒有詩人個人的獨特體驗和主體精神。真正的浪漫主義者，像郁達夫和郭沫若，絕對以自我為中心，表達的是自己的感情。

從世界文學的範圍看，浪漫主義思潮是繼啟蒙主義思潮後，借助啟蒙主義開闢的文化空間，而又超越啟蒙主義，把啟蒙主義的思想自由原則進一步推向情感自由的產物。啟蒙主義標榜理性，為浪漫主義文學開闢了道路，而它的理性本身是不利於浪漫主義文學產生和發展的。理性，協調個人與群體的關係，客觀上也就限制了個人的自由。就是說，它堅持「自由」的度要有社會共識，而非絕對的個人本位。不過在啟蒙主義文學家中，有一個非常著名的盧梭。盧梭與其他啟蒙主義思想家一個很大的不同，就是他強調理性而並不主張壓制情感，他的理性背後有情感的支撐——理性由情感推動，回過頭來又為情感的解放提供依據。他的《懺悔錄》，最大亮點在「懺悔」——他把

一生中偷雞摸狗的事全抖露出來，像撒謊、偷東西、吃軟飯，在外面有私生子，卻從不承擔責任，還理直氣壯地宣稱「我自己還養不活呢」。盧梭就是這樣一個不守規矩卻又振振有辭的人。

美國新人文主義者白璧德（梁實秋的老師）痛斥盧梭，指責他道德敗壞。梁實秋也寫過一篇非常著名的文章《現代中國文學之浪漫的趨勢》，不是表揚五四文學，而是認定五四文學是浪漫的，應該加以否定。這實際上是他老師白璧德的思想，否定的就是盧梭那個浪漫性。

然而歷史不由人擺佈，盧梭有許許多多的可以指責的地方，可他所標榜的「人生來自由」的原則，成為後來西方社會乃至整個人類文明一個重要階段的價值規範——強調個人主體，強調思想自由，強調人是有缺陷的，人非聖人，產生了深遠的影響。承認人不完美，那就允許他們犯錯。按照盧梭的意思，他吃點軟飯，也就在所難免，「懺悔」就好。正因為有這樣充滿人文情懷的思想，盧梭就敢在《懺悔錄》中把他種種缺點和盤托出，而且開宗明義地寫道：「不管末日審判的號角什麼時候吹響，我都敢拿著這本書走到至高無上的審判者面前，果敢地大聲說：請看！這就是我所做過的，這就是我所想過的，我當時就是那樣的人，請你把那無數的眾生叫到我跟前來！讓他們聽聽我的懺悔。然後，讓他們每一個人在您的寶座前面，同樣真誠地披露自己的心靈，看有誰敢於對您說：『我比這個人好』。」如果你不理解他的思想及其產生的背景，你就很難理解把不光彩的經歷寫出來竟成了不朽的名著。

盧梭把啟蒙主義的思想自由原則進一步推向人的整體性自由解放，打破了啟蒙理性對人的情感的規範和束縛，他因此成了啟蒙主義思想家中的異類。但也正因為如此，加上盧梭提倡回歸自然，他就成了浪漫主義文學的鼻祖。

回過頭來看中國現代浪漫主義文學。五四時期的郁達夫小說有兩個基本主題：一是「生的苦悶」——一個才華橫溢的人青年受社會的壓迫，太不公平。「惡人的世界塞盡了我的去路，有名的偉人，有錢的富商和美貌的女郎，結了三角同盟，擯我斥我，使我不得不在空想的樓閣裏寄託我的殘生。」（《沉淪》）沈從文後來說郁達夫的一句「我是一個可憐人」，把無數青年的心說軟了。郁達夫的感傷引起了青年人的共鳴，他成了年輕人的偶像。他的另一個主題，是「性的苦悶」，《沉淪》、《茫茫夜》等小說都涉及這方面的內容。用周作人的話講，讀這些作品，必須是一個「受戒者」，別用猥褻的眼光去看。這些作品其實不是黃色小說，只是表達了時代的苦悶罷了。但要知道，郁達夫

敢這樣寫，主要還是受了盧梭的影響，認為既然是人的苦悶，而人是有缺點的，為什麼不能把它寫出來？這是一種人道主義的觀念，與中國封建的禁慾主義文化針鋒相對，具有反封建的意義。

由此我們可以得出一個結論：五四浪漫主義文學強調反傳統，強調個性解放，強調欲望的表現，在精神上是與西方浪漫主義相通的。

五四浪漫主義思潮到了大革命時期，遭遇了困境。作為這個思潮的代表人物，郭沫若明確宣告，要徹底否定浪漫主義文學，說浪漫主義文學已是反革命文學，現在所需要的是為第四階級（無產階級）說話的文學。創造社，隨後也就散夥。主要就因為社會革命強調指導思想的一致和集體主義的紀律，反對個人主義和濫情主義。革命是血與火的考驗，不能放任個人的自由意志。浪漫主義文學中那種張揚個性、強調自我，對革命是不利的。郭沫若非常敏銳地感受到了時代風氣正從「五四」的個性解放發展到了社會革命時期的反對個性主義，他斷然轉向。不過，他的創作成績因此直線下降。他把 1920 年代後期他創作的詩歌、小說和散文編成一本合集，題作《水平線下》，算他有點自知之明。不必奇怪，一個浪漫主義的詩人要去寫現實主義的作品，肯定會遇到尷尬。郭沫若後來的創作再沒有超過《女神》的水平。

創造社的分化標誌著五四浪漫主義思潮陷入了低谷，浪漫主義文學面臨著一個何去何從的考驗。我認為正是在這樣的困境中，中國現代浪漫主義思潮開始探索新的方向。探索，是一個過程。

最先表現出探索性的是「革命的浪漫蒂克」，代表人物是作為小說家的蔣光慈。作為中共早期黨員的蔣光慈，一生追求革命，同時又是一個詩人。他在社會革命的高潮中試圖把浪漫與革命聯繫起來，他認為革命就是浪漫的極致。這個時期，他寫了不少作品，呈現出一種創作模式，就是「革命+戀愛」。他筆下男女主人公大多是在革命中談戀愛，在戀愛中攜手革命，最後先進帶後進，一起投入革命的懷抱，就像他的一個女主人公說的，「革命是我需要的，戀愛也是我需要的。這就像一個人的飯與菜都不能少。」比較起來，蔣光慈的這類作品寫戀愛比較生動，寫革命人物則基本是概念化的，因為蔣光慈有戀愛的經驗但缺乏革命的實踐。

「革命的浪漫蒂克」，意義在於把五四文學與革命主題黏合起來，戀愛題材承擔起了革命的要求。五四的愛情小說，沒有革命的主題，蔣光慈把它扭向了革命的方向。主人公在談戀愛中走上了革命的道路，難道不正是承擔了

革命宣傳的使命嗎？其中「戀愛」的部分是連接五四浪漫主義文學的，「革命」的部分則開啟了後來革命現實主義的主題。它成了一個承前啟後的中間環節，反映了一些具有革命理想主義的作家的良苦用心。

但是這個嘗試並不成功。無論從現實主義的角度，還是浪漫主義的角度，都會發現這一模式存在重大的缺陷。浪漫主義文學張揚個性和情感，而你去宣講革命的道理。現實主義要求客觀地反映生活，而你用革命理念作為人物思想突變的依據，完全簡單化了。這一探索的難以成功，原因就在於小說中的革命與戀愛具有各自的思想基礎。寫戀愛，依據的是五四啟蒙主義觀念；寫革命，則是依據革命集體主義。把依託於兩種不同思想體系的生活內容硬拉在一起，不好處理其中的隔膜與矛盾。

緊接著「革命的浪漫蒂克」出現的是丁玲和蕭紅。丁玲的前期創作是浪漫主義的，但學術界不強調這一點，因為丁玲登上文壇之時正好是進步文藝界宣布浪漫主義文學是反革命文學以後。但她的《夢珂》《莎菲女士的日記》等在風格上與前期的創造社接近，卻是一個事實。比如《莎菲女士的日記》，寫靈肉衝突——莎菲要尋找一種靈與肉相統一的愛情，但這樣的理想無法實現。愛她的葦弟太沒有男子漢氣概，年齡比莎菲大，卻自稱「弟弟」，只會拉著莎菲的手啪嗒啪嗒掉眼淚。莎菲有時忍不住想提醒他，也許換一種表達愛的方式，她更能接受一些。莎菲後來喜歡上了凌吉士，這是一個新加坡富商，長得英俊帥氣，把莎菲征服了。但是莎菲最終發現這個傢伙徒有其表，滿腦子的銅臭味，於是與他決裂。莎菲失望之餘，肺病也嚴重起來，就躲到一個無人知道的地方去度過她的餘生。整個故事講的其實就是理想的愛情難以實現，展現了欲望、情感的糾結。這與郁達夫的早期小說很像，而且比郁達夫寫得更直接與大膽。郁達夫是一個男性作家，丁玲是年輕女性，她來寫這種題材，展現女性真切的靈肉衝突，引起轟動是可以想像的。五四女作家中能寫到丁玲這樣的大膽很少。

問題來了：在郭沫若已經宣布浪漫主義文學是反革命文學，創造社也已經分化，五四浪漫主義陷入了低谷的 1927 年，丁玲為什麼能以五四式的浪漫與感傷的風格登上文壇，並引起轟動？

只要瞭解丁玲寫《莎菲女士的日記》等作品時是在北京，就不必奇怪了。當時倡導革命文學，對五四式的浪漫主義加以撻伐的是在上海，以左翼文化人士為主，也有新人文主義者像梁實秋等，而丁玲是在北京。看沈從文寫的

《記丁玲》、《記胡也頻》，就會發現丁玲當年的生活狀態就是莎菲式的，生活百無聊賴，人生找不到方向。《莎菲女士的日記》寫的是丁玲本人真實的生活和感受，是她的自我表現（當然，丁玲不能與莎菲劃等號）。在遠離上海「革命文學」漩渦的北京，丁玲所感受到的是五四式的個人苦悶。她把這種情感寫出來，成了五四浪漫主義文學思潮在 1920 年代末濺起的最後一朵浪花。假如丁玲生活在上海，假如她當時與倡導「革命文學」的左翼作家在一起，她就不可能寫出《莎菲女士的日記》這樣的作品。

丁玲從浪漫主義的風格起步，不久就陷入到光赤式的陷阱中去了。「光赤」，蔣光慈。這是說丁玲也開始了「革命＋戀愛」的創作。她的《韋護》，寫瞿秋白與王劍虹的戀愛故事，這本身就是典型的「革命＋戀愛」題材。她的《一九三〇年春上海》等，大致也是這樣。一直到發表《水》，她才轉向現實主義的道路。《水》藝術上不怎麼樣，採用速寫的方式反映水災中老百姓的苦難、逃亡和自發反抗，人物形象不鮮明，但茅盾對它評價很高，說它打破了「革命＋戀愛」的創作模式，就因為《水》標誌著丁玲從自我表現的浪漫主義開始轉向反映民生疾苦的現實主義道路，寫的是底層民眾而不是作家的自我。這是左翼題材、左翼主題、左翼的風格。不必諱言，丁玲走上現實主義創作道路，雖然並沒有完全否定她早期那種個人獨立、表達真切感情的浪漫主義精神，但她畢竟轉向革命的現實主義了。

蕭紅的小說有濃鬱的抒情性，用魯迅的話說，有「越規的筆致」（《魯迅同斯諾的談話》（斯諾整理），《新文學史料》1987 年第 3 期）。她與丁玲不同，她沒有像丁玲那樣經歷一次自我否定才被左翼所接受。她的創作從開始就是用心在寫。她同情底層民眾的苦難，反抗父權，反叛家庭，都是為了追求自由的理想。對蕭紅來說，這樣的寫作是一種「自我表現」，聽從的是內心的要求，而非外在的規定。可是，她這種控訴性的主題很自然地指向她父親所代表的地主階級。農民與地主的對立，這是左翼作品的內容，蕭紅受到左翼的充分肯定，就因為她的內在情感傾向與左翼所要求的主題不謀而合。

我去過蕭紅的故鄉，參觀了她的故居，很有感觸。現在的讀者幾乎一邊倒地同情蕭紅，而把她的父親作為反面的典型，我想是因為她父親不會寫小說吧？蕭紅從小叛逆，多次被學校開除，他父親總是設法讓她再進好的學校。蕭紅第一次婚姻，是私奔，後來人生又多磨難。這一切如果由他父親寫成小說，蕭紅的形象肯定不是現在這一類型，而是一個問題女孩。這說明，作家

的筆是很厲害的，話語權極為重要。其實，蕭紅後來對父親、對家庭的態度發生了變化。讀《呼蘭河傳》和她後期的散文，她明顯流露出懷念故鄉、回歸「家庭」的傾向。我想那是因為人到中年，經歷磨難，「家」成了一個精神家園。

無論怎麼說，蕭紅並非正宗的浪漫主義小說家，而是一個左翼作家。茅盾說她的作品是「一篇敘述詩，一幅多彩的風土畫，一串淒婉的歌謠」（茅盾：《〈呼蘭河傳〉序》，重慶上海雜誌公司 1941 年 5 月初版）。再怎麼是詩，也是反映現實的，裏面有呼蘭河兩岸民眾的生老病死，淒涼的人生，屬左翼的作品。

浪漫主義文學思潮在低谷中探索，成功生成一種新的形態，代表著中國現代浪漫主義文學思潮進入一個新的發展階段的，是沈從文、廢名和 1930 年代初的郁達夫。

與蔣光慈、丁玲、蕭紅等努力融入革命時代的主潮不同，沈從文、廢名和後來的郁達夫則是遠離革命的「中心」，走向社會的邊緣，以此拉大與政治的距離。「中心」在鬧革命，他們要保持個性自由和浪漫情懷，那就只能退居邊緣，以此保持自我心裏的和諧，營造心理自由的空間。陶淵明說：「結廬在人境，而無車馬喧，問君何能爾？心遠地自偏。」處在鬧市中，心遠了就自然的處在邊緣。浪漫主義文學是需要自由空間的，沒有現實的自由空間也得這樣營造自由的心理空間。

因為時間關係，廢名我不細講了，但可以提出一個問題：廢名本來與魯迅、周作人的關係非常密切，可他後來疏遠了魯迅，親近周作人，周作人甚至把他當做了家庭成員，這曾引起魯迅的憤慨。這反映出在魯迅向左翼靠攏時，廢名做出了一個選擇——他傾向於周作人所代表的自由主義。

郁達夫也有點意思。創造社中魯迅唯一比較欣賞的就是他，後來還介紹他參與「左聯」的發起。他當然不會去參加「左聯」的活動，而是帶著新夫人王映霞悠哉遊哉去遊山玩水去了，寫了不少精彩絕倫的遊記。他還在美麗的西子湖邊建造「風雨茅廬」，裏面有一萬多冊藏書。可見郁達夫採取了超然於政治的立場。

沈從文更有意思。他自稱是「對政治無信仰對生命極關心的鄉下人」（沈從文：《水雲》，《沈從文文集》第 10 卷，花城出版社 1984 年版，第 294 頁）。對「鄉下人」身份的偏執，彰顯了他與「城裏人」的隔閡。在沈從文的《邊

城》裏，湘西的妓女都比城裏的女人高尚。她們不唯利是圖，有了感情錢不重要，倒貼錢也原意與心上人相好。而城裏人，在沈從文筆下是那麼虛偽，連愛上一個人也不敢明說，盡講假話。言而總之，沈從文以「鄉下人」自居，明顯是定位在社會的邊緣。

正是這種邊緣人的立場，守護內心的自由空間，沈從文、廢名和這一時期的郁達夫創造了一種田園牧歌式的浪漫主義風格。

田園牧歌是浪漫主義的，還是現實主義的？這可以討論。

有人認為沈從文的《邊城》、《長河》、《蕭蕭》、《三三》等湘西題材小說是從 1920 年代的鄉土文學發展而來，意思是要把這些作品歸入現實主義的範疇。但 1920 年代的鄉土文學寫的是農村破產和農民愚昧，沈從文這些小說卻專注於邊地民眾的心靈美，鄉村的自然美、風俗美。能把這種差異解釋為鄉土文學的發展嗎？問題是這樣一解釋，就無法顯示沈從文湘西小說、郁達夫的《遲桂花》和廢名的《橋》等作品的真正意義。這些作品反映出農村階級矛盾的尖銳了嗎？沒有。左翼方面批評這些作品遠離社會現實，是對的。當時的現實就不是沈從文筆下的那種寧靜優美的田園生活，而是血與火的年代。所以把這類小說視為現實主義，難以回應左翼提出的批評，也難以凸顯這些作品的獨特價值。

能不能換一種思路，不把這些小說看成是現實主義的作品，而是看成沈從文等人「情感發炎」的記錄，內心想像的一種書寫？如果這樣理解，其實就是把這些小說歸入浪漫主義的範疇了。沈從文自己明確說過，他要寫自己的心和夢的歷史。他主張把人事分成兩部分：「一是社會現象，是說人與人相互之間的種種關係；一是夢的現象，便是說人的心或意識的單獨種種活動。……必須把人事和夢兩種成分相混合，用語言文字來好好裝飾剪裁，處理得極其恰當，才可望成為一個小說。」「文學是夢與生活片段之間的聯繫」（沈從文：《短篇小說》，《沈從文文集》第 12 卷，花城出版社 1984 年版，第 114 頁）。這明顯地是一種注重主觀情感的浪漫主義的文學觀念。廢名同樣是這樣，他說「文學就是夢夢」（廢名：《說夢》，《馮文炳選集》，人民文學出版社 1985 年版，第 322～333 頁。），他的小說的確也是夢的產物。上個世紀二三十年代之交，哪裏有像廢名《橋》等小說中描寫的那麼單純的孩子與寧靜的村莊？廢名的小說，並沒有按照現實主義的標準寫出現實生活的複雜性，而是做的情緒體操，幻想的產物。這一點，周作人早就看到了。他說：「廢名

君的小說裏的人物也是頗可愛的。這裡邊常出現的是老人，少女與小孩。這些人與其說是本然的，無寧說是當然的人物；這不是著者所見聞的實人世的，而是所夢想的幻景的寫像，特別是長篇《無題》中的小兒女，似乎尤其是著者所心愛，那樣慈愛地寫出來，仍然充滿人情，卻幾乎有點神光了。」（周作人：《〈桃園〉跋》，《永日集》，北新書局 1929 年 5 月初版。）

《邊城》是沈從文的代表作。大多數人認為它要為人類的「愛」字作一度恰如其分的說明，但沈從文卻抱怨從沒有人真正理解他寫這篇小說的苦心。他說：「我準備創造一點純粹的詩，與生活不相黏附的詩。情感上積壓下來的一點東西，家庭生活不能完全中和它、消耗它，我需要一點傳奇，一種出於不朽的痛苦經驗，一分從我『過去』負責所必然發生的悲劇。換言之，即完美愛情並不能調和我的生命，還要用一種溫柔的筆調來寫愛情，寫那種和我目前生活完全相反，然而與我過去情感又十分相近的牧歌，方可望使生命得到平衡。」（沈從文：《水雲》，《沈從文文集》第 10 卷，花城出版社 1984 年版，第 279～280 頁）。沈從文在寫這部小說的時候已經功成名就，從事業到婚姻都非常圓滿。但他卻強調要在《邊城》中表達一種痛苦的情感，要把鄉下人長期受壓抑的痛苦在這不幸故事中宣洩出來。按照我的理解，這就像在奧運會上經常見到的場景——登上領獎臺的世界冠軍大多痛哭流涕。為什麼？想起了成功來之不易。《邊城》是一個美麗的故事，但對沈從文來講是情感的傾訴——他的成功實在來之不易。他說作為一個鄉下人長期被壓抑的感情要在這個故事中得到宣洩，正好也說明了這個小說的主導方面是他個人情感的書寫。這個故事在湘西其實不那麼典型，大家去看看沈從文的散文集《湘行散記》等就會發現，他的散文裏的湘西也有野蠻、落後、原始的一面，而《邊城》《三三》《蕭蕭》這些小說把湘西的原始和野蠻一面過濾掉了，留下的是詩，是想像和美化的一個結果。我由此堅持認為，沈從文是以一種特別的方式來表現自己的情感，成就了 1930 年代的田園牧歌式的浪漫主義風格。

浪漫主義文學本來就有兩種不同的形態和風格，一種是以拜倫、雪萊、濟慈為代表的西方摩羅型的浪漫主義，具有反抗性和叛逆性。另一種是以華茲華斯、柯勒律治和夏多布里昂為代表的浪漫主義，追求優美的風格，寫晨霧、朝陽、森林、小鹿，體驗生命的珍貴和人性的細微，一個時期被稱為「消極浪漫主義」。比較起來，沈從文、廢名以及 1930 年代的郁達夫，屬優美的田園牧歌型的浪漫主義風格，與五四的摩羅型的浪漫主義風格形成鮮明的對

比。當然，兩者有聯繫也有區別，比如在吸收中外文學傳統方面的側重點不同，對形式的重要性的認知也不同，這些我不詳說了，只是強調，正是這種區別構成了田園牧歌式的浪漫主義的特點，它對五四浪漫主義文學思潮是一個發展，同時也是一種延續。

今天就講這些，謝謝大家。

沈從文與現代中國浪漫主義
文學思潮〔註1〕

　　同學們，各位老師，能在長安大講壇做學術報告，是我的榮幸。我講五個問題。

一、沈從文自稱是「20 世紀最後一個浪漫派」

　　我把沈從文與現代中國浪漫主義文學思潮聯繫起來，可能會引起疑問。一個鄉土作家，怎麼與浪漫主義扯上關係？但換一個角度思考，鄉土作家為什麼不能浪漫？我研究浪漫主義，但我這個人一點也不浪漫。（笑聲）沈從文的鄉土小說跟 20 年代以魯迅為代表的鄉土文學流派不一樣。20 年代的鄉土小說表現中國農村的衰落，反映風俗民情，批判農民的思想愚昧，是一種啟蒙性質的文學。沈從文的鄉土小說則是寫寧靜的田園風光，純樸的民俗風情，寫翠翠這樣美麗的少女。很明顯，這與 20 年代鄉土小說不一樣。我們或許可以把這理解成鄉土小說的發展，發展了才不一樣。但按鄉土文學發展的思路來解釋沈從文的湘西題材小說與 20 年代鄉土小說的差異，顯然是把沈從文歸入了現實主義的行列，而一旦把沈從文歸入現實主義作家，我們就會面臨一個問題，即不能很好地回應當時左翼方面和後來一些批評家對沈從文提出的尖銳批評。

　　左翼陣營批評沈從文的小說遠離時代，沉浸在虛幻的想像中，缺乏現實意義。這主要是根據革命現實主義的原則提出來的，就是認為文學必須反映

〔註 1〕根據 2004 年 11 月 10 日在陝西師範大學長安大講壇的報告錄音整理。

現實，提出重大問題，具有鮮明的時代特色。說沈從文的湘西題材小說是 20 年代鄉土文學的發展，你就落在了這種批評裏了，因為從現實主義的標準看，沈從文的確沒有寫出左翼方面所要求的富有現實意義和戰鬥力量的作品來，因此只能說他是從 20 年代鄉土文學批判現實的立場退步，退到田園風光裏去了。

如果我們一定要堅持現實主義的標準，當然還可以假設沈從文所描寫的生活形態存在於歷史上的某個時期，或者存在於現代某個非常偏僻的地區，在那個時期或者那個偏僻的地區，桃花源式的生活是存在的，所以說沈從文所描寫的未必不是真實。但當我們需要通過假設，假設這種生活存在於古代的某個時期，或者現代某個非常偏僻的地區，才能證明它的真實性，那這種真實性在左翼批評家看來也是沒有現實意義的。因為這種桃花源式的生活比起 30 年代在中國廣大地區已經風起雲湧的階級鬥爭來，也是缺乏典型性和現實意義的。依靠這樣的假設，同樣不能很好地回應左翼提出的批評。換種說法，用左翼所堅持的現實主義標準衡量，沈從文的湘西題材小說的確沒有什麼「意義」。因此，認為沈從文的這類小說是對 20 年代鄉土小說的發展，看似把沈從文歸入了現實主義作家行列，其實不能給沈從文增加什麼榮譽，反而貶損了他。

那麼，我們是不是應該換一種思路，不是把沈從文塞進現實主義的行列，而是把他所寫的小說按照他自己的意思當作是一個鄉下人在情感上長期受到壓抑後的一種宣洩，他從湘西來到北京這麼一個大都會所經歷的痛苦的一種情緒表現，就不必再回應從現實主義方面提出的批評，不必再去計較他是不是真實地反映了 30 年代的社會生活，或者他這樣的寫法有沒有現實意義的問題了。但這樣一來，事實上是把他看作一個非寫實的作家，或者說一個浪漫主義作家了；我們實際上是把他的湘西題材小說理解為一種浪漫主義的文學。

這不是我隨便說的。沈從文在他長篇散文《水去》中就曾自稱是「20 世紀最後一個浪漫派」，是他自己把自己歸入浪漫主義一路的。當然，他說的浪漫派，與五四時期創造社所開創的浪漫主義有所不同。我們以五四浪漫主義的標準，以郁達夫、郭沫若的風格來衡量，沈從文就不像浪漫派。郭沫若的《女神》是浪漫主義的直抒胸臆，郁達夫的感傷小說是自我暴露的寫法，寫他心理的扭曲，都是五四式浪漫主義的寫法。沈從文比他們寫的優美多了，沒有郭沫若的狂放和郁達夫的感傷。但浪漫主義文學是一種發展的文學，它

有一個變化的過程。丹麥的文學史家勃蘭兌斯寫過一本巨著《歐洲十九世紀文學主潮》，他分別討論了英國的自然主義、青年德意志、德國的浪漫派、法國的浪漫派，談的就是浪漫主義思潮在歐洲的不同表現形態及其跨國旅行。在這樣的旅行中，浪漫主義文學展現了不同形態。如果我們把浪漫主義文學理解為一種發展的文學，在浪漫主義文學發展中尋找它內在的一致性，把不同形態的浪漫主義看成是浪漫主義思潮在不同階段的表現，那麼我們就有可能找到郭沫若和沈從文之間的聯繫。

二、浪漫主義是文學上的自由主義

這首先涉及怎麼樣來理解浪漫主義的問題。我們過去把浪漫主義理解成是一種幻想的誇張的文學，一種情緒的表現，強調它的主觀性。儘管這抓住了浪漫主義文學的一些典型特徵，但是僅以這些特徵來給浪漫主義下定義，是有問題的。比如大躍進民歌，夠有想像力了，夠誇張了！有一首民歌寫棉花豐收，為了表現豐收景象，說棉花把卡車壓得翹起了頭，好像一門高射炮。（笑聲）卡車翹起了頭，你怎麼開啊？而且無論棉花怎麼裝，都不可能把大卡車壓得翹起頭來的。這樣的大膽想像、幻想，當時被作為「兩結合」創作方法成功的範例。「兩結合」方法的核心是革命的浪漫主義，它把浪漫主義引向革命的方向了。這個事例說明僅僅以誇張和幻想性來給浪漫主義下個定義，就可能會使文學走到歧路上去，帶來一種不好的後果。

那麼，什麼才是真正的浪漫主義？雨果在《歐那尼·序》中曾引述他早些時候一篇文章中的話，我覺得言簡意賅。他說：「如果只從戰鬥性這一個方面來考察，那麼總起來講，浪漫主義，其真正的定義不過是文學上的自由主義而已。」他把浪漫主義理解成文學上的自由主義，我覺得抓住了浪漫主義的核心。把浪漫主義理解為自由主義並不僅僅是雨果一個人，浪漫主義的一些先驅不約而同地以不同方式談到了浪漫主義的自由本質。著名的美學家席勒曾說詩歌可以分為兩種風格：一種是素樸的詩，一種是感傷的詩。他說的素樸的詩，是一種現實主義的文學；他所謂感傷的詩就是一種浪漫主義的文學。素樸的詩能反映生活的樣態，但是感傷的詩，具有一種無限的可能性。另外，浪漫主義理論先驅家施萊格爾兄弟以及法國著名文學史家朗松也都強調浪漫主義的無限性和未完成性。無限性，其實是一種自由的狀態。所以說雨果等人的觀點反映了一種共同的時代精神，反映了當時關於浪漫主義的普

遍共識的。

　　就浪漫主義的自由本質而言，它是在啟蒙運動所開闢的文化空間中產生的。啟蒙主義提倡理性，強調天賦人權，強調人的主體性和思想獨立，它用理性為人的解放開闢了廣闊道路。浪漫主義必須是在啟蒙主義開闢的自由土壤中才能產生，但是啟蒙主義文學本身無法達到浪漫主義的水平。原因是啟蒙主義在給人的解放提供了一種可能性的同時，又把這種解放納入到一個理性的框架中，納入到思辨的框架中，從而束縛了人性的進一步解放。

　　在啟蒙主義運動中，有一個很特殊的人物是盧梭。在我們心目中，他是著名的啟蒙主義思想家，但他又是浪漫主義運動的先驅。之所以如此，關鍵在於他比孟德斯鳩、伏爾泰等啟蒙主義者走的更遠一些，走向了一條情感解放的路。盧梭在古典主義者看來有許多瑕疵。他有私生子，而且不負責任，把他們送到孤兒院去，還理直氣壯地說：「我養活自己都不容易，怎麼來養他們？」他的「理直氣壯」，是基於一種人本主義的觀念，即人就是人，人是有缺陷的，並不完美。換言之，人既然並不完美，哪為什麼一定要追求完美呢？人可以安於不完美，回歸人的本性，因此就有了把私生子拋棄的膽量。這種道德觀念，在古典主義者看來幾乎是犯罪的，但它有助於在行為上向個人本位傾斜，解放個人，解放個人的情感。盧梭正是按照這一方向，解放自己，開闢了一個浪漫主義的時代。盧梭之所以被看作是浪漫主義的先驅，主要就是因為他比一般啟蒙主義者在個性解放的道路上走得更遠。從盧梭身上，我們可以得出一個結論，那就是浪漫主義的產生必須是超越啟蒙主義思想自由的階段，達到情感自由解放的水平。現代意義上的浪漫主義，實質就是自由精神普遍深入到情感領域後所發生的一種文學現象。

　　在中國現代，創造社所推動的是一種比較典型的浪漫主義潮流。他們的作品表現情感，宣洩痛苦，突破形式的束縛，表現出驚人的叛逆性，創造了一種新的美學原則。但浪漫主義文學思潮在五四以後沒幾年就遇到了巨大的阻礙，那就是社會革命運動的高漲。先是國共合作北伐，後是共產黨領導的人民革命，都是政治革命鬥爭。政治革命鬥爭所要達到的目的，是要改造一種制度，建立一種新的社會。這需要高度組織化的鬥爭，為了所預約的未來社會的美好前景，要求人們暫時讓出你的個人自由。殘酷的鬥爭，相互對立的陣營都不會允許自由主義。在衝鋒陷陣的時候，哪有可能允許自由。你要浪漫？那不行。我們發現，從那以後，共產黨人一直在反對自由主義，強調

革命的紀律性。這是說，在社會革命高漲的條件下，個人主義的、重情感宣洩的浪漫主義的生存空間會被大大壓縮。壓縮的標誌，是創造社在大革命高潮中的轉向，開始徹底地清算自己以前的浪漫主義文學觀念和創作成績，宣判浪漫主義文學是反革命的文學。這並不是郭沫若等人不懂文藝，他們知道這對文學不利，但他們認為眼下沒有辦法，眼下是為第四階級說話的時候，在這個時候再要講浪漫，再要講自由，簡直就是吸毒者的囈語了。這是一種功利主義的文學觀，為了革命而放棄文學自身的目的。

功利主義文學觀在中國很容易佔據上風，因為在中國，文學家承擔著救民於水火的道義責任。這種道義上的責任，使得任何形式的功利主義文學觀很容易獲得某種合法性。可是在這種語境下，浪漫主義文學無法發展，五四浪漫主義思潮因此陷於低谷。人們一般認為中國現代浪漫主義文學思潮就這樣在 20 年代末消失了，其實應該說是五四式的浪漫主義到這個時候結束了。

三、浪漫主義文學思潮在低谷中探索新方向

如果我們換一種思路，像上面提到的那樣把浪漫主義文學理解為一種變化著的運動，從它不同階段的發展中把握它的內在一致性，那麼我們就會發現，五四浪漫主義文學在 20 年代末處於低谷，面臨著危機，同時也迎來了一個轉機。它在低谷中探索，試圖尋找一個新的方向。在我看來，這種尋找和探索是一條艱難的道路。

做出最初嘗試的是蔣光慈。蔣光慈是五四作家，同時又是最早一代共產主義知識分子。他用五四式的浪漫激情，宣傳列寧主義和蘇維埃。他從俄國回來後，最早提出了革命文學的口號。他最有條件把五四浪漫主義引向革命方向，從而產生了後來廣受批評的「革命的浪漫蒂克」。革命的浪漫蒂克中的「革命」，是時代的使命；「浪漫」則是他作為五四浪漫詩人本性的表現。蔣光慈的小說還是寫得較好的，他寫戀愛部分比較真切，但把戀愛與革命結合起來就顯得比較生硬了。後來左翼批評家指責他概念化、雷同化，這個批評是對的。但並不說換一個來寫，比如換成批評的人來寫，就會成功。關鍵在於他的企圖雖然良好，想把浪漫主義引向革命的方向，承擔起時代的、階級的使命，但他是注定要失敗的。原因就在浪漫主義和革命分屬不同的思想體系。浪漫主義的思想基礎是個人主義和自由主義，無產階級革命則是一種集體主義的行為。把屬不同思想體系的兩種文學成分機械地拼接起來，兩方面

都不討好。從浪漫主義的角度看，它浪漫得不夠徹底，動不動在戀愛時說咱們革命去吧，而從現實主義和革命的角度看，這個時代英雄是個概念化的人物，僅僅是一種觀念、一種情緒的表現，缺乏可信度。左翼方面的批評主要就是針對後一點。一些後起的模仿之作，寫得比蔣光慈還差，如華漢的長篇小說《地泉》，瞿秋白、茅盾等作序，瞿秋白寫序言中非常尖銳地說：《地泉》這本書的價值在於告訴人們，小說不能這樣寫！（笑聲）

創造社的分裂，也是浪漫主義者在新的形勢面前進行重新選擇的一部分。郭沫若向左的方向發展，張資平去專心寫他的三角戀愛小說，郁達夫則陷於彷徨。大革命高潮過去後，郁達夫很少寫小說，到了 30 年代初才開始大量創作遊記。這些遊記寫得非常漂亮，是他這個時期心境的反映。郁達夫早年總是怪時運不濟，要錢沒錢，要名譽沒名譽，漂亮女孩都看不上他；他這麼有才華，還要受資本家的剝削，氣不打一處來。到了二三十年代之交，他在杭州造「風雨茅廬」，裏面的藏書有一萬多冊書，經濟狀況已經大為改善。最主要的是他經過死纏爛打，追到了年輕漂亮的王映霞女士（笑聲），這在當時的成了一段佳話。你說他當時的心境能不好嗎？他開始興高采烈地遊歷名山大川，把自然山水、歷史掌故、個人感受和名士風度水乳交融地揉合在一起，寫出了空渺靈動、行雲流水的遊記，堪稱美文中的珍品。不過，真正能代表郁達夫後期創作水平的還是《遲桂花》一類的浪漫抒情小說。跟前期的浪漫主義風格相比，他這時的小說大大減弱了頹廢、傷感的情緒，增加了純淨的詩美，顯得和諧、優美，甚至透明。正是這主觀抒情和詩意透明保持了與它前期風格的內在聯繫。

郁達夫的變化，說明在社會革命時期浪漫主義文學的發展遇到阻礙，它可以尋找新的方向，其中一條道路就是退居邊緣，通過拉大跟社會的距離，擴大自我的心理空間，來保持個人內心的和諧，從而堅持個人主義的浪漫主義的創作方向。

四、沈從文小說的田園浪漫主義風格

沿著上述這條道路把浪漫主義思潮推向 30 年代的代表作家，就是沈從文。沈從文自稱是「對政治無信仰對生命極關心的鄉下人」。他瞧不起城裏人，說城裏人儘管聰明，但是矯情，即使愛一個人也沒勇氣說出來，不像鄉下人有朝氣，直截了當。我想他可能是受城裏人的欺負太多了吧（笑聲），刻意要

與城市文明保持距離。這種姿態其實就是退居邊緣，與社會主流拉開距離，從而保持不受社會主流干擾的和諧心態。

我們今天之所以把沈從文的小說理解成鄉土文學，關鍵是沒有看到沈從文作為退居邊緣的自由主義知識分子，他的言行有特殊的規則。這類人往往比較達觀，不強調自己一定要得到社會的廣泛認可，所以表面看起來很淡定，真實情感隱藏得比較深。我們如果只看到他寫了鄉土，而沒有深入觀察鄉土題材背後他的內心痛苦，就很容易把他的這些作品與一般的鄉土小說混同起來。記得沈從文做過一次演講，題目是《從現實學習》。當時受左翼文學的鼓動，許多青年把向現實學習作為自己根本任務，但沈從文在這個報告中對青年說：「怎麼向新的現實學習？先是在一個小公寓濕黴的房間，零下十二度的寒氣中，學習不用火爐過冬的耐寒力。再其次是三天兩天不吃東西，學習空空洞洞腹中的耐饑力。再其次是從飢寒交迫無望無助狀態中，學習進圖書館自行摸索的閱讀力。再其次是起始用一支筆，無日無夜寫下去，把所有作品寄給各報章雜誌，在毫無結果等待中，學習對於工作失敗的抵抗力與適應力。」（沈從文：《從現實學習》，《沈從文文集》第 10 卷，花城出版社 1984 年版，第 301～302 頁。）沈從文成功的道路太不容易了。他只上過四年小學，考北大據說考了個零分（笑聲）。有時候餓得實在不行，來到天橋想跟在那裡招兵買馬的去當兵。你只要在那裡報名，就可以解決肚子問題。每到這個時候，他的腦海裏就響起來一句話：「你可千萬別忘了信仰」。為了這信仰，他又搖搖晃晃地回到「窄而黴小齋」。他的住處非常狹小破舊，他戲稱「窄而黴小齋」。就是在這樣一種環境中，沈從文後來居然成功，成為一個著名作家。他代表作《邊城》就記錄了他成功之初的心情。

表面看起來，《邊城》寫美好的人性，優美的自然，純樸的民風，一派寧靜和諧的氛圍。但骨子裏沈從文是表達過去長期受壓抑的情感，是對青少年時代不幸經歷的回顧和總結，在回顧中獲得一種精神力量，去面對未來。沈從文多次抱怨別人沒有理解《邊城》，他說：「我準備創造一點純粹的詩，與生活不相黏附的詩。情感上積壓下來的一點東西，家庭生活並不能完全中和它、消耗它，我需要一點傳奇，一種出於不朽的痛苦經驗，一分從我『過去』負責所必然發生的悲劇。換言之，即完美愛情生活並不能調整我的生命，還要用一種溫柔的筆調來寫愛情，寫那種和我目前生活完全相反，然而與我過去情感又十分相近的牧歌，方可望使生命得到平衡。」「我的過去痛苦的掙扎，

受壓抑無可安排的鄉下人對於愛情的憧憬，在這個不幸故事上，才得到了排泄與彌補。」「即以極細心朋友劉西渭先生批評說來，就完全得不到我如何用這個故事填補我過去生命中一點哀樂的原因。」（沈從文：《水雲》，《沈從文文集》第 10 卷，花城出版社 1984 年版，第 281～282 頁。）我想他的抱怨是有道理的，關鍵是他好不容易取得成功，他需要用這個優美的故事把自己的靈魂超度。這個情形，我打個比喻，好像來自一個社會底層的運動員經過拼搏，在奧運會上獲獎，面對五星紅旗冉冉升起，他或她站在領獎臺上，大多是熱淚盈眶。一分鐘的榮耀背後是幾年、十幾年的拼搏，太不容易了。在《邊城》這個美好的故事中，就凝聚著沈從文這麼一種複雜的體驗。所以我認為《邊城》是沈從文唱給自己聽的一首情歌，是他對自己過去生活的一種回顧，對未來生活的一種展望。也就是說，《邊城》是浪漫主義的自物表現，而不是湘西生活的寫實。

我這麼說，還有別的根據。沈從文的《湘西》、《湘行散記》大量寫到湘西社會的愚昧、落後、狹隘、野蠻。他甚至說他一天中親眼目睹一百多個人被砍頭。他所在的部隊幾乎全軍覆沒，他活下來是剛好在另外一個地方辦事。湘西野蠻的一面，在他的小說中也曾寫到。如《巧秀與冬生》，寫一個宗族長老對一個年輕寡婦起了邪念，遭到了拒絕。他就假借捉姦把這個寡婦抓起來沉潭，從報復中得到變態的發洩。這說明湘西並不像《邊城》所描寫的是一首純淨的詩，是一方優美的淨土。沈從文在《邊城》中把野蠻的、落後的、閉塞的東西全都過濾了，留下的是一首純淨的詩，一種靜美。這根本不是對湘西生活的寫實，更多的是內心情感的宣洩和對理想的期望。其實，這與沈從文的文學觀是相吻合的。沈從文認為文學是寫「心和夢的歷史」，不是真不真的問題，而是誠不誠的問題。「精衛銜石，杜鵑啼血，情真事不真，並不妨事。」（沈從文：《水雲》，《沈從文文集》第 10 卷，花城出版社 1984 年版，第 276頁。）這顯然是一種浪漫主義的文學觀念。

不僅是《邊城》，跟《邊城》風格相近的《三三》，《蕭蕭》以及後來的《長河》，都是這種文學觀念的產物。這些作品寫女孩子，總是賦予其最美的品性。翠翠單純的美，大家都很熟悉了。她的皮膚黑黑的，眼睛炯炯有神，對生人抱著警惕，隨時做好逃往竹林的準備，但是當看到來人對她沒有不好的企圖時，她又坦蕩的面對，盡情在水邊玩耍了。非常美，是大自然所造就的一個精靈。《三三》裏的三三，儘管她對城裏來的青年有一種朦朧的印象，但是她

作為孩子，更有一種天真的本性。她家管著碾坊，她就以為碾坊的這條水渠，水渠裏的魚也是她家的。別人來釣魚，她要母親來折斷魚竿。魚竿當然沒被折斷，她就靜靜地坐在旁邊看，數著這個不講規矩的人釣走了她家幾條魚。母親喊三三回家吃飯，三三一邊往回走，一邊說「不回來，不回來」，不回來她到哪裏去，作者說她沒想過。多麼美的孩子氣。沈從文著力表現的就是這種美好人性，一種夢想中的天真。

《豹子‧媚金與那羊》，是沈從文神性系列小說的代表作。他的神性系列小說同樣有一種浪漫的氣質。豹子與媚金真誠地相愛了，去寶石洞裏幽會。按照當地風俗，男孩必須送給女孩一份禮物。豹子對媚金懷著神聖的愛，他到處尋找一隻羊，可是找到的總有這裡那樣的缺陷，他發瘋地從村裏找到村外。一個老人擔憂地勸豹子隨便找一隻羊，不要太認真，但豹子不聽。最後他在路上找到了一隻羊，純白如雪，非常合他的心意，可惜這隻羊掉到坑裏，腿受傷了，他又抱著這隻羊去找獸醫。當他抱著包紮好的羊來到寶石洞的時候，天已經亮了。媚金以為他負約，用匕首自殺。豹子目睹這一幕，跪到媚金身旁，也拿起這把匕首插進了自己的胸膛。這是一個悲劇，人們一般都以為這是命運捉弄人，羊成了命運的象徵，成了超自然的存在。這麼理解當然也可以，但是我寧願把它理解為沈從文對愛情的一種看法。豹子與媚金的悲劇，是因為他們把愛情理解得太神聖了。豹子把愛情看得非常神聖，所以他才會發瘋地要尋找一隻最美的羊。最美的東西不會存在於經驗的範圍內，所以豹子的尋找注定是一個悲劇。這一悲劇在告訴我們，追求神聖的愛情是要付出代價的。我跟同學開個玩笑，你在追求心上人的時候，千萬要把握住尺度，不要太神聖了。（笑聲）著名足球運動員貝利說，他踢得最好的一個球是「下一個」。誰能確定我現在找的女朋友最漂亮？下一個可能更好、更漂亮。（笑聲）你這樣想，就完了。假如豹子聽從老人的勸告，隨便找一隻羊，他就很容易得到一份愛情，但這種愛情只能是世俗意義上的愛情，不復有作品中所展現的那份神聖了。真正神聖的愛情是不會輕易出口的。當可以輕易地說「我愛你」時，只能是世俗的愛情，不會有神聖的感覺。初戀就不一樣，但初戀往往是失敗的，是吧？（笑聲）沈從文通過這麼一部作品，感歎現在的中國女人慢慢地把愛情移到牛羊金錢虛名事上來，愛情的地位顯然是已經墮落，美的歌聲與美的身體被物質的東西戰勝成為無用了。他希望愛情能回到其本來的位置上去，表現的是理想。

非常湊巧的是，廢名——一個 20 年代很著名的詩化小說作家，他對文學的理解與沈從文一樣，是「夢夢」。廢名的小說，經營的是自己的夢想天地。《橋》寫孩子的天真、老人的慈祥，一種桃花源式的生活。到了《橋》的第二部，時間過了十幾年，按說那些孩子已經 20 出頭了，可還是一副天真的模樣，幾乎沒有變化。這時候我們便能感受到他寫的原是他腦海中的夢想，並不是社會的現實。周作人是廢名的老師，他評價廢名小說，說他寫的不是實生活，筆下的人物都帶著神光，宜於在樹影底下閒坐著來讀。廢名到了解放後思想很進步，說他解放以前寫的作品都是沒有價值的，為什麼？它不夠真實。這種自我批評帶有時代的侷限性，但也說明他解放前的作品主要是想像的產物，是一種夢想的詩化表現。

五、田園浪漫主義文學思潮的特點和地位

沈從文、廢名把文學都當成夢的表現，創造了一種田園牧歌的風格。這與郁達夫後期以《遲桂花》為代表的小說一起，形成了 30 年代浪漫主義文學的一種新形態，表明五四浪漫主義思潮經過 20 年代中期的低谷，借助作者的退居邊緣，與時代的激烈鬥爭拉開距離，專去表現寧靜的山村，挖掘人性的美，從而找到了浪漫主義存在和發展的一條新途徑。這種新的浪漫主義形態，在表現情緒和主觀理想方面與五四浪漫主義思潮一脈相承，但它又有新的特點。我想有四個方面的差異值得注意：

第一，五四浪漫主義兼有個性解放和社會改造兩個方面。一方面是追求個性解放，另一方面是承擔社會使命，通過個性解放來達到社會改造的目的。所以五四浪漫主義是貼近時代的，這正是郭沫若後來向左轉的一個內在依據。30 年代沈從文、廢名與郁達夫則不同，他們拉大了與現實的距離，更多的是關心內心的和諧。這明顯地削弱了對社會的承諾，而向個人自由的方向傾斜。正因為如此，這些作家可以不理睬左翼方面的批評，專去表現自己感興趣的情調和意境，寫自己深有感觸的東西，作品帶著點淡淡的憂傷。

第二，接受中外文化影響的側重點發生了變化。五四浪漫主義接受西方影響主要是受雪萊、拜輪、濟慈這些富有反抗精神的浪漫型作家的影響。用魯迅的話講，他們都是些「摩羅詩人」，是時代的叛逆者。五四浪漫主義者接受他們的影響來加強自己反封建的力量和勇氣。但是，沈從文這一批作家接受西方文學的影響，重點不同。沈從文說他只想在山地上造一座希臘小廟，

小廟裏供奉的是人性，他更欣賞的是希臘式的和諧美。廢名非常崇拜周作人，周作人是欣賞希臘精神的，講究有度、節制。廢名又欣賞哈代筆下的那種傷感、淒涼的美，作品中常有「霜隨柳白，月遂墳圓」的意境。和諧、淒美，跟雪萊、拜倫、濟慈他們所創造的那種陽剛的、反抗的悲壯美決然不同。

沈從文他們對待中國傳統文化的態度也與五四浪漫主義者有別。五四浪漫主義者在理性上是自覺徹底地反傳統的，當然不可能真的徹底。魯迅反傳統，但碰到現實問題，譬如母親要他從日本回來與朱安結婚，他就沒有辦法拒絕，只能乖乖地回來了。孝道的觀念在這裡起到了非常重要的作用。郁達夫夠徹底了，敢於把一般人難以出口的內心矛盾，情理衝突，尤其那強烈的情慾和盤托出，大膽誇張地表現出來。但是我們讀他的《沉淪》，主人公偷看一個女孩洗澡，緊張的要命，後來又以為別人都知道他這個秘密了，陷於道德破產的強烈自責中，一看就知道他是孔夫子的後代。（笑聲）在希臘的傳統當中，絕對不會產生這麼一種道德上的墮落感，也不可能像郁達夫寫的這樣戰戰兢兢地、大氣不敢出地往玻璃窗裏面偷看。說明郁達夫是反傳統的，但反傳統有限度，在靈魂深處仍留著中國傳統文化的深深烙印。不過話說回來，五四作家在意識層面都是自覺反叛傳統的。可是到了沈從文、廢名，還有30年代的郁達夫，恰恰在理性的層面上表現出一種向傳統回歸的傾向。廢名把小說當詩來寫，受唐絕句的影響。他說唐絕句二十八個字，可以把人的情感表現得那麼充分，那麼淋漓盡致，一個字有一個字的分量。他說這種方法對他寫小說非常有用，他寫小說就是把它當詩來寫。他的《橋》幾乎成了詩的散文體了，寫得非常精緻。沈從文則強調和諧、恰當，說要向古典文學的技巧學習，文字要安排得恰到好處，這才能成全一個好作品。這也明顯是向中國傳統回歸了。

第三，同樣是自我表現，五四文學表現的是自我的情緒，而沈從文他們表現的是自我的夢境。表現情緒，主觀色彩更為強烈，反傳統更為激進，如《沉淪》，符合浪漫主義的一般特徵。沈從文和廢名他們，則表現夢境。夢境是虛幻的，但表現得似乎又很真實。它有兩重性：看起來是真實的東西，其實是虛幻的，是情緒和理想的一種表達。《邊城》寫的是沈從文受壓抑的情感，也可以說是他的一個夢境，但他把這個夢境寫得惟妙惟肖，好像就是真的，害得我們誤把它當成寫實小說，不恰當地把它與 20 年代鄉土小說混淆在一起。情緒跟夢境的另一個區別，是表現的力度。情緒的表現、直覺的表現，可

以沖決任何禁忌，是強有力的，而夢境的表現，尤其是廢名、沈從文那類人的夢境，肯定是溫和的、優美的，像《邊城》講一個優美而又不幸的故事，最後說翠翠在等一個人，這個人有可能永遠不回來，也可能明天就回來。這樣寫，美麗而憂傷，具有隱逸性，在力度方面就不如五四浪漫主義文學對人的刺激強烈。

第四，五四浪漫主義文學注重情感的自然流露，沈從文他們卻講究形式的精緻。「情感的自然流露」，是華茲華斯在《抒情歌謠集·序》中提出來的關於浪漫主義的經典定義。五四浪漫主義文學遵循的就是這一原則，所以他們不重視技巧，甚至反對技巧。郁達夫說他寫《沉淪》時，眼見祖國的陸沉，人類的悲哀，他所感受到的都是痛苦、憂傷和失望，這好像一個新喪了夫君的少婦，哭哭啼啼地寫出來的就是那一卷《沉淪》。在這樣的痛苦當中，他說我怎麼講究技巧，怎麼可能把這種痛苦表達的抑揚頓挫，起伏有致？（笑聲）不可能！人在痛苦當中，喊出來就是，自然流露，顧不得技巧不技巧了。這樣的作品，可能是神來之筆，也可能結構上比較拖沓。比如郭沫若的《鳳凰涅槃》，今天的本子已經過郭沫若大段刪節了，把《鳳凰更生歌》壓縮成五節。但是即使壓縮到現在這個樣子，我看也不能說到了增一個字太長、減一個字太短的精緻程度。這是浪漫主義文學的特點，好處在自然，以靈感取勝，但有時候不講究技巧，有點囉哩囉嗦了。相比較而言，沈從文、廢名，包括後期的郁達夫，他們就比較講究技巧。講究技巧最突出的是廢名。你可以想像一下，把小說當詩來寫，當成七言絕句來寫，是什麼情形？一個字、一個字的苦心經營。沈從文在行文的簡約上不能與廢名相比，但也非常講究文字的恰當。他說美就在恰當之中，要節制、要恰當。這顯然是吸收了古典主義的經驗，比較主意布局、節奏。由於這種講究，沈從文成了一個文體家。他在文體方面進行不斷探索，和廢名一起把五四小說的散文化推向了一個新的階段——詩化的階段。

上面講了四方面的差異，說明同樣是崇尚自我表現，堅持浪漫主義的創作方向，由於時世不同，堅持的重點不同，風格上就存在差異，從而形成了兩種不同形態的浪漫主義。其實，文學史上早就存在兩種浪漫主義。從世界範圍來看，一種是拜倫、雪萊為代表的叛逆性的、摩羅型的浪漫主義，另外一種是華茲華斯、夏多布里昂的浪漫主義。後者比較講究抒情，追求優美。夏多布里昂寫自然景物的美，達到了很高的水平。我的意思是說，有兩種形

態的浪漫主義，中國以創造社為首的前期浪漫主義非常接近拜倫、雪萊的那種摩羅型的風格；沈從文、廢名以及後期的郁達夫，更接近英國的「湖畔派」、法國的夏多布里昂。這是田園牧歌式的浪漫主義，是沈從文他們在社會革命高漲時期通過退居邊緣來堅持他們浪漫主義的創作方向，同時又在一些方面進行調整所創造的新風格。

還須強調一點，五四浪漫主義作家的風格是相對單純的、統一的，而沈從文除了寫湘西，還寫城市題材。他城市題材的小說是現實主義的，包含了批判精神。他批判城市文明的墮落，企圖以鄉土生活方式改造城市文明，來對抗中國現代化的步伐。有人說，沈從文具有一種反現代性的品質，我不同意這種觀點，因為那是一種審美的現代性，是通過對城市文明的批判，對鄉土的歌頌，來表現他自己的理想。但這表明，沈從文的風格不是單一的，不僅僅寫田園牧歌。同時，還要注意，他鄉土題材中的浪漫主義，在當時的大背景中是受到壓制的，處於邊緣位置，有點孤獨，影響有限。直到 80 年代，他這些作品的價值才被人們充分認識，他說自己感覺就像出土文物一樣重見天光。他還差一點獲得了諾貝爾文學獎。我們真的少一個諾貝爾文學獎，好不容易有了一個高行健，高行健加入了法國籍。（笑聲）

最後，我要強調的是田園牧歌型的浪漫主義儘管是孤獨的，處於邊緣地位，但它是有重大價值的。它跟左翼文學構成了一種矛盾互補的關係。左翼文學是時代的主潮，當時影響很大，我們不能抹煞它歷史的貢獻，但它的不少作品在藝術方面比較粗疏，不重視美的獨立價值，這可以從沈從文等人的作品中得到反照。而沈從文等人我們也不能神化，覺得好像非常完美。其實，沈從文的風格也有其侷限，它是偏於優美抒情的，陽剛之氣不足，格局也比較狹小。這方面的缺點相反可以從左翼文學的優秀之作中得到印證。一個是陽剛之美，一個是陰柔之美，兩方面合起來可以較為全面地反映 30 年代中國文壇的豐富多彩，缺一不可。沈從文等人在文藝觀念上與左翼陣營的衝突，客觀上又推動了馬克思主義美學中國化的進程。這同樣是矛盾對立、衝突互補的一個結果。總之，田園牧歌型的浪漫主義在文學史上的地位和貢獻，不可抹煞。

謝謝大家！

京派文學的時代性與超越性〔註1〕

　　大家好！我今天講的題目是「京派文學的時代性與超越性」。之所以選這個題目，是因為在座的大學生比較認可京派文學，比較看重沈從文等人的文學性成就。其實，文學性實現，並不像我們原來想像的堅持純文學的立場那麼簡單，而是要受時代規範的。文學價值實現與時代的關係，在京派文學的遭遇中表現得最為突出，可以說是一個代表。選這個題目，就是試圖通過對這個問題的討論，來進一步思考文學的價值以及它的實現問題。對京派文學應該採取一種什麼樣的態度，以前左的那一套，已經不合時宜了。但是 80 年代初單純地推崇京派文學，用純文學的標準變相地批評其他的流派，尤其是批評左翼文學的那種做法，現在看起來也值得反思。今天，我們回顧京派文學所走過的將近六十年的歷史，我們會發現，文學價值的實現具有複雜的構成因素。其中，時代的發展對它有很重要的影響。

　　我主要談三個問題：

一、京派文學與革命意識形態的衝突

　　有一種影響很大的觀點，最早是王國維提出來的，一個時代有一個時代的文學。這是進化論的文學觀念，用發展進化的觀點來評定文學的價值。王國維的初衷是為了推崇宋元戲曲。戲曲的價值長期得不到正統文壇的認可，所以他用「一時代有一時代之文學」這麼一種進化論的觀點，在不否定詩經、楚辭、唐詩、宋詞的前提下，為元代的雜劇、戲曲爭取應有的地位。這種進化論的文

〔註 1〕根據 2009 年 12 月 10 日在武漢大學太陽雨文學社的講座錄音整理。

學觀到了五四時期成了反對舊文學的有力工具。既然一個時代有一個時代的文學，古代的文學用的文言，你的標準就不能作為衡量新文學的標準，白話文學自有它獨有的價值。但是我們仔細考察，新文學產生並形成自己的傳統後，許多作家對所謂的「一時代有一時代之文學」的理解並不一致。文學研究會倡導「為人生的文學」，創造社強調文學是內心的表現，還有一些其他的流派，關於文學的觀點五花八門，有的比較側重於形式，有的側重人文主義的精神。

後來隨著時代發展和政治鬥爭加劇，人們對文學本質以及功能的理解明顯的分成了兩大派，或者說兩種類型。一種以左翼文學為代表的，左翼文學其實是沿著五四文學改良人生的方向，擴大了文學服務的範圍，加強了文學為時代、為政治服務的功能。它從五四文學的為思想啟蒙服務發展到為階級鬥爭服務的新階段。當然左翼內部情況也是複雜的，有些作家比較簡單地理解文學與時代、與政治的關係，直接用文學來闡釋某種政治的理念，文學成了圖解政治觀點的工具。但是也應該承認有不少作家把他的政治理念跟個人的生命感受結合在一起，或者從個人的生命感受出發來響應社會政治鬥爭的要求，他們的創作取得了不低、甚至說很高的成就，比如丁玲。丁玲是左翼作家，她的文學成就到今天我想應該也不能否認。蕭紅，則以她特有的筆調──充滿童趣、憂鬱和女性的細膩那一種情感的文學風格，到今天仍然擁有許多的讀者。艾蕪、張天翼，乃至茅盾，都是很有成就的。我不同意對茅盾的全面否定，他的《子夜》雖然是有點理念化，但他的藝術感覺你不得不承認是很好的，小說裏的人物，像屠維岳、吳蓀甫，應該說是有生命力的，寫得不錯。今天有學者排了個座次，把茅盾從中國著名小說家的行列中刪除，請進了金庸。其實，這種評論方式，我後面會講，也僅僅體現了特定時代的一種時代潮流，甚或一種時尚。客觀地看茅盾的一些小說，應該說表現了他很好的文字工夫及藝術想像力，組織矛盾、刻畫人物達到了相當高的藝術水平。這是第一種類型。

第二種類別，是以審美的獨立性為理由強調文學對於政治的獨立性。這與第一種的文學觀念恰好相反。堅持這後一種文學立場的作家，是一個很龐大的陣營，包括現代派，像戴望舒、卞之琳，也包括新感覺派，像穆時英、劉吶鷗、施蟄存；還有一些游離於流派之外的作家，也很有名，譬如40年代的錢鍾書、張愛玲。這些作家是反對文學為政治服務的，持這種文學觀念的一支非常重要的力量就是京派。京派先後以周作人和朱光潛為理論旗幟，形成了一個相當引

人注目的作家群體，分布在北京、天津一帶，堅持文學的趣味和純粹價值。

上述兩派，針鋒相對。你說哪一種觀點，那一派別對文學的理解更為正確，或者哪一派，哪一種觀點對文學的理解離文學的本質更近一些？這個問題關鍵在於你站在什麼立場上。如果你站在所謂的純文學的立場上，一般都會推崇京派等，指責左翼文學；但是問題在於，純文學概念的有效性在哪裏？什麼叫純文學，能告訴我嗎？純文學的概念，是在反對非純文學過程中形成，並顯示出它價值來的。當文學偏離了文學審美的特點太遠的時候，高舉起純文學的旗號，追求文學本身的價值，使文學回歸到文學的本性上來，對文學偏離文學審美價值太遠的傾向有一種矯正的作用。但當問題回到什麼是純文學，你寫一篇純文學給我看看的時候，這個觀念就顯得矛盾百出，軟弱無力了，因為它不可能明確劃出一道純文學與非純文學的界限。沈從文的小說是純文學嗎？不是，沈從文自己都說過，他的創作目的是為民族德性的重造提供一種可能。純文學的概念，更多的是表達對文學的一種期望，但它沒辦法界定純文學的邊界。這一點涉及到對左翼文學的評價，也涉及到對京派文學的評價，涉及到對文學理想的理解問題。我的意思就是說，我們比較多的指責左翼作家遠離審美的本性，但是審美本性自身是很難說清楚的。回頭來看左翼文學，這些作家在中華民族生死存亡的關頭，用文學做武器來揭露黑暗，來反抗侵略，動員民眾，它其實是承擔了一種崇高的使命，為民請命，代民立言。你說它完全錯了，沒有這樣簡單吧？在民族生死存亡的關頭，一個作家用文學的武器戰鬥，我覺得沒有過多的可以非議的地方。左翼的問題是一些批評家立場過於功利化，對一些沒有正面反映風雲激盪的時代而在表現人性和探索美的形式方面卓有成就的自由主義作家缺乏應有的理解和同情，而一些作家則由於藝術修養不夠或者是過於簡單的理解了文學與時代的關係，寫出的作品缺少藝術的魅力。比較起來，京派作家很顯然更符合我們一般所理解的文學本身的要求，因為他們重視審美的經驗，追求個人獨特的風格，注重藝術的精緻。他們在這些方面取得了很高的成就。但是按照文學與社會、與時代相聯繫的觀點，京派文學和京派文學觀，我覺得也不是無可非議、天然合理的。今天人們往往比較認可京派的風格，認可他們風格背後的文學觀念，但你放到歷史的語境中，它們就不是天然合理的。道理很簡單，在一種特殊的情境中，沉浸在個人的藝術趣味裏，疏遠時代和底層民眾，左翼方面的批評就不是沒有道理的。左翼方面要求文學承擔起救民於水火的使命，這

個使命完成得好不好，理想不理想，那是另外一個問題，我後面還要講到，但這種精神我覺得並不是一無是處。何況京派文學，客觀的看，少了一點反抗與鬥爭的精神。它很美，像《邊城》，那麼一種和諧的民風，美好的心靈，優美的人情，但是它的美是偏於陰柔的。整個現代文學都是這種陰柔之美也會顯得單調，應該與左翼文學之中的一些優秀之作所體現的陽剛之美結合起來，30 年代的中國現代文壇才會顯得比較完整。搞清楚了這些，就可以明白京派文學在 1949 年以後遭遇寂寞甚至被批判的命運不是偶然的。原因很簡單，剛剛成立的人民共和國在文藝領域延續並發展了從左翼文學、解放區文學以來的文藝指導思想，反對個人主義和自由主義，並且運用體制的力量強化思想整頓和藝術引導，要把人們的思想統一到主流意識形態所提倡的方向上去。這個時候，京派文學與左翼文學之間在價值觀和審美理想方面的矛盾和衝突已經演變成了它跟國家意識形態的矛盾和衝突了。兩者的力量懸殊，這毫無疑問決定了京派作家只能選擇沉默，而京派文學也就注定要遭遇冷落。這是我講的第一個問題，就是說它跟革命意識形態的矛盾衝突決定了它在人民共和國成立後很長一個時期中處於被壓制、被批判的地位，許多作家因此擱筆，或者轉行去從事別的工作，像沈從文，這是一種不可避免的命運。

二、京派文學在撥亂反正後重享榮耀

冷落京派是一種歷史的必然，但並不意味著它是合理的。冷落京派，只能說明中國社會當時還沒有回歸到常態。在常態社會中，在和平的環境下，私人的利益應該得到保護，個人的愛好，包括個人的思想觀點和個人的審美趣味應該得到尊重。京派文學有它獨特的價值，這一點應該得到認可。但是很遺憾，1949 年以後將近三十年的時間裏，在所謂社會主義改造完成以後，行進在繼續革命的道路上，沿用戰爭時期二元對立的思維邏輯，在更大的範圍裏以革命的名義限制文藝創作中的個人自由。這樣做的結果，不僅京派文學遭到冷落，而且整個文藝園地百花凋零，剩下的只有八個樣板戲，有句話：「十億人民走在金光大道上看八個樣板戲。」

轉機出現在新時期，隨著政治上的撥亂反正，創作自由在相當程度上得到了保證。文藝開始繁榮，京派文學也重見天光了。不僅它的藝術成就得到了肯定，而且它的美學觀念無形之中被許多人視為一種純文學的典範。特別是沈從文，像他自己講的就好比是出土文物重見天光，有了許多粉絲，一大

堆的崇拜者。京派文學命運的這一種重大轉折，有它內在的原因，比如它堅守文學的純真的趣味，在表現自然美、揭示人性美方面取得了很高的成就。但是我們要想一想，京派的立場，它對人性探索的方式能夠得到認可，除了京派自己的內在原因，還有一個時代認可的問題。這一種文學觀，這種創作風格，得到認可本身就反映了一種新的時代潮流。這種潮流就是反對「左」的政治路線和「左」的文藝方針，呼喚人性的回歸和藝術的尊嚴。呼喚人性回歸和藝術尊嚴幾乎成了 80 年代文壇的一個非常強大的聲音，儘管遭受了這樣那樣種種的非難和壓制，它表現出強勁的發展勢頭，成了當時一個響亮的時代主旋律。在這麼一種背景中，京派文學的價值才得到了認可。受當時這一股人道主義思潮的影響，我們許多人總是從肅清「左」的流毒的角度來思考問題。凡是跟「左」的那一套沾邊的都受到批判、清理，譬如文藝為政治服務，錯了；主題先行會導致概念化，也不行；乃至世界觀與創作方法相統一的美學觀點等，凡是一切有違於藝術自律性的文藝思想和批評方法都受到了質疑乃至否定。這些否定有它積極的意義，那些「左」的教條，極左政治對作家思想的束縛因此得到了解除，政治對文藝的干涉沒有它的合法性了，從而解放了作家的思想，激發了他們的創作熱情，迎來了 80 年代文學的繁榮發展。

但是今天我們回過頭來看，這也影響了人們看待左翼文學和自由主義文學，包括京派文學的態度。我的意思是，當我們開始反思「左」的沉痛教訓時，對左翼文學更多的是思考它藝術上的失誤及其思想根源。這使左翼文學的聲譽受到影響，它在 30 年代的條件下所具有的那種倫理合法性，道德合理性，被忽視了。左翼作家是為了民族獨立與人民解放而投身革命文藝運動的，左翼作家中有不少也是很有才華的。他們為了理想和倫理使命，放棄了高雅藝術，扛起了民眾文藝的旗幟。左翼文學中也有不少優秀之作，可是現在一提起它，就是刻板的形象，藝術粗糙，缺乏感情，沒有感染力。一些優秀的左翼作家，像丁玲、蕭紅、艾蕪，80 年代以來的批評界是承認的，但主要不是把他們作為左翼作家看待。人們提到作家轉變立場，改造世界觀，往往舉出何其芳的例子，而且上升到理論高度，概括為「何其芳現象」。何其芳早期藝術感覺很好，寫了詩集《預言》和散文詩集《畫夢錄》。當一個人開始畫「夢」時，可以知道他的內心是偏於憂傷的，可他感受性很強，具有很高的藝術修養。何其芳早年就是這麼一個有濃厚書卷氣的優秀詩人和散文家。後來他到

了解放區，寫出了明朗的、調子高昂的詩歌，為新生活而歌唱。思想進步了，但藝術水平卻無法再跟前期相比。這就是「何其芳現象」，即一個詩人跟了共產黨，思想進步了，藝術退步了。這種現象確實存在，要害是當強調作家改造世界觀，獲得無產階級意識和立場時，在很多時候其實是要求作家按某種主流意識形態的規範來寫，忽視了作家應該具有自由的心靈空間，對生活有切身的感受，能從生命的體驗中來提煉出主題，刻畫人物。對這種現象的反思和批判是針對性的，但是問題還有另一面，為什麼很少有人去從左翼文學傳統的角度研究一下艾青，研究一下戴望舒呢？艾青和戴望舒同樣是取得了很高成就的著名詩人。戴望舒在 40 年代日本人的監獄裏思想發生了變化，寫出了像《我用殘損的手掌》、《元旦祝福》等作品，人們從他的口裏非常驚訝地聽到了人民的聲音，而詩的藝術水平並不見得下降了。像《偶成》，也是寫得非常動人的，可以說達到了很高的藝術水準。你說思想進步了，藝術一定要退步嗎？還有艾青，你不能否認他 30 年代後期到 40 年代所寫的一些詩歌具有很強的藝術感染力吧，但他是追隨中國革命方向的。我並不是說緊跟革命一定會成為一個優秀的詩人，我是說我們也要好好地思考研究一下艾青、戴望舒的創作經驗，他們的創作經驗並不是簡單地聽命於革命的要求，否則肯定寫不出好的作品。但是他們有一種革命的理想，倫理的責任，跟中國革命保持了方向的一致性，同時他們又從自己的生命體驗出發。兩者在他們天才的想像中融合起來，並沒有影響他們的藝術成就。相反，他們的創作發展到了一個更厚實，與民族解放鬥爭，與人民更心心相印的階段。這方面的經驗為什麼不去總結一下呢？

再比如，為什麼很少有人從左翼文學傳統發展的角度去探索一下《義勇軍進行曲》和《黃河大合唱》的成功經驗？田漢是左翼詩人和戲劇家，冼星海是革命的音樂家。《義勇軍進行曲》，中華人民共和國國歌，田漢的詞，聶耳的曲，今天我們聽了仍然熱血沸騰。《黃河大合唱》的旋律到今天還那麼激動人心。我的意思並不是要簡單去順應中國革命的某一階段的目標，但我們可以思考一下在追求理想時，怎樣把個人的感性經驗與民族的鬥爭、人民的革命結合起來，用個人的聲音喊出時代的強音，表達民族的願望。在積極反「左」的時期，人們基於對「左」禍橫流所留下的慘痛記憶，重新評價歷史，在恢復歷史真相的同時，實際上又有意無意的把歷史的另一些真相掩蓋起來了。這好像一句諺語所說的，當我們關上一些窗戶的時候，又打開了另一些

窗戶；打開一些窗戶的時候，又關上了其他的窗戶。在歷史進程中，我們往往把問題簡單化，為了肅清「左」的流毒，把左翼文學發展中它本來所具有的某種合理性或者有價值的方面，也一起加以否定了。

與此形成對比的，是京派文學的命運。在反思「左」禍的時代，文學與政治的聯繫容易被人視為「左」的表現。這會促使人們會去尋找一個既能體現人道關懷又與政治保持了距離的文學樣本，這就是京派。這個時候京派文學走紅和京派文學觀念受到青睞，是必然的。無論就其人性關懷而言，還是主張創作與政治保持距離而言，京派文學都符合80年代的時尚。可是問題的複雜性在於，當我們從文學與政治的關係來總結歷史經驗的時候，從與「左」的文藝路線相反的方向去尋找文學出路的時候，京派以及京派文學觀中凡是符合當時反「左」潮流的那部分內容被充分放大，而它在歷史語境當中本來作為其特色的一部分而存在的缺陷也被掩蓋了。比如沈從文的小說有沒有缺陷？我認為是有的，任何東西都有它的局限性，沈從文的小說同樣如此。當我們以人性的名義向文學提要求時，周作人散文中的雅趣就是成了一種有文化身份的標誌；廢名的田園小說代表了鄉土小說的詩性美，朱光潛的文學理想靜穆，成了純文學的審美標準。但是審美的境界並不只靜穆一種，拍案而起、悲壯雄渾同樣是審美的境界。在特定的背景中，京派所推崇的這審美趣味被視為純文學的樣本，而京派文學的一些缺陷，比如它疏遠時代，忽略文學「善」的價值，氣魄不大，格局偏小等等，卻有意無意的被放過不提。問題不僅僅如此，沈從文試圖通過文學來實現他的民族德性重建的理想，能不能實現啊？他的烏托邦理想是無法實現，我們沒有去追究它，只是把它作為審美現代性的想像而不去計較它在現實中是否可行。當然，文學並不承擔解決現實問題的責任，這是另外的問題。並不是研究者看不到京派文學、京派文學觀念的弱點或者缺陷，而是時代的興奮點在克服「左」的影響，所以只要是與「左」的觀念或與「左」的文藝教條相反的表現形態，比如人性的觀念，純文學的立場，都能夠得到熱烈的肯定，而它們本來與其優點相關的缺點或者不足卻被忽略不計了。所以我認為是新的時代給了京派文學以殊榮，這樣的殊榮連京派作家自己都可能不曾想到。

三、京派文學在世俗化浪潮中守望文學的理想

說京派文學在80年代的走紅，除了它內在的因素，很人程度上也得益於

時代的條件。這在二十年前肯定會遭到非議。可是 80 年代潮流中形成的標準，不能客觀評價 80 年代潮流的得失。現在是 21 世紀了，我們可以用新世紀的眼光來考察上個世紀 80 年代人們看待京派以及京派文學觀的態度和方法。

今天，我們不能不承認一個事實，京派文學以及京派文學觀已經不復享受二十年前的那一種廣受讚譽的榮耀了。這倒不是因為現在有人對京派或者京派的文學觀提出了尖銳的批評，而是因為現在的文壇已經流行新的標準，世俗化的標準。在世俗化潮流的推動下，通俗文學流行，影視作品、熱點話題以及網絡遊戲等吸引了許多人的眼球。今天在座的，我想未必每個人都會津津有味地躲到樹蔭底下，以一種寧靜的心情通讀廢名的散文，欣賞沈從文的小說。現在的誘惑太多了，網絡遊戲對我們更有誘惑力，影視作品、熱點話題更吸引我們的眼球。精英文學已經退居邊緣，對人的精神生活的影響下降了。京派文學作為一種精英文學，自然不能幸免這種宿命，它的影響範圍在縮小，力度也明顯的不如從前了。

我不清楚大家讀廢名小說會怎麼樣。看一群少男少女天真無邪、一派童趣地在那裡打鬧遊戲，你能寧靜地坐在樹蔭底下來讀嗎？同學一聲招呼：「喂，哥們踢足球去！」你可能就把廢名的散文丟到一邊了，誰還會去細想小林和琴子怎麼樣。所以可以想像，它被邊緣化了。但凡事總有兩面性，在世俗化潮流衝擊下，京派文學雖然遭遇了挑戰，但它超時代的一面卻因此正逐漸的顯示出來。京派的超越性，主要在它守望著文學的理想，專注於人性的探索和美的創造，為那些渴望內心寧靜、感情細膩的人提供了一方精神淨土，一片想像的藍天。這是一種烏托邦的夢想，但文學中的烏托邦夢想有它不可否認的價值，它可以把人們引導到一個比較高尚的精神境界中去。況且，在社會文化水平普遍提高的今天，人們對文學的期待也已經與文化落後年代不同了。今天的讀者不會再簡單地想從文學中找到解決社會問題的方法，再不會像解放區的農民讀者讀《小二黑結婚》時，試圖從《小二黑結婚》中找到自由戀愛、擺脫包辦婚姻的方法和理由了。在解放區，《小二黑結婚》之所以有這麼大的影響，是因為它解決了根據地青年男女的自由戀愛問題。二黑與小芹的自由戀愛得到了人民政府和共產黨的支持，為其他的青年樹立了榜樣。趙樹理說他的小說是問題小說，是從現實中通過調研發現問題後創作的，目的是為了解決緊迫的現實問題。今天，我們還能夠停留在這麼低的層次上向文學提出要求嗎？今天欣賞文學，主要是在文學中去尋找感情的寄託或者撫慰，

真正美的文學，到此時方才能夠擺脫現實功利性的束縛，得以發揮它的美的功能了。就以沈從文為例——沈從文推崇童心，珍視生命，追求神性，在充滿古典莊嚴與雅致的詩歌失去光輝和意義時，要來謹謹慎慎寫最後一首抒情詩。他希望讓《邊城》中的人物的正直與熱情，保留些本質在年青人的血裏或夢裏，相宜環境中，即可重新燃起年青人的自尊心和自信心，使人們將「過去」與「當前」對照，明白所謂民族品德的消失與重造，可能從什麼方面著手。沈從文的話和他的所作所為，讓人感覺他是個不諳世務的孩子，一個白日做夢的幻想家。連他自己也似乎意識到了過於天真，因而他曾自稱是 30 年代的最後一個浪漫派。然而正是沈從文的這種不諳世務，成就了他的藝術家的氣質，使他能以超出常人的堅毅執著於自己的夢想，聽憑思想和情感到各處去散步，寫出了許多精美的作品。這些作品不會提供解決社會問題的辦法，但能夠鼓舞人們去尋找更加美好的生活，因而能夠贏得真正欣賞他的讀者的青睞。

真正優秀的文學作品其實都有超越時代的一面，因為人性固然是具體的，分有階級的分野，但人心與人又是相通的。以前在階級鬥爭的年代過分強調人性的階級性一面，忽視了共同人性的一面，指責共同人性是抽象的人性，事實證明這是簡單化了。文學作品只要寫出了人性的真實，達到了應有的深度，哪怕一千年以後的讀者也會基於其人生經歷和生命體驗讀出其中蘊涵的意義，並且把這個意義充實起來。

京派文學超越了平凡，因而在目前世俗化的時代還可以成為一面映照心靈的鏡子。欣賞京派其實反映出了你的文化修養，達到了一種精神的高度，能夠借助它去抵禦世俗化浪潮的衝擊，免得被滔天的大浪打得暈頭轉向了。但是不言而喻，在世俗化的時代，以這麼一種方式來理解文學，守望文學的理想，抵禦物質的誘惑，顯然又是非常寂寞的。這意思是說，強調京派文學的超越性，原來有一個重要的前提，就是承認京派文學的標準即使在今天也不是普遍有效的。

面對世俗化浪潮的衝擊，到京派文學中去尋找抵禦物質誘惑的精神力量，到京派文學中去尋找抵禦物質誘惑的精神力量，主導的方面其實不是京派文學，而是那些去尋找的人。因為有了這樣一群人，他們看重精神的生活，不計較物質的享樂，要在物慾橫流的時代去進行靈魂的冒險，尋找心與心的溝通，或者在平凡的生活中發現藝術，把生活藝術化，到大自然去覓得一份清

靜和淡泊，這樣的人才會去讀《邊城》，讀周作人的小品，讀廢名的《橋》，才會讚賞朱光潛所推崇的「靜穆」。有了他們，京派文學才有了知音。這樣的人一般都具有很高的藝術修養，他們有能力來理解京派文學，並且與京派文學的審美趣味以及道德理想發生共鳴。他們會把《邊城》和《橋》，沈從文和廢名的這些作品當做是高明的琴師在心靈上輕輕奏響的抒情樂章，寧靜而且優美，憂傷然而堅強。當他們領會了人生的豐富和無奈，情感的真摯和固執以後，會從心底裏對京派文學說一聲「好」。也許這種精神生活的方式要讓他們失去一些現實的利益，但他們又認為這樣做事值得的。因為毫無疑問，這種精神生活的方式可以挽回一些溫暖的回憶。豐子愷有一篇散文《給我的孩子們》，是他為女兒畫的一個漫畫集的序。他回憶了幾個孩子小時候的淘氣和搗蛋，充滿感慨地說：孩子們，你們一定覺得父親當時很不講理，可是當你們後來說出許多感謝的話，感謝我們養育之恩的時候，你們已經不復是當年兒童時代的那一種純真了。我的繪畫就是想儘量的保留你們童年時代的純真的一面，使它們能夠在時間中留存得更為久遠些。這樣的知識分子所追求的是什麼？是人間的溫情。人的一生哪會沒有這樣溫暖的回憶？那是包含在瑣事中的美好的童年記憶，但要欣賞它，是需要修養的。這樣的精神生活也許會折磨人，會失去許多現實的利益，但是這些人心甘情願。他們可以沉浸在美麗而憂傷的情景中，當然也可以從這種情景中超脫出來，去聆聽雄壯的歌聲，激昂的生命交響曲，像聆聽《黃河大合唱》，從民族抗戰的激情中汲取精神力量。人的精神生活是多樣的，僅僅京派的優美不行，而老是激昂的旋律，肯定會有神經崩潰的一天。有修養的人從優美寧靜到激昂雄渾的轉變，是出自內心的。他們不會接受外在的命令，聽憑的是內心的要求。與其說這是在欣賞藝術，不如說他們是在審視自己的內心生活。他們會從這種欣賞和審視中總結過去，面向未來，去創造和拼搏，成為一個有道德的人，一個有責任心的人，一個感情豐富而又能關心人、關心國家和民族的人。這樣的人接受京派，會是全身心的，可能會連京派的缺點也包容了。

　　在和平年代，當歷史上的政治因素逐漸的淡出現實生活，不再影響文學藝術欣賞的時候，對京派的這種基於心底的喜歡而全盤接受的方式是可以容許的。但這同時也表明了，京派的讀者在目前的人數不會太多，因為更多的人已經去讀武俠，看肥皂劇，去追星，去卡拉 Ok 了。不要指望京派文學能夠得到它在上個世紀 80 年代中期至 90 年代初期在許多知識分子的圈子當中曾

經廣泛享受過的那一種光榮。那是另一種形式的理想主義的年代，用一種事實上並不能落到實處的純文學的標準把京派文學的優點放大。今天不用指望京派文學能夠重享這麼一種光榮，而這種情況似乎又在說明京派文學的命運，他的追隨者的多不多主要不在於京派，而在於時代。京派文學因追求文學的審美的價值而獲得不同時代讀者的認可這種超越性，從更深的層次上看其實同樣是由時代所保證，或者說是時代提供了某種條件的。這一種觀點能不能得到大家的認可，可以討論。我就講到這兒，歡迎大家提意見，甚至可以猛烈地批評。

Q（提問）：請你再解釋一下純文學的問題，這是你自己的觀點嗎？

A（回答）：是我個人的觀點。我曾經寫過一篇文章，發表在去年上海的《學術月刊》上。我的意思是說，純文學的概念對偏離文學審美方向的傾向有一種校正的作用，但它無法回答什麼才是純文學，更無法提供一個純文學的樣本。魯迅不是純文學作家，他的創作是有所為的，為了啟蒙和國民性的改造。魯迅後來發現用文學來啟蒙是無效的，阿Q讀不懂他的小說，怎麼用小說來啟蒙？他後來贊同社會革命的道路，成了左翼文學的一面旗幟。郭沫若、郁達夫是不是純文學作家？他們強調為「藝術而藝術」，但其實他們是把文學當作一種感情宣洩的手段，通過審美途徑使自己達到情感和諧的狀態。文學它的作用在這裡又得到體現，也不是純文學提倡者所期望的那種純文學。沈從文，前面已經講了，顯然不是純文學的作家。俄羅斯形式主義學派，認為文學就是除掉文學以外的束西所留下來的那一種束西，這才是純粹的文學。但是排除了文學以外的束西，留下什麼還有什麼呢？大家想像一下，就只有語言、節奏、修辭等，但這些並不是文學。文學感動人的是情感，而情感並不僅僅是文學所特有的。日常生活中也有情感，甚至比文學更精彩，更動人。一個西方女作家曾經寫過一篇散文，記錄下了生活中的一個小鏡頭，說的是她走過街頭發現一個失明的小女孩在賣花，受到了一些街頭小流氓的騷擾，把她的花奪過來踩在腳下。這個女作家走過去，從地上撿起一枝被踩壞的鮮說：「孩子，這朵花我買了。」生活中的這一幕你說動不動人，能不能打動人心？你把生活中也存在的這些束西除去，文學還剩下什麼？形式主義美學有新意，有助於我們理解文學，但它無法給我們提供一個「純文學」的樣本，它所理解的純粹的文學最後只能是形式的束西，而形式離開情感，離開思想，是難以打動人心的。文學是人學，人的生活除了節奏、形式，還有情感，還有

思想。我的意思是說，文學要表現人的存在必須是綜合性的表現。當然，這並不是否定文學的審美價值。

Q：我想問一下，純粹的情感宣洩或情感表達，您不認為是純文學嗎？

A：我講的純文學是純而又純的那種意義，實際上是形式主義所理解的那種文學，我認為它是難以實現的。但是我並不否認情感的抒寫是很重要的一種文學因素。情感並不是文學所特有的，文學僅僅是把這種情感提升到美的高度，使它獲得一種美的形式。跟日常的情感相比，文學中的情感更純粹，更具有動人的力量。但這個純粹是指它跟日常的情感比較而講的，並不是說跟日常情感完全區別開來才變得純粹。我覺得文學是人學這個觀點比較具有包容性，它可以使形式主義的探索有比較大的發揮空間，使得情感可以獲得跟日常生活相區別的美的表現形式。其實，人的文學不排除日常的經驗；相反，它更關注日常的經驗。當然要注意把它提升到文學的高度。從這個意義上講，情感的抒寫顯然是文學的一個重要內容，但是你不要把它強調到一個純粹的文學這個高度。純文學的概念只有在批判那些偏離文學審美方向的創作傾向時才有效，才能夠顯示出它的意義來。

Q：卞之林、戴望舒的詩這樣的作品，不能算純文學嗎？

A：從我剛才強調的意義上講，它們可以說是美的文學，優秀的作品，但不宜說是純文學，因為純文學的概念太模糊。純到什麼程度才算純文學，很難有明確的標準。文學作品是美的文本，但不一定是純的。好像評論家李銳甚至認為純文學這個概念在 90 年代以後起了很不好的作用，它使作家用純文學的理由拒絕面對底層的民眾，陷入到個人主義的自我表現中去了。為什麼？純文學啊，別人關我什麼事呢？李銳說 90 年代以後，文學因此走入了一條很狹窄的道路，失去了 80 年代文學與廣大民眾的思想與情感交流。我覺得他的批評或許嚴厲了一些，但未嘗沒有道理。文學要反映人生的內容，風格要豐富多樣。每個不同背景的人，具有不同審美口味的人，都可以從文學中發現意義，受到感動。欣賞了廢名、周作人、沈從文的作品後，我們可以去聽命運交響曲，那一種命運叩擊人的心靈的聲音，那一種激動人心的東西，顯示出人生的豐富意義來。

還原《原野》的逆向構思的路徑〔註1〕

　　文學欣賞與批評這門課，通過線上自主學習與線下面授的配合，要大家意識到從對象中發現問題的重要性。帶著問題學習，善於發現新角度，這是不分文理專業都應該具備的基本能力。今天是最後一次課，跟大家討論一個具體的作品，曹禺的《原野》，聯繫線上課程的內容，做一個綜合性的回顧和總結。

　　《原野》是一個經典，它發表後一直存在爭議，而且批評的意見相當長時期裏佔據了上風。可是幾次演出，觀眾的反應相當熱烈。這種差異，是因為讀劇本與看戲是兩回事。讀劇本，特別是一些批評家的閱讀，多是從固有的觀念出發，所謂帶著問題讀，要表明他對作品的態度。在劇場看戲卻不一樣，觀眾沉浸在戲劇所營造的氛圍中，哪怕他對這個戲持批評的態度，只要這個戲好，都會感動。觀眾看《原野》多說好，批評家卻多說它有問題，這又說明《原野》引起的爭議值得我們思考。

　　《原野》講的是一個復仇的故事。主人公仇虎一家被焦閻王害得家破人亡，仇虎本人又在監獄裏關了 8 年，被打折了一條腿。他逃出來復仇，可是發現仇人焦閻王已死。經過掙扎，他把焦閻王的兒子大星殺了，還設下圈套，讓瞎眼老太婆焦母親手打死了她的孫子。但是，讓無辜者頂罪，仇虎良心不安。最終，他在逃跑路上受困於黑森林，精神崩潰。天亮時偵緝隊趕到，仇虎要情人金子逃走，自己自殺。

〔註1〕根據 2019 年 12 月 27 日武漢大學「文學欣賞與批評」最後一節課的錄音整理。

　　左翼批評家認為這個戲是觀念的產物，缺乏現實性。仇虎心心念念要復仇，復仇以後怎麼反而精神崩潰了？與他訂過婚的金子生活在這一帶，照理熟悉黑森林，有她領著，他們怎麼可能迷路？金子完全可以帶著仇虎逃走，奔向他們想像中鋪滿黃金的那個好地方去。左翼批評家這樣看《原野》，是因為他們革命的立場與現實主義觀念出發，對生活和藝術及其關係的理解與曹禺不同。左翼批評家按照現實主義的典型化原則來要求作品，如果作品的內容不符合他們的標準，就傾向於認為作品缺乏真實性。比如仇虎受惡霸地主的禍害，左翼批評家認為他應該勇敢、堅強，不能像曹禺寫的那麼沒用。假如生活中存在仇虎這類人精神崩潰的現象，那也只是個別的，不能代表生活的必然性。這是一種本質主義的文藝觀，要求文學反映生活的必然性，文學必須與中國革命的觀念保持一致。曹禺讓仇虎復仇後精神崩潰，這與左翼的觀念不符，這樣寫就符合本質的真實。然而，問題是曹禺與左翼批評家想的本來就不一樣，他說：「《原野》是講人與人的極愛和極恨的感情。它是抒發一個青年作者情感的一首詩（當時我才 26 歲，十分幼稚！）。它沒有那樣多的政治思想，儘管我寫時是有許多歷史事實與今人一些經歷、見聞作根據才寫的。不要用今日的許多尺度來限制這個戲。它受不了，它要悶死的。」（轉引自田本相：《曹禺傳》，北京十月文藝出版社 1988 年版，第 464 頁）。曹禺寫的只是那麼一種性格，這種性格造成了這麼一種後果。他感歎命運的殘忍，社會的不公。

　　人與人，千差萬別。仇虎在報仇以後忽然良心「發現」，覺得不該殺死無辜的大星，更不能殺了還在襁褓中的小黑子，他精神崩潰，這有什麼不可能的？金子為什麼一定要把仇虎帶出黑森林，她難道不會犯糊塗？左翼文學家要把復仇導向階級鬥爭的主題，可是曹禺寫的與階級鬥爭沒有關係。他只是想寫這樣一個人被欺負，家破人亡，坐牢八年後逃出來報仇，卻遇到難以預見的一些變故，承受不起心理壓力後的一個悲劇。我們可以批評曹禺沒有按照左翼的觀念來寫仇虎，可是不能以左翼作家所理解的生活模式和藝術標準來否定曹禺所寫的真實性。一些左翼作家忽視生活的豐富性，貶低偶然性的意義，實際上是被他們自己的教條所束縛，既誤讀了《原野》，也使他們自己的作品概念化，缺少藝術感染力。

　　曹禺寫的仇虎，是恩格斯說的「這一個」，有他的具體性和特異性。仇虎從復仇那一刻起，就面臨一個困境：是報仇還是不報仇？報仇，焦閻王已死，

他只能去殺無辜的大星，或者把大星的兒子也殺了，這當然要引起良心的不安。不報仇，那麼父親被活埋，母親氣死，姐姐15歲被賣到妓院裏也死了，自己又被誣為土匪，投進監獄，這一切僅僅因為焦閣王看中了他家的幾畝良田，他怎麼可能忘掉？仇虎最終選擇了報仇，自然也承擔了悲劇的後果。

《原野》裏的金子也是一個性格特異的人物，而非民間所理解的溫順女人。她對仇虎的感情，開始時並不深。見到突然出現的仇虎，她很吃驚地說：「什麼，你──你是仇虎？」確認是仇虎後，她不安地笑了笑說：「你看我？你看我幹什麼──我早嫁人了。」我們看不出一點點情人在重逢時候應有的那種喜出望外。金子後來愛上仇虎，情願跟他死在一起，只是因為被仇虎的男子漢氣概征服了。

《原野》的序幕，有一場金子與大星的戲。金子問大星：我跟你媽兩個人都掉到水裏，你先救誰？大星老實，說我把你們一起救。金子厲聲說：那不行，你只能救一個，先救誰？大星說，那我先救媽，她是瞎子。你還能掙扎幾下，我再回來救你。金子斬釘截鐵：那不行，只能救一個！金子實際上是要大星說哪怕他媽淹死，也先救她金子。這個問題怎麼回答？沒法回答，老實巴交的焦大星更加回答不了。金子這樣橫，其實只是想滿足一下虛榮心，要你大星說一句為了我，你可以眼看著你老娘淹死。這樣來考驗和折磨人，是一種非常特異的性格。

與大星的性格迥然不同，仇虎見到金子，就口口聲聲說要把金子帶走，或者說金子你到哪裏我就跟到哪裏，甚至揚言：「心疼你帶我回家，不心疼我搶你走。」他拿出一個鑲滿寶石的閃閃發光的金戒指──

　　　　焦花氏　什麼，（大驚異）金子！

　　　　仇虎　對了，這是真金子，你看，我口袋還有。

　　　　焦花氏　（翻翻眼）你有，是你的。我不希罕這個。

　　　　仇虎　（故意地）我知道你不希罕這個，你是個規矩人。好，去吧！（一下扔在塘裏）

　　　　焦花氏　（惋惜）你──你丟了它幹什麼？

　　　　仇虎　你既然不希罕這個，我還要它有什麼用。

　　　　焦花氏　（笑起來）醜八怪！你真──

　　　　仇虎　（忙接）我真想你，金子，我心裏就有你這麼一個人！你還要不要，我懷裏還有的是。

285

　　　　焦花氏　（驕傲地）我不要。

　　　　仇虎　你不要，我就都扔了它。

　　　　焦花氏　（忙阻止他）虎子，你別！

　　　　仇虎　那麼，你心疼我不心疼我？

　　金子，已經扛不住，動了感情。

　　仇虎長相很醜，像金子罵他：「醜八怪，活妖精，一條腿，羅鍋腰，大頭鬼，短命的猴崽子，罵不死的強盜」，絕沒有後來電影裏演仇虎的演員那麼英俊。這麼一個醜八怪，又是逃犯，金子居然願意跟他一起逃走，死也不怕，這個彎非常難轉。是仇虎不愛金錢愛「美人」的氣概把金子打動了，她就喜歡仇虎的奉承，這是一種性格。二十幾歲的曹禺對人性瞭解如此深刻，不服不行。

　　兩相比較，大星就太老實，連討女人喜歡的假話也不會說，根本承載不起金子那種烈火似的愛。金子的愛充滿野性，仇虎喜歡，而金子也反過來喜歡仇虎身上的那種匪氣。兩相吸引，他們才走到一起。人與人千差萬別，生活中有左翼文學經常描寫的善良的窮苦人家的女孩，也有曹禺《原野》裏寫的金子那樣的女人。我們不能用一個概念性的標準，來否定本來就是一個異類的《原野》中金子的真實性。優秀的文學作品展示了人們所不曾經歷過的生活，讓人既感覺陌生，又覺得合乎情理，給讀者和觀眾帶來審美愉悅的同時，也拓展了他們的視野。一些左翼批評家按照自己的標準批評《原野》缺乏現實性，反映的是他們自己對生活的理解過於狹隘，批評也就過於武斷。

　　再看《原野》第一幕繼續寫金子的性格。仇虎送花給金子——他舉起手上的花，斜眼望著地，對金子說：「這是你要的那朵花，十五里地替你找來的。」金子愛理不理，仇虎就把花往地上一丟，說：「你自己撿吧，我走了。」他的意思是別指望我向你服軟。

　　然而，金子更厲害，她不動聲色地說：「回來，把花替我撿起來。」——

　　　　焦花氏　（笑眯眯地）虎子，你真不撿？

　　　　仇虎　嗯，不撿，你還吃了我？

　　　　焦花氏　（走到仇的面前，瞟著他）誰敢吃你！我問你，你要不要我？

　　　　仇虎　我！（望花氏，不得已搖了搖頭）我要不起你。

　　　　焦花氏　（沒想到）什麼？

仇虎　（索性逼逼她）我不要你！

焦花氏　（驀然變了臉）什麼？你不要我？你不要我？可你為什麼不要我？你這醜八怪，活妖精……你不要我，你敢由你說不要我！你不要我，你為什麼不要我，我打你！

正在這時，白傻子在外面急促地敲門。仇虎害怕暴露，要躲起來。金子一把抓住他說：「不要緊，你先別走！」她指著地上的花：「你跟我把花撿起來！」

〔外面的常五：（急躁地）大星媳婦，大星媳婦，焦大媽，開門！開門！我就要進來了！

仇虎　（諦聽，睨望著金子）他要進來！

焦花氏　（乖張地）你不撿，開門就讓他進來抓你。

仇虎　（猛然）你這娘兒們心好狠。

焦花氏　狠？哼，狠的還在後頭啦！

仇虎　（吃一驚）「狠的在後頭！」好！這句話倒像是學著我說的。

仇虎被逼無奈，只得彎下腰拾起花遞給金子說：「其實，你叫我撿，我就撿又算個什麼？」看得出，仇虎一副無賴相，騎驢下坡，自找臺階。可是金子仍不退讓，她一手搶過那朵花說：「你過來！」——

仇虎　（走近）幹什麼？

焦花氏　跟我插上。（仇虎替她插好花，她忽然抱住仇虎怪異地）野鬼？我的醜八怪，這十天你可害苦了我，害苦了我了！疼死了我的活冤家，你這壞了心的種，（一面說一面昏迷似地親著仇虎的頸脖，面頰）到今天你說你怎麼能不要我，不要我，現在我才知道我是活著，你怎麼能不要我，我的活冤家，（長長地親著仇虎，含糊地）嗯——

這是一個讓曹禺都感到震驚的女人，不是左翼批評家所想像的那種窮苦人家的誠實女孩。她愛起人像一團火，恨起人來像一把刀。世人難以理解她不顧一切地跟一個長相醜陋的逃犯私奔，會問她看上仇虎什麼了？可是大家想一想，金子假如會聽人勸，她就不是金子。

至此，我們發現左翼批評家犯了一個錯誤，叫「一廂情願」。他們對於生活的想像，對於仇虎和金子的想像，跟曹禺完全不同，可是他們說《原野》缺

乏現實性。一個人的經驗非常有限，不要因為自己不理解，就說它不真實。你可以批評曹禺沒有寫出你所要求的人物和主題，但是你不能以自己狹隘經驗說曹禺寫的這幾個人物不真實。

問題來了：《原野》的人物和主題既然跟左翼批評家所設想和理解的不同，那麼曹禺這樣寫目的又是什麼？換一種說法，曹禺完全可以不讓仇虎死，譬如讓大星繼承其父的惡霸本色，仇虎殺了他就不會有精神負擔。或者讓仇虎無賴一點，要大星父債子還，他同樣不至於精神崩潰。曹禺也可以讓金子引導仇虎走出黑森林，奔向黃金世界，來一個圓滿的結局。仇虎，不過是想像力的產物，曹禺有充分的想像自由，讓仇虎不死。可是那樣一來，《原野》還是《原野》嗎？

我一直強調問題意識的重要，我們要善於從文本的縫隙中發現問題，從與學術史的對話中尋找新的闡釋可能性。從不曾被人關注的一些現象追問下去，可能發現新的意義。仇虎死與不死，聽由作家安排，因而問題就變成曹禺為什麼要讓仇虎死呢？仇虎自殺，究竟反映了作者什麼樣的創作初衷？我想，這說明曹禺創作《原野》，不是為了表達階級鬥爭的主題。曹禺說《原野》是講人與人的極愛和極恨的感情，他想在極端的條件下考驗生命的承受力，讓觀眾和讀者經歷靈魂的煎熬，感到心靈的震撼。古希臘亞里士多德說，悲劇可以喚起人們悲憫和畏懼的感情，並經由這類情感達到心靈的淨化，在獲得快感的同時，實現某種道德教育的目的。此即藝術欣賞中的「心靈淨化」說，講的是悲劇讓人經由痛苦和悲憫，享受到審美的愉悅。想到這裡，我發現可以離開正在寫的、快要完成的關於《原野》接受史研究的思路，另外再寫一篇文章。發現問題，問題決定思路，於是有了新的題目：「為了極致的戲劇效果——論《原野》的逆向構思」。這意思是曹禺要寫一個悲劇，他為了極致的戲劇效果，就必須寫出現在《原野》中的那些人物，其中包括仇虎必須死。曹禺是為了戲劇的效果來設計人物形象及其性格，讓這些人在相互衝突中走向各自的歸宿。

所謂逆向構思，是指相對於一般現實主義作家從生活到藝術、從客觀到主觀的「順向」的想像和構思路徑。《原野》則反其道而行之，根據主觀所期待的藝術效果，調動全部的生活經驗和藝術才能，來構思人物性格及人物的相互關係。在這樣的創作過程中，作家與他要處理的生活素材之間，存在一個主體預期的維度。藝術的想像不是直接遵循生活或者原型的邏輯，而是聽

命於內心對於藝術效果的強烈期待。在這樣的期待的驅動下，產生種種奇思妙想，把生活的素材調動起來，完成藝術形象的刻畫。換言之，曹禺在構思《原野》時他的想像力是內斂的，指向內心，而不是外向的，聽命於心外沒有被他的想像力所消化的生活。更通俗地說，曹禺創作《原野》不是因為生活中發生了這麼一個故事，他搬到了作品中來，而是他在人生中積累了許多情感，需要釋放，為了悲劇的極致效果來構思。在想像和虛構中，他整合了作為一個藝術家的效果預期，貫徹了他的詩性追求。這一切主觀因素，構成了曹禺獨特的創作個性。他越是這樣想像，也就越是跟左翼批評家所要求的拉開了距離。這時你會進一步發現，《原野》裏一些人物的身份及其相互關係，根本不是左翼批評家所想像的。

一些左翼批評家批評曹禺沒有寫好作為復仇者的仇虎形象，依據的是階級鬥爭的觀念和方法。但仔細想一想，仇虎家裏有不少良田，被焦閻王搶了才引起仇殺。他根本不是貧苦農民，他是一個地主，是地主。他與焦家的矛盾，是富人，即地主與地主之間的利益爭奪。他的反抗即使成功，也只是維護了地主的權利，與左翼文學的階級鬥爭沒有關係。這說明曹禺的創作初衷，與左翼文學批評家所設想的根本不同。優秀的文學作品向讀者和觀眾提供新鮮的生活經驗，都是出乎人的意料，回過頭來一想又在情理之中。人們不滿於左翼文學的，是你看了開頭就知道它的結尾。這是因為左翼文學有一個關於地主和農民的敘事套路，曹禺沒照這個套路來創作。他是基於生活體驗，感受到人生的殘酷和命運和不公，要來寫一個驚天動地的悲劇；他為了悲劇的效果而調動所有的生活經驗，發揮天才想像力。他的創作不是對生活的模仿，而是加進去了自己所要的效果，因此他不能讓仇虎走出活路。

從構思角度看，只要曹禺不讓仇虎死，辦法多的是，比如可以讓焦閻王不先病死——焦閻王如果活著，仇虎的復仇就有了正當性，就不會有現在《原野》裏他難以承受的那種道德負擔。也可以像前面說過的，把大星寫得壞一些——這在生活中並非不可能，或者反而更符合生活的真實——只要大星足夠壞，仇虎殺他就成了為民除害。然而曹禺不這樣寫，很明顯他的目的就是給仇虎的復仇設置道德的障礙——焦閻王死了，大星又非常善良，看你怎麼辦？仇虎如果放棄復仇，那你對不起被害的親人；如果不放棄，你只能去殺大星，從而背上沉重的良心包袱。曹禺給仇虎設置的難以超越的倫理困境，目的是什麼？我認為是他要一種驚心動魄的悲劇效果，來表達

289

他對人生的憐憫。

　　曹禺非常了不起——他從效果來構思戲劇衝突的時候，充分寫出了人物的個性，使之成為戲劇衝突的基礎，而不是讓人物來充當戲劇效果的標籤。譬如人人討厭的一個人物焦母，瞎老太婆，她在作品裏是個催命鬼，時時處處防著仇虎，敵視兒媳金子。我非常驚訝一個婆婆怎麼對兒媳這樣仇恨？居然巴不得她被火車撞死。這麼恨她，當初為什麼把她搶過來當兒媳？換成左翼批評家，會覺得這個人物也不真實。但是我們換一種思路，認識到她就是這麼一個人，這麼一種性格，就不得不承認這個人物是《原野》所不可或缺的，這個人物寫得非常真實。曹禺善於發現人性的特異性，寫出獨特的個性。焦母，我們讀者或者觀眾可以恨她，譴責她，可是你必須理解她為什麼時時處處警惕著？因為她要保護自己兒孫的生命，你沒有辦法否認她這一行為在倫理上的合理性。

　　從創作構思的角度看，焦老太婆這個角色延續了焦、仇兩家的恩怨；她作為仇虎乾娘的身份，又增加了仇虎復仇的困難，這同樣是為了極致的戲劇效果。焦母未必是禍害仇虎一家的主謀，但肯定是參與者，至少是知情人。她又是仇虎的乾娘，是仇虎好朋友大星的親娘。這樣的角色，把一些尖銳對立的人物籠在一起，增加了相互間的仇恨，把衝突推向高潮。她因為是仇虎的乾娘，可以與仇虎東拉西扯套近乎，佯裝關切，來掩蓋她的仇恨與殺機。她暗地裏對仇虎保持著高度的戒備，則給仇虎製造了許多困難，加強了戲劇衝突。作者越是寫出焦母的陰險，寫出這種陰險的倫理依據，就越顯示出這個人物的可怕，戲劇就越具有壓迫人心的分量，越具有震撼心靈的魅力。

　　《原野》第三幕，借鑒表現主義戲劇的技巧，通過音響和幻影製造了恐怖氣氛。焦母打著燈籠，如影隨形地跟著仇虎喊：「回來呀，我的黑子！快回來吧！我的小黑子。」仇虎逃到哪裏，她就跟到哪裏。伸手不見五指，燈籠像鬼火一樣閃爍，她的聲音又那麼凄涼，這一切構成了對仇虎強大的精神壓力。可以說焦母深夜的叫魂，是壓垮仇虎精神的最後一根稻草。曹禺寫得驚心動魄！

　　1983 年，唐弢寫了一篇題為《我愛〈原野〉》的文章，說他從心底裏實在喜歡《原野》。唐弢對《原野》的態度，再次表明批評家不能以自己的狹隘視野、有限經驗來代表全人類給作品下判斷。對文學作品，尤其是經典，你可以欣賞，也可以批評，但要明白個人經驗的限度，你說的只是個人的看法。

個人看法受視野、經驗和思想的限制，可能不正確。批評家，要有這樣的自知之明。

最後要強調一點：左翼批評家在指責《原野》時，其實是把曹禺視為同盟的。批評，是希望曹禺沿著《雷雨》的現實主義道路更貼近現實鬥爭，寫出歷史的必然性。批評，正是左翼認同曹禺的一種特殊形式。這除了曹禺取得了巨大的成就，在當時文壇具有重大的影響，還因為在一個根本問題上雙方的觀念完全一致，即正義必定戰勝邪惡。曹禺沒有在階級論思想基礎上寫出農民反抗地主的鬥爭，他是在人性論思想基礎上強調正義戰勝了邪惡。左翼反對人性論，但可以接受正義戰勝邪惡的觀念。左翼文學的階級鬥爭主題，在比較抽象的層面上，就是正義戰勝邪惡的理念。當歷史的硝煙散去，正義戰勝邪惡的理念被今天的讀者和觀眾從歷史的具體性中抽取出來，直接加以肯定的時候，《原野》的善和美的力量便發出了耀眼的光彩，因而越來越多的讀者被曹禺的才華所征服了。

今天我所講的，是我們如何從閱讀中發現那些不易解釋、或者以前解釋得不盡如人意的問題，抓住它，深入思考，順著問題所內含的邏輯，理清其思想脈絡，這就是問題意識與尋找新的角度。結合以前線上學習的內容，大家可以進一步體會文學欣賞與批評的方法。這是一種能力，不只對中文系學生有用，對於學理工科的同學也有同樣重要的意義。文學是人學，對人的研究所獲得的經驗和方法，肯定有助於我們去理解世界，讀懂人生，也肯定有助於我們進步，有助於我們的學業。

後　記

　　收在這本小書裏的文章大多是 2012 年秋至 2017 年夏發表在各個刊物上的，一小部分發表於此前而沒有收入過論文集。2012 年秋以後發表，而凡涉及中國現代文學學科及關於現代性等偏於宏觀主題的綜論性文章，另編一個題為《現代性與中國現代文學》的集子出版，因而收入這本書集的文章主要就是作家、作品論了。

　　文學與人的存在相關，文學體現人所追求的價值，包括審美的和倫理的，因而文學研究也應該兼具歷史研究的性質，要瞭解人，瞭解社會，只是它屬特殊的歷史研究，許多時候要借助審美的眼光。2012 年秋，因友人的推動，我開了微博，參與一些社會思想問題的討論，就法律公平、律師倫理、新聞倫理等問題發表一些意見，這對於我深入瞭解社會、瞭解人及人性的複雜性有重要的幫助，因而也有助於我從更為開闊的眼光來理解作為人學的文學的意義及其審美功能。粗略地統計，這類文字約有二三百萬字，但大多是非常零散的隨感，寫得比較系統的，收在這本集子裏的就是《神話的破滅——「韓寒」現象批判》。知識分子，尤其是從事與社會發展密切相關的現代文學研究，應該在做好自己專業工作之外，也關心社會公共事務，堅持社會公平的理想，結合現實的經驗明確和強化人文的價值底線，致力於推進社會的現代化進程。這兩者，我覺得是可以統一、相互促進的，至少對於中國現代文學專業的學者來說是如此。更好地瞭解社會和人，明確人文底線，也就有了條件更好地瞭解文學、理解文學中的人。在社交平臺上，許多時候所謂的真相併非是真相，而裁判正義的人文價值底線也並非抽象的說教，許多時候會被人故意弄得似是而非。所謂的歷史，比如中國現代文學史，豈不是由這樣的真真假假

的事件所構成？現實是現實，歷史是歷史，但現實是將要轉化為歷史的當下，歷史是已經過去了的現實。這就需要我們去用心研究現實和歷史──研究文學史，仔細辨析。

　　書中有兩篇文章是我與我導師易竹賢先生合作，還有幾篇是與我的研究生合作，我都在文末做了說明。編輯這些文章，讓我重溫了我們同在校園時的美好時光，而我的這些學生現在都已成了所在單位的重要骨幹。

陳國恩

2017 年 8 月 3 日

記於武大寓所

　　補記：這本小書編成後，因故沒有出版。（感謝臺灣花木蘭文化事業有限公司的支持，這本書有了出版的機會。特別要感謝花木蘭文化事業有限公司北京負責人楊嘉樂女士，從選題開始至今一年多，我們保持聯繫，她一直給予有力支持，到這次付梓時，依照她的建議把原書稿分拆成了「民國文學」和「共和國文學」兩卷。因為分為兩本書，所以從 2017 年後發表的文章中選了一部分進來，成為現在的這個模樣）。要說明的是，上面提及的《現代性與中國現代文學》2019 年 3 月由中國社會科學出版社出版。讓人悲傷的是，我導師易竹賢先生在 2018 年 12 月 3 日因病去世，現借這兩本小書的出版，表達對他的深切懷念。

2021 年 8 月 30 日